ぼくがアメリカ人をやめたワケ

The Unmaking of an American

ロジャー・パルバース
大沢章子＝訳

集英社インターナショナル

ぼくがアメリカ人をやめたワケ

The Unmaking of an American

日本版のためのまえがき

生まれてからずっと一つの疑問を自身に投げかけてきました。時代や国を問わず、誰もが同じように自分に語りかけてきたように。

「人生を意味と目的があるものにするために、個人として何ができるだろうか？」

多くの人が宗教、イデオロギー、あるいは、自分の民族意識や国籍といったものとの絶対的な「関係」に逃げ場を見つけます。神とか「なんとか主義」とか、国とかに代わってこの問いに答えてもらい、自分は忠実にその答えに従って行動するだけですむ、というような感じです。

そのような束縛を拒絶して、荒海の中に乗り出していく人がいます。どこかに行こうとして、茫然《ぼうぜん》として迷ってしまう人もいれば、恋愛に意味を見出し、その愛を活かすことを存在理由にする人もいます。

ぼくが生まれた国であるアメリカを出て、その露骨な偽善とは関係ない世界で暮らすようになって、半世紀以上が経っています。しかし、アメリカ国籍を捨てる前にも、心の中ではアメリカ人であることはすでにやめていました。

ドナルド・トランプが人間、そしてリーダーとして体現する、邪悪さ、利己主義、品のなさといったもののすべては、アメリカの「偉大さ」と表裏一体の偽善を表しているのかもしれません。ぼくが、トランプのような人間が現れるのを五〇年も前に予想したというのは、自慢できることでもなんでもありません。実際、彼の思想や行動がもたらすものは、アメリカの過去の指導者たちがやってきたことと内容において、それほど違わないのです。異なっているのは、表面的なレトリックだけなのです。

一九世紀のポーランドが生んだ桂冠詩人ツィプリアン・ノルヴィッドは、「国民の協力なしに一国を破壊することなどはあり得ない」と書きました。これはまさに二一世紀のアメリカ合衆国にも当てはまります。トランプや、彼よりややましかもしれないが、同じような考え方を持った先人たちをレッドカーペットを敷いて歓迎したのは、ほかならぬアメリカ国民なのだから。

たとえば、オーストラリア人が、オーストラリアは"great"な国だと言えば、このグレートな国は、「素晴らしい国」という意味になります。日本人が、日本を"great"な国だと言えば、ほとんどの人は、これを「いい国」という意味でとらえるでしょう。アメリカ人がアメリカを再び"great"にしたいと言うとき、それは、「強大である」という意味なのです。アメリカ人にとって、「今も、そしてこれからもずっとナンバーワン」以外のアメリカというのは存在しないのです。そしていざとなれば、アメリカ人はそのことを証明するために必ず戦争を行うと思います。同じことを証明するために、かつて日本とドイツも戦争を敢行したように。

しかし、人生のはじめの二一年をアメリカで過ごした者として、自分が間違いなくアメリカ訛りの英語を話し、アメリカ人のように思考してしまうことは常に意識していました。国から逃げることはできても、自分自身から逃げられないことは百も承知です。この本の第六章のタイトルを「ぼくの中のアメリカ人」としたのはそれが理由です。

幸運にもぼくが国を離れて、自分探しの旅に出ていったのは二一歳のときでした。若いぼくには外国を知りたい、外国語を話し、見知らぬ人々の中に入り込んで、彼らの一員になりたいという飽くなき欲求がありました。

最初にソビエト連邦に行って現地の人と話をしたとき、ぼくはあらゆる人との出会いに歓喜しました。彼らが話すロシア語の一語一語を聞くことすべてが冒険でした。それから、ポーランド、フランス、ノルウェー、そしてなんといっても日本で同じことを感じました。

一九六七年の九月、羽田空港に降り立ったことがぼくの人生を変えました。日本の地を踏みしめたその瞬間に、人生の意味と目的を理解したというのは、大げさでもなんでもありません。

読者の方は奇妙に感じるかもしれません。「なんで一瞬でそんな深い感情を覚えることができるんだ?」と。

確かに奇妙です。ぼくでさえもこの疑問に答えることはできません。でもそれが事実なのです。

のちにぼくが日本文化に、とりわけ宮沢賢治の作品に深い愛情を覚えたとき、自分の前世は、岩手にある沼の泥の中を泳ぎ回るナマズだったと想像しました。これはたあいのない喩《たと》えに思えるかもしれませんが、自分のことを屈強な兵士、あるいは法衣をまとった宗教の信徒であると考える人と比べたら、そんなに非常識ではないでしょう。自分をナマズと考えることが、この国に溶け込み、なじむためのぼくなりの方法でした。

ぼくは、日本で人生における意味と目的を発見しました。人生で必要なのは、日本文化に対する深い愛情を本、演劇、映画で表現することだということに気づいたのです。

ぼくは、この原稿を二〇二〇年が終わりに近づく中で書いています。昨年から今年にかけて、聖書にも出てきそうな大災害がすでにいくつも起こっています。オーストラリア、アメリカ、ブラジルなどに広がった猛火。その中でもアマゾン流域の被害は甚大でした。二〇一九年の夏だけでグリーンランド氷床で溶けた氷は、日本より面積の大きなカリフォルニア州を一メートル水没させるに十分な量です。多くの国で先例のないすさまじい干ばつや洪水が起こっています。中東とアメリカ、そしてシベリアでさえ、記録的な猛暑になり、世界の珊瑚礁の半分が破壊される結果になりました（自然は見えるものと見えないものが網の目のように交錯しているのです）。世界中で何十万もの種類の動物と植物が絶滅の危機に瀕しています。何千万もの難民が戦争と貧困から逃げています。そして、新型コロナウイルスという病気が世界に蔓延し、何十億もの人々の生命と生活が危険にさらされています――これは、おそらくこれから何度も起こるであろうパンデミックの発端にすぎないでしょう。

住んでいる国や地域によって違いがあるにせよ、新型コロナウイルスが比較的低い死亡率であるのは、ぼくたちにとって幸運なことだと言わざるを得ません。別のウイルスがもたらしたスペイン風邪によって、一九一〇年代の終わりには数千万の人が犠牲になったといわれています。その多くが頑強で健康的な若者でした。

今後、新型コロナウイルスを完全に退治してくれるワクチンを手に入れることができるかもしれません。事態がどう進もうと、世界の多くの人々は以前のライフスタイルに戻っていくでしょう。一九二〇年代の人々が、束縛を解かれた資本主義の時代に享楽にふけったように。残念ながら、一九二〇年代と同じように、二〇二〇年代の多くの人にとって、生活がそんなに変わるということはないような気がしています。

しかし、次のパンデミックはどうなるのでしょうか？　ウイルスがまた襲いかかってきたら？　何億の人が亡くなるのでしょうか？

早晩ぼくたちは人々を破滅させる社会ではなく、人々を実際に守る社会を作らなければなりません。ぼくらは何兆ドルものお金を武器に費やし、殺し合いをしていますが、生命を守るためにそれ相応のお金を使うときがやってきたのではないでしょうか？

病気、貧困、危機的な状況の気候、過激なナショナリズムや戦争によって荒廃した世界で、人々は人生の意味や目的をどのように見つけるのでしょうか？　人が一個人としてコントロールできるのは、自分自身の人生だけです。だから、他者への愛と深い同情をもって生きるように心がける――それが答えです。

賢治は、「グスコーブドリの伝記」で、このように書いています。

「私のようなものは、これからたくさんできます。私よりもっともっとなんでもできる人が、私よりもっと立派にもっと美しく、仕事をしたり笑ったりして行くのですから」

日本や世界のそんな素晴らしい人たちはどこからやってくるのでしょうか？　それは自分自身の中からなのです。母国、なんらかのイデオロギー、宗教——そんなものに自分がなすべきことを決めさせてはいけません。

これがこの本で言いたいことです。

みんなが自分なりに〝great〟な人生を送ることができるのです。それは「情け心、ミンナニデクノボートヨバレテモホメラレナクテモ」という気持ちにあふれた人生のことです。


二〇二〇年一〇月、コロナ禍の中から立ち直ろうとしているシドニーにて

ロジャー・パルバース

ぼくがアメリカ人をやめたワケ

目次

第二章

ぼくはアメリカ人をやめた

第三章

ぼくの中の日本人

日本は常に発展途上国の指針だった／「消えゆく日本」の文化と美しさ？／古風な日本、好戦的な日本、管理社会日本／一九六〇年代の京都／ぼくはミスター・ヒギンズ／ふるさとの山に向かひて——言うことなし／時代が変わっても変わらない国民性なんてあるのか？／新人類の出現とバブルの崩壊／巨大地震と神経ガス攻撃／小津安二郎の墓前で／風俗喜劇だった小津映画／映画『スパイ・ゾルゲ』への出演／ついに本物のスパイの仲間入り／尾崎秀実はもっと讃えられるべきだ／映画『明日への遺言』／岡田中将の信念は世界に届くべきだ／ヤマシタ裁判が作った先例／長崎で考えた戦争犯罪／マコ岩松からの手紙／ブルース・リーと共演した日系人／マイノリティのために演じ続けたマコ／アメリカの軍人になったマコの父・八島太郎／国賊といわれた男／被爆地長崎をカラー写真で収めた男／映画カメラマンとして活躍／固定観念に閉じ込められた女優／映画『サヨナラ』での抜擢／「普通」の人間を演じられなかった美代志

装画　ルーシー・パルバース
装幀　新井大輔

第一章
グラスの縁に腰掛けているような人生

人生を織り上げる記憶

人生を振り返り、客観的に、正直に、真摯《しんし》に、自分の人生を構成する数えきれないほどの要素を一つひとつ再発見することは可能でしょうか？　それとも人はみな、人生の結末を全部ひっくるめて「運命」と呼んで受け入れ、結果についてあれこれ思い悩んだりしないふりをするものなのでしょうか？

悲劇となりうる瞬間を、思いがけない幸運に変える能力や資質は、祖先から受け継いだものだったり、経験によって培われたものだったりするのかもしれません。しかし、どうすればその能力や資質を高めて、自分の役に立つようにできるのでしょう？

人生を織り上げる、複雑に絡みあう連続的な出来事の迷路の真っ只中で、自分は今、自分のためになる正しい道を選んでいるのだと、どうすれば確信できるのか？　人生に起こるさまざまな出来事や出会い、思いがけない災難や体験――平凡なものから強く印象に残るものまで、些細なことから重大なことまで――をどのように分類し、自分の未来にとって意味のある記憶へと変えるのか？　意味のある記憶とは、その人の自信に働きかけ、不足している自尊心を純粋に補ってくれるもののことです。

自伝とは、その人自身より、その人の周囲の人々やあまり関係のない人々について、より多くのことが書かれた個人的記録です。その人の知的活動や心的活動だけでなく、本人には制御できない外的な出来事についても書かれたものです。人は、小説を読めばその登場人物に少なからず影響されます。詩を読めば、それを書いた詩人と同じような行動をします。舞台や映画の登場人物に自分を投影することもあります。ぼくたちは、時空を超えたさまざまな形で出会う自分以外の大勢の人々によってできているのです。たとえば、DNAを介してつながっている祖先たち、人生や芸術を通して偶然出会った人々、他人の痛みや喜びを、自分の痛みや喜びのように考え、受け止められる人間本来の能力が呼び寄せた人々などです。

自伝とは、現実であれ架空であれ、その自伝の主人公の記憶の中でずっと生き続けている大勢の人々の物語の寄せ集め――宮沢賢治が「わたくしといふ現象」と呼んだもの――なのです。

どれほど些細な、ありふれた記憶でも、その人の心にとどまっているのなら、それは非常に重要なものです。過去に抱いたどんな感情でも、必要に応じてもう一度味わうことができます。そしてこの、ぼくたちを作り上げている経験と感情が入り混じった寄せ集めを、うまく整理してくれるのが記憶なのです。

ポーランドの劇作家であり作家でもあるスタニスワフ・イグナツィ・ヴィトキェーヴィチは、人生につきものの葛藤をnienasycenie（ニェナツィツェニエ）、つまり「飽くなき欲望」という言葉で表しました。人はどれほど知識を蓄え、喜びを得ても満ち足りることはなく、どんなに強く望んでも、存在の深遠さを推量することも、その謎を理解することもできない、ということです。アメリカの作家トマス・ウルフは、「もつれた糸を解きほぐし、たとえ終わりのない作業であろうとも、人生を織り上げている糸をその最後の一本まで解きほぐしたい」と書きました。

まさにこの二人の作家は、時間的にも空間的にも限りのない経験の世界を知り尽くしたいと望んだのです。ヴィトキェーヴィチとウルフは、書くことを通してなんらかの意味を自ら生み出そうとしました。過去を整理してそこに意味らしきものを見つける能力は、人間の心の唯一の取り柄なのです。

一人ひとりの歴史も、それとなんら変わりはありません。ぼくたちの人生もまた、決して解き明かされることのない瞬間のつながりでできています。それは、無数の小さな出会いや会話の断片、情景の寄せ集めで、まるでぼくたちが腕を伸ばし、思いのままにつかみ取るのを待っているかのように、目の前に吊り下げられています。そしてそれらを思い出すことによって、ぼくたちは現在の自分を見つめ、明日へ踏み出す自由を手に入れる。思い出は、心の中で自然に整理されていきます。そうでなければ、ぼくたちは自分の人生を生きられず、ましてや他人と共生などできません。

記憶は、人の心に勝手な連想を植えつけます。昔のガールフレンドでのちに結婚することになるスーザンが、シドニーからキャンベラに帰っていくのを見送ったことがあります。そのとき、たまたまぼくはバスターミナルの外にいて、すぐそばには白い柱がありました。その柱は今でもはっきりと目に浮かびます。柱の表面のでこぼこが山脈のように見えて、ぼくは指でその山脈をなぞっていました。あれから四〇年あまり過ぎた今もその手触りを細部に至るまで思い出すことができます。そのでこぼこが、そのとき感じていた別れの悲しみや苦痛、そして寂しさを和らげてくれているように思えたのです。

またそれより少し前には、北ベトナム大使館と通りを隔てた向かいにある家の窓を覆うベネチアン・ブラインドの一つが、誰かの手でVの字形に押し下げられる光景が、ぼくにとっては大使館での感動的な対面を象徴するものとなりました（これについては第六章で詳しく話します）。

それよりさらに昔、一九六七年の八月に、椅子の木の肘掛けに拳を叩きつけた出来事は、今でもぼくにとっては、母国を出て永久に戻らないという決意の象徴です。拳をふり下ろした行為が母国を出て行くことのシンボルとなりました。

柱の表面の白い「山脈」、折り曲げられ、日差しを浴びているブラインド、木製の肘掛けに叩きつけた拳……どれもありふれた光景であり些細なふるまいですが、それでも自分にとっては非常に重要な意味をもつものとなり、人生における極めて重大な瞬間のいくつかを連想させるものとなりました。

誰のものであれ、記憶とはそうした数々の情景やふるまい、そして音の集積物に過ぎないのです。

祖先の物語——なぜ過去を知りたいのか？

今世紀になって、科学技術の進歩のおかげで、自分に関する情報を思いがけない形で知ることができるようになりました。ある意味インターネットは、おしゃべりな大おばや、突然昔話を始める祖父母よりも信頼できる情報源です。年寄りは往々にして作り話をします。だからその話のすべてが信用できるわけではありません。

人は幼いときに、自分の両親や親戚、祖先にまつわるたくさんの逸話を、それが真実であるかどうかを検証する能力をもたないまま聞かされます。そして時折、それらの話のどこそこが正しいとか、どこそこが間違っていると指摘する親戚に出会います。昔の写真は、遺伝子でつながる祖先の暮らしに思いを馳せるのに役立つかもしれませんが、古い写真は過去のある一瞬を捉えたものに過ぎず、間違いなく本物ではあるけれど、それが真実を反映しているかどうかは疑わしい。

子どもの頃に、「母方のファミリーであるクレンゲル家の五世代の男性が一堂に会した古い写真があるらしいが、自分は見たこともないし、誰が写っているのかも知らない」と母から聞いたことがありました。しかし一族の五世代が同時期に生きているというのは、そうある話ではありません。

それから何年も過ぎてから、インターネットのおかげで、ぼくはベルギーに住む三従兄弟《みいとこ》で、祖先について同じくらい強い関心をもつロバート・クレンゲルと連絡を取り合うようになりました。幸運にも写真の中の一人は彼の近親で、彼は焼き増しされたその写真を持っていた。そこで、彼はその写真をさらに焼き増しし、クレンゲル一族の一人ひとりについて注釈をつけて送ってくれました。

案の定、写真には五世代が写っていました。まず右からぼくの高祖父、その隣に彼の息子である曽祖父。中央に写っているのが祖父の兄。その隣が彼の息子……さらに隣にその息子。五人のうち一番若い男性は一〇歳ぐらいに見えます。この写真が撮影されたのは一九〇四年で、

クレンゲル家五世代の写真。

ぼくが生まれたのは一九四四年だから、ぼくは彼よりより五〇歳年下ということになります。

ぼくはすぐにロサンゼルスに住む母に電話をして、「例の写真を手に入れたよ。コピーして送るから」と伝えました。

「わざわざそんなことしてくれなくても」と母は答えました。「別に見たいと思わないから」。

身近な家族の中で、祖先に興味津々なのはぼくだけです。ニューヨーク生まれの両親は、自分たちの両親や祖先の「祖国」(うちの一族の場合、三つの異なる国、ロシア、ポーランド、リトアニアを指す)にまったく関心がありませんでした。でもそれは、DNAに組み込まれた怒りからくる拒絶反応ではありません。単に無関心によるものでした。

親の世代の積極的無関心が、その子ども世代の民族的アイデンティティ再発見への熱意の根底にあると言われることがよくあります。そうだとしても、たとえば大勢いるユダヤ系の友人たちの中でも、ぼくは自分の出自に並々ならぬ関心をもつ数少ない人間の一人です。実際、ぼくの興味は関心などという生ぬるいものではありません。ずっと、自分の祖先が誰で、彼らがどんな人物だったのかをどうしても知らなければならないと考えてきました。祖先が自分の中にいるのを、骨の髄までその血筋を引いているのを痛感していました。遺伝子プールは広大で、ぼくたちが祖先から受け継ぐものは、おそらくなんらかの疾病の遺伝的傾向以外、ほとんどないのかもしれません。

人の特徴や妙な癖、そして突飛な性格はその人独自のもので、それらの特徴が寄り集まって、人間を限りなく平凡かつユニークな存在にしている、とぼくは信じています。もしもぼくたちが自分を変えられないなら、それは誰のせいでもない自分のせいだ。そう考えていながら、祖先の物語から目をそらすことができなかったのは、それがアメリカやヨーロッパ、日本、そしてオーストラリアで次々と展開していくぼくの物語に不可欠な要素だという確信があったからです。

なぜいつも別の場所に向かうのか？

父方の祖父母はどちらもロシア帝国にあるどこかの小都市《シュテットル》のユダヤ人居住区で生まれ、母方の祖母はヴィリニュス（リトアニアの現・首都）で、祖父はクラクフ（ポーランド南部の都市）で生まれました。彼らは一九世紀の終わりに、よりよい暮らしを求めて母国を離れてニューヨークに向かい、両親もぼくが生まれた一九四四年に祖父母と同じような理由でニューヨークからロサンゼルスに引っ越しました。だとしたら、それから何年か後にその息子がはるか西の日本へ、さらにはるか南のオーストラリアへ旅立ったのは、それほどおかしなことなのでしょうか？

人間に共通する主要なテーマが移動だとすれば、ぼくはその移動の裏にある、深遠な理由をどうしても知りたかった。ぼくたちは、なぜ人生において重大な決断を下すのか？　なぜある場所を離れて別の場所へ向かうのか？　ぼくたちは本当に、別の場所で「新たな人生」を作り上げられるのか？　なぜそんなことができるのかを知りたかったのです。

祖先の物語を知りたいというこの強い執着は、ぼくの場合はごく幼い頃からのものです。子どもの頃から祖先や親戚について親にしつこく尋ね、そのたびに払いのけるような手振りと、過去など無意味だと言わんばかりのおざなりな返事ではぐらかされてきました。一三歳のとき、母親が自分の父親のものだと言って、万年筆で短編小説が書かれた分厚いノートを見せてくれました。ぼくはたちまちその物語に夢中になってしまった。祖父については、ほとんど何も教えられていなかったからです。

しかし数日後にそのノートのことを尋ねると、母は「ああ、あれは捨てちゃったわ」と答えたのです。「母には、あれは自分のものじゃないということがわからないのだろうか？」とあっけにとられたのを覚えています。当時、祖父のノートは間違いなくぼくのものだと思っていましたが、自分にも子どもと孫ができた今、ノートに書かれた物語は子どもたちと孫たちのものだとわかっています。

ぼくがロシア語とポーランド語を学び、一九六〇年代にソ連を二度旅し、ポーランドに留学をしたことについても、ぼくの両親とその友人たちは、自分たちの政治的信念から強く批判していました。「君のせがれは赤か?」。父の友人の一人はそう言いました。ソ連やポーランドが優れた文化的歴史をもつ国で、アメリカに移住してきたユダヤ人の多くの出身地であるという事実は、彼らにはまるっきり関心のないことでした。

自分たちもユダヤ系アメリカ人で、東欧で暮らしていた人々の子孫だというのに。共産主義に対する根深い恐怖心がすべてを圧倒し、アメリカ人の大半に「鉄のカーテンの向こう」で暮らすすべての人々の存在を見失わせた結果、そこでの暮らしは何もかもが陰鬱《いんうつ》で暗く、喜びは皆無だと考えられていたのです。

「驚くべき才能」の持ち主だった母

子どもの頃に聞いた話で、詳細はわからないけれど今も記憶に残っているものが三つあります。一つ目は母に関するものです。

一九一二年一二月一日生まれの母は、絵と字のうまさには自信がありました。「一六歳のときに、『リプリーのウソかマコトか』で、両手でまったく同じ絵を同時に描くことができ、両手で同じ文字を美しく、前からでも後ろからでも、逆さまにだって書ける少女として紹介されたのよ」と母は自慢していました。

全米で広く配信されていたその新聞のコラムは、漫画家のロバート・リプリーが一九一八年に始めたもので、一九五〇年代に母がその話をぼくにしたときもまだ大人気でした（色彩豊かな挿絵つきのリプリーのそのコラムは、超人的で〝不気味そうな〟出来事や、〝信じられない〟才能の持ち主を紹介するものだった）。

もちろん、その記事が手元になくても、母がその珍しい、ちょっとへんてこな才能をもっていたことを示す証拠は十分にありました。けれども、九四歳で母が亡くなってから八年以上過ぎた二〇一五年になって、ぼくはインターネットで、一九二九年三月二二日（金曜日）付の、ニューヨーク・イブニングポスト紙に掲載された、過去にリプリーのコラムで紹介されたことのある、何人かの驚くべき才能の持ち主に関する記事を見つけたのです。

「ミリアム・クレンゲルさん、一六歳――私は文字を前からでも後ろからでも同じくらい速く書けます！」

書かれていたのはこのたったの二行で、母の両手利きの才能については言及されていません。しかし、母の才能について書かれた記事を自分の目で確認したとき、寸分の疑いも抱きませんでした。これは、真実であることが証明された、家族に伝わる秘密でもなんでもない物語の一つです。祖先の写真に興味を示さなかった母も、インターネットに掲載された昔の新聞記事に、自分の名前が出ているのを見たらきっと喜んだに違いありません。母はパソコンの使い方も知らなかったけれど。

一五万ドルの「大略奪」

二つ目の逸話は、母の父親とおじたちに関するものです。祖父サミュエルとその兄弟であるデヴィッドとシドニーは、ニューヨークとシカゴで宝石商を営み、大きな成功を収めていました。

祖父のサミュエルは、生まれ育ったクラクフを若いときに出て、ダイヤモンド加工と宝石の取引の中心地だったベルギーのアントワープで、見習い工としてダイヤモンド加工技術を学びました。イギリスのリバプールを船で出発した祖父がアメリカに渡ったのは一九〇〇年のことで、その後一〇年ほどで、祖父たち三兄弟はダイヤモンド等の高価な宝石の取引で大儲けしたのです。

しかし、母から一度だけ聞いたところによると、あるとき母の父とおじたちが大損を被って、一家の暮らしは一変しました。母方の祖父母とその四人の子どもたちは、ブルックリンのフラットブッシュ地区にあった豪邸を出るはめになり、運転手つきの自家用車二台も手放さざるを得なくなります。しかし母は、この突然の不幸について、詳しいことは知らされていませんでした。

母の手先の器用さについての新聞記事を見つけてから間もなく、ぼくはエル・リノ・デイリー・デモクラット紙（オクラホマ州エル・リノで出されていた新聞）の一九二二年二月一八日（土曜日）付の記事を見つけました。UPI通信社が配信するその記事は、「大略奪」という見出しで、他のいくつかの新聞にも掲載されていることがインターネット上で確認できます。

「ニューヨーク市の宝石商、シドニー・クレンゲル氏が、今日、当地の警察に、一五万ドル相当のダイヤモンド入りの手提げ鞄を、イリノイ・セントラル鉄道の寝台車で盗まれたと届け出た。クレンゲル氏によると、列車は昨夜シカゴを出発し、当地に到着したときには宝石はなくなっていたという」

一九二二年当時の一五万ドルは、どう安く見積もっても今の何百万ドルに相当するでしょう。別の新聞は、シドニーがプルマン車両（高級客車の車両）で就寝時に枕の下にダイヤモンドを隠したこと、翌朝にはそれがなかったことを明らかにしています。あいにく、宝石類に保険はかけられていませんでした。

シカゴにいた大おじのデヴィッドから預かった宝石を、ニューヨーク市の祖父のもとに届けようとしていたと思われるシドニー大おじさんが、この出来事で打ちのめされたのは間違いありません。当時まだ九歳だったぼくの母が、詳しい経緯を聞かされなかったのも当然でしょう。あの時代の子どもたちは不愉快な出来事から「守られて」いたから。おそらく母は、ずっと真相を知らないままこの世を去ったのです。

両脚を失った祖父を受け入れてくれたアメリカ

けれども、最高に不愉快なエピソードは父方の祖先パルバース家に関するものです。パルバース家は経済的には母方の祖先とは正反対の状況にありました。ぼくの父は、一九〇三年の一二月二五日に、九人きょうだいの八番目として生まれ、ニューヨークのスラム街で育ちました。父の父モリスは、一八六二年にロシアで生まれました（一八六三年とか一八六四年という説もある）。

祖父のモリス・パルバースは孤児で生涯読み書きができない人だったから、誕生日を正確に特定するのは難しい。祖父がロシア帝国のユダヤ人居住区のどこで生まれたのかを知る人はなく、だから実際にいつどこで生まれたのかを突き止めるのはほぼ不可能なのです（もしも大恐慌がアメリカや世界を襲わなければ、ぼくの両親が出会うことはなかったでしょう。母は裕福な家の出身で、父はひどく貧しい生まれだったのだから。ダイヤモンドが盗まれ、のちにニューヨークの株式市場が暴落したおかげで、母親の一家は中流下層階級の暮らしをせざるを得なくなり、おかげで両親は出会った。たまたま二等車両に乗り込んだ乗客同士の出会いのようなものです）。

父方の祖父であるモリス・パルバースは、一八九七年にアメリカにやってきました。それ以前は、最初の妻とロンドンで数年間暮らし、その妻との間には四人の子どもがいました。二人目の妻がぼくの祖母で、彼女は五人の子どもを出産しました。祖父は身体が不自由でした。ロシア軍に徴兵されたあと、冬の数カ月間、祖国を離れて逃亡生活をしていた祖父は、凍傷で両脚の膝から下を失ったのです。当時ロシアのユダヤ人は二五年間の徴兵を強要され、いつまでも下士官のままでした。

障害と大家族という重荷を背負った学歴のない人間をアメリカが受け入れてくれたという事実は、当時のアメリカの移民政策の素晴らしさを示すものです。少なくとも、その開かれた政策に感謝しています。読み書きができず障害のある移民の孫が、奨学金でハーバード大学の大学院に進学し、作家になることができたのだから。しかしぼくの父は、ぼくほど幸運ではありませんでした。小学校を卒業した時点で学業を諦めざるを得ず、一二歳で仕事に就《つ》きました。父は、自分の両親やきょうだいの話をめったにしませんでした。話すときはたいてい否定的な口ぶりでした。

改竄《かいざん》された家族の真実

父から聞いた話の中で忘れられないのは、おばのローズが起こした訴訟の話です。真偽はともかく、おばは、家族で暮らしていた家の所有権をめぐって一九三二年に自分の母親を訴えました。我が家ではおばの「ローズ」という名前は、まるでそれが彼女の肩書ででもあるかのように「ゴニフ」という単語と共に語られました。ゴニフとは、イディッシュ語で悪党、あるいは泥棒を意味する言葉です。

ところが、ぼくがインターネットで見つけた記事はちょっと違う話を伝えていました。それは一九三〇年四月四日（金曜日）付のブルックリン・デイリー・イーグル紙に掲載された、家族が暮らしていた家についての記事で、おばが自分の母親を訴えたとされている年の二年前のものでした。そしてそこにはおばのローズのことはいっさい出てこなかったのです。まったく一家に伝わる話というものは！

ブルックリン・デイリー・イーグル紙のその記事のタイトルは「妻と五人の子どもたちに家

から追い出された、と脚の不自由な男性が訴える」です。

——両脚の膝から下を失い、手の指も何本か失ったモリス・パルバース氏（六八歳）が、妻のエステル・パルバースを相手取り、夫妻が五人の子どもと同居する八五丁目二三六三番地の住宅の所有権の半分を、妻は自分に譲渡すべきであると（州の）最高裁判所に提訴した。

——今日提出された宣誓供述書の中で……パルバース氏は件《くだん》の住宅は二人の共同財産によって購入したものであり、それぞれが一〇〇〇ドルを出し合った。それを妻名義にすることを許したのは、妻が自分の身の回りの世話をすると約束したからである、と述べた。

——「数カ月前に、妻と子どもたちは私をお荷物だと考えるようになった」とパルバース氏は憤りをあらわにした。「そして私をお払い箱にしようと決めた。家を売ってその金をせしめ、私のことは放っておくことにした。そんなことを企《たくら》んでいる家族との暮らしはひどいものだった」。妻が家の売却について不動産業者と話しているのを聞いて、自分にも半分権利があると主張したが、妻は取り合わなかった、とパルバース氏はさらに説明した。

——……パルバース夫人は、家は自分の貯金で買ったもので、その半分を夫に譲渡すると言った覚えはない、夫が訴えを起こしたのはただの嫌がらせのためで、おかげで住宅ローンの更新ができなくなっている、と反論。マクレート判事は判決を留保した。

――パルバース夫妻は三八年前にロンドンで結婚した。

記事はこう締めくくられています。祖父はこの記事が出てから間もなく亡くなりました。祖母も数年後には亡くなりました。ブルックリン八五丁目の祖父母の家がどうなったのかについては、ぼくには知るすべもありません。父は「あのマムゼル・ローズが、母の家を盗むことは絶対に許さない」と言い続けていたけれど。父は「マムゼル（イディッシュ語で嫌な奴の意味）とは、父が自分の姉の名に、まるでそれが本当のファーストネームであるかのようにつけ足していたもう一つの単語です。

しかし事の真相はこういうことです。膝から下を失った読み書きのできない祖父を追い出した張本人は、子どもたちを加勢につけた祖母でした。ぼくたちには、代々伝わる間違った、そしてしばしば脚色されている家族の逸話について、その真実を見つけ出し、修正する義務があるのです。

そしてローズ、オーストラリアにやってくる

父は一九七二年に「ゴニフ」で「マムゼル」のローズおばさんと仲直りしました。ぼくが日本の京都からオーストラリアのキャンベラに引っ越してから間もなく、父と母が、当時ロサンゼルスに住んでいたおばを連れて会いに来たのです。ぼくが、子どもの頃からずっと嫌悪するように教えられてきたそのおばの、ゴッホの油絵のようにべったりと口紅を塗りたくり大きく

開いた唇が、仲直りのキスのために猛烈な勢いでぼくの顔に近づいてこようとしていました。

薄黄色に染めた彼女の髪が細めたぼくの目をかすめて通り、ラインストーンで飾られた丸い眼鏡がもう少しでぼくの鼻を折るところだったけれど、どうにかこうにか、ぎこちないキスをすることができて、たぶん、すべては水に流されたのでしょう。自分が生まれるずっと前に起きたとされているけれど、実は事実ではなかった出来事に関して、ぼく自身はなんの恨みももっていなかったのですが。

父はといえば、ぼくが知らないうちにおばを許し、彼女の名に冠せられていた、あのイディッシュ語の軽蔑的なあだ名も撤回していました。たとえ事実を理解したり、真実を語ったりすることがなくても、自分の一族に、不承不承でも、遅ればせながらでも、相手を許そうとする気質があることがわかるとほっとするものです。

これらの過去の出来事や事件、出会いのすべてが、記憶の中で再生され、ぼくの一部となっていて、おかげで消え去ろうとする街路を心の中で旅することができます。重要なのは過去の出来事そのものではありません。自分がその出来事をどのように再発見し、どのように受け入れるかです。

出来事が起きたときと、それについて再発見したときの時間の隔たりは、縮んだり伸びたりしながら、一本の線となってぼくたちの現在につながっているのです。

映画監督、アンジェイ・ワイダとの出会い

一九七〇年三月半ばのある日、ぼくは京都の街を走るタクシーの後部座席に、ポーランドの映画監督、アンジェイ・ワイダと並んで座っていました。アンジェイとはその後親しい友人となりますが、そのときのぼくは、スターに心を奪われた二五歳の作家の卵で、一八歳年上のアンジェイは、ポーランドのみならず、映画が芸術として認められているどこの国においても、名の知れた存在でした。

彼の最初の三作品――戦争三部作である『世代』『地下水道』『灰とダイヤモンド』――にぼくは激しく心を揺さぶられ、戦争がいかに人の心を破壊するかを教えられました。そのアンジェイが今、目の前にいて、ぼくは彼が監督した三つの映画に関する質問をしているのです。ぼくはタクシーの中で「ポーランド語を勉強してきたのは今この瞬間のためだったんだ!」と考えていました。

その日、ぼくが一九六七年の二月から暮らしている京都の街を案内していたときに、アンジェイは自身の子どもの頃の話を始めました。

「私の父、ヤクブ・ワイダはポーランド軍の大尉だった。父はカティンの森での大虐殺でソ連軍に殺害された。ロジャー、あの事件は知っているかい?」

もちろん、およそ二万六〇〇〇人のポーランド人が虐殺され、そのうちの一万四七〇〇人近くがポーランド軍の兵士だった事件のことは歴史で学んで知っていたし、ワルシャワやクラクフに滞在した経験から、ポーランドでは、公の場であの大虐殺を話題にすることはタブーなの

だとわかっていました。一九四〇年三月五日、スターリンは大量処刑を実行せよという命令書に自ら署名しました。ポーランドの同盟国で、西欧諸国の侵略から守ってくれるはずのソ連が、ポーランド国民に対してこの残虐行為を働いた。そしてソ連はその事実を口外することをいっさい許さなかった。アメリカが日本の国民に対して、広島と長崎に原子爆弾を落としたのはアメリカ人だと「主張する」のを禁じるようなものです。

このときは、アンジェイと自分が一九四〇年に起きたこの大虐殺事件でつながっているとは思いもしませんでした。

この事件は、カティンの森事件という名で広く知られていますが、実際には大量虐殺は複数の場所で行われました。スモレンスクに侵攻したドイツ軍が、殺害されたおよそ三〇〇〇人の遺体を発見した場所は、カティンの森からおよそ一八キロも離れていました。この発見は、大量虐殺を敵であるソ連軍の仕業にしたがっているドイツ軍による、反ソ宣伝工作だとみなされました。やがて、ポーランド将校や兵士、それに大勢のポーランド国民が、スモレンスクのさまざまな場所やカティンの森から七〇〇キロ以上離れたウクライナの都市ハリコフ（現・ハリキウ）に近い村で銃殺されたことが明らかになったのです。

当時三九歳だったヤクブ・ワイダ大尉が、一九四〇年四月（あるいは五月）にソ連内務人民委員部（ＮＫＶＤ）の手により銃殺された場所は、ハリコフ郊外でした。彼と共に殺害された何千人もの犠牲者の中に、ぼくの祖父サミュエル・クレンゲルのいとこでポーランド軍の軍医だった、一八八七年一〇月二四日生まれのマクシミリアン・クレンゲル陸軍少佐がいました。

アンジェイ・ワイダ監督（左）と。
2006年3月6日、監督のワルシャワの自宅にて。

ぼくがずっと後になってインターネットでたどった情報によると——つまりアンジェイの作品『カティンの森』を観た後で突き止めたのは、ぼくの親族も、アンジェイの父が収容されていたのと同じ、ハリコフ近郊のソ連の収容所にいたということです。ぼくの遠縁は軍医で、ハリコフの収容所の収容者は、カティンの収容所に比べてずっと少なかったことを考えれば、二人が顔見知りだった可能性は十分にあります。

「お父さんとカティンの森事件を題材にした映画をいつか撮るつもりですか?」。ぼくの大好きな圓《えん》通《つう》寺《じ》を目指して北へと進むタクシーの中で、アンジェイに尋ねてみました。

「そうだね」とアンジェイは笑みを浮かべました。ポーランドでそういった映画を撮影するのは非常に難しいと言いたげに。「いつかは」。

映画『カティンの森』はそれから三七年後の二〇〇七年に公開されました。二〇〇六年の三月六日、アンジェイの八〇歳の誕生日に、ワルシャワ郊外の緑に囲まれた美しい街ジョリボルシェにある彼の自宅を訪ねたとき、一九七〇年にタクシーの中でした会話を思い出しました。

「そんな話をしたっけ？　覚えてないな」とアンジェイは答えました。「それはともかく、今私は、カティンの森事件についての映画製作の準備をしている。もちろんあのときは、母も私も父の身に何が起きたのかまったくわからなかった。でも一九四〇年の春以降手紙が届かなくなって、何が起きたのかはっきりとわかったんだ」。

二〇一六年一〇月九日、アンジェイ・ワイダの訃報に接したぼくは打ちのめされました。彼の母国は、五〇年以上にわたり、ポーランドの良心を守り続けた人物の死を深く悼《いた》みました。

クラクフ再訪——曽祖父との出会い

一九八五年のある寒い夜、ぼくは東京の新宿の街を歩いていました。ちょっとお酒を飲みすぎて、独り言を言いながら夜の駅へと向かう人の群れをかき分けるように進んでいました。祖父のサミュエル・クレンゲルが、ぼくが生まれる九年前の一九三五年に亡くなったことへの怒りと悔しさが、突然どうにも抑えきれなくなったのです。

「あなたに会う権利があったのに！」。道行く人々に聞こえるくらい大きな声で言いました。

「あなたが書いた短編を、お母さんはどうして捨てたんだ？」。

ぼくは、母の父であるこの男性に強い親近感を覚えていました。数枚の写真と、母が深いため息をつきながら不承不承に語り、でもすぐに話題を変えてしまう数少ない、印象の薄いエピソードを通してしか知らない人でしたが。母方の祖母のセリアは、ぼくが彼女の夫についてまともな質問ができるくらいに成長したときには、すでにパーキンソン病を患っていました。だからこちらのルートも永遠に閉ざされてしまったのです。

二〇〇六年の三月にワルシャワのアンジェイ・ワイダ宅を訪れた後、ぼくは列車でクラクフへ向かいました。クラクフは一九六七年一月八日に、当時大学院生だったときに移り住んだ場所でした。その日を決して忘れないでしょう。なにしろ『灰とダイヤモンド』で脚光を浴びたあの素晴らしい俳優、ズビグニェフ・ツィブルスキがブロツワフ駅で走りだした列車に飛び乗ろうとして失敗し、列車に轢《ひ》かれて即死した日なのですから。

その日、ワルシャワを出てクラクフに到着すると、友人たちはみなツィブルスキの悲劇的な死を嘆き悲しんでいる最中でした。ぼくたちは、クラクフでは数少ない一晩中開いているナイトクラブの一つ、フェニックスに出かけ、後方のカウンターに座り、キノコの蒸し煮を肴にウォッカをショットグラスで飲みながら、名優に哀悼の意を捧げました（クラブ・フェニックスはセントヤン通り二番地の二階にある店で、一九四三年からその場所で開業しています）。

ツィブルスキを主演に据えた素晴らしい作品、『サラゴサの写本』のヴォイチェフ・ハス監督は、同じカウンターで隣のハイスツールに腰掛けていました（一九六七年から六九年までアンジェイ・ワイダの妻だったベアタ・ティシュキェヴィチもこの映画に出演していた。二人の娘のカロリーナ・ワイダは今や有名な女優だ）。泥酔していたハス監督は、ブツブツ言いながら首を振っていたかと思うと、後ろにもたれようとして椅子から転げ落ちましたが、頭を床に打ちつける前に壁にぶつかって事なきを得ました。

話を二〇〇六年三月のポーランド訪問のときに戻しましょう。

クレンゲル家の五世代が一堂に会した写真（二三ページ）の右から二人目は、ひげが濃く、耳の前に垂れ下がった毛と小さなスカルキャップが印象的な男性です。メナヘム・メンデル・クレンゲルという名の彼は、隣に座っている彼の父親と同じタルムード（ユダヤ教の宗教的典範）学者でしたが、『エンサイクロペディア・ジュダイカ』（ユダヤ人とユダヤ教について英語で書かれた百科事典。一九七一～七二年に初版発行）に掲載されたことで父を超えました。

曽祖父メナヘムについては別の写真もあります。一九〇六年にスプルングという名の写真家によって撮影されたもので、彼の写真スタジオはクラクフのセントガートゥルード通り一八番地にありました。

それから一世紀を経たこの二〇〇六年、ぼくはセントガートゥルード通りを歩いていました。一八番地にたどり着くと、ガラスがはめ込まれた木製の扉の上部の石板に「一八八八」と彫り込まれた、四階建ての建物がありました。扉のガラス部分から中庭をのぞき込むと、丈の高い草が生い茂っています。革紐でつながれたゴールデンレトリバーを連れた中年男性が、鍵を手に扉に近づいてきました。「すみませんが……」とぼくは声をかけました。「もしかしてここに住んでいる方ですか？」。

「そうですよ」と男性は答えました。

ぼくはメナヘム・メンデル・クレンゲルの写真を見せて言いました。

「ぼくの曽祖父です」

「ああ、これは間違いなくここで撮影されたものですね。私の母は戦前にここで生まれていますから、ここでスタジオを開いていた写真家を知っていたかもしれませんが、母はもう亡くなっていますから、どうもお役に立てそうにありませんね」

男性に感謝の言葉を伝え、中庭に入らせてもらえないかと頼んでみました。

「もちろん構いませんよ」と男性は答えて、笑顔で扉を開けてくれました。

高く茂った草の真ん中に立って、中庭を取り囲むように作られたいくつものガラス窓をじっと見つめ……写真家のスプルング氏と曽祖父は、どの窓から庭を眺めたのだろうと想像していたら、涙が止まらなくなってしまいました。

記憶はタイムトラベラーだ

これまでに述べてきたものすべてが、つまり祖先のことや大虐殺のこと、過去に乗った列車、さまざまな俳優、そしてフラッシュバックとフラッシュフォワードのごちゃまぜが、刺激となってニューロンを即座に結合させます。それらは、ぼくたちが感覚的に知っていることを構成し、その知識に意義や価値を与えるのです。記憶とは年代順に並んでいるものではありません。

人の記憶は唯一のタイムトラベラーです。だからこそ、ぼくは今、一九七〇年の圓通寺に向かうタクシーの後部座席でアンジェイ・ワイダと隣り合わせに座っている光景を思い起こしながら、一九四〇年に最後の日々を共に過ごした可能性の高いアンジェイの父とぼくの祖父のいとこのことを同時に思い出すことができます。人は時間も空間もお構いなしに連想します。それは、最後にはすべてが一まとまりになって自分にとって完璧な意味をもつものとなります。

記憶の断片を寄せ集める体験にほかならないのです。

アンジェイ・ワイダとは、大阪万博（正式には、日本万国博覧会、英語で言えばEXPO'70）の一環として開催された映画祭で出会いました。アンジェイはポーランド代表として来日していました。ただし、そのとき上映されたポーランド映画は彼の監督作品ではなかったけれど。上映されたのは、ヴィトルト・レシュチンスキ監督による『マテウシュの青春』という作品で、ノルウェーの作家、タリエイ・ヴェースオースの『鳥』という小説を原作とする抒情豊かな美しい映画でした。偶然にもぼくはヴェースオースの小説の熱烈なファンで、ノルウェー人である当時の妻スールンに根気よく手伝ってもらいながら、彼の作品を原文でなんとか読み進めているところでした。

映画の上映が終わると、ぼくはアンジェイに歩み寄って自己紹介し、京都を案内しますよ、ちょうど文楽の公演中だからそれも観に行きましょう、と誘いました。初対面のそのときから、アンジェイは驚くほど好意的でした。でもそれは、その日ぼくが彼に気に入られるようなことを言ったせいではありません。単に、ぼくが彼の母語を話せたからです。当時、外国人でポーランド語を話せる人はごく少数でした（一九七〇年五月二日、帰国したアンジェイはポーランドからこんな手紙をくれました。「驚いたのは、君が私たちの国の言葉や文化をとてもよく理解していたことだ。今の若者の大半は、レコードとスポーツ以外には興味を示さなくなっているというのに」）。

アンジェイは、上着のポケットから小さな新聞の切り抜きを取り出しました。それはポーランドの新聞記事からのもので、男たちが棺を抱えて殺風景な丘を上っていく様子が写っていました。「タリエイ・ヴェースオースの葬儀の記事だよ」とアンジェイは告げました。ヴェースオースがすでに亡くなっているとは思ってもいませんでした。七二歳とはいえ、死とは無縁の作家に思えていました。彼の小説の見返しに載っている彫りの深い顔立ちは、永遠に変わらないものに見えたから。

「配給を禁止するなら、ポーランドを永遠に去る」

その一九七〇年の夏、ぼくはノルウェー人の妻（彼女とはその一年前に京都で出会った）と、ソビエト船のオルジョニキゼ号で神戸港を出港しました。ナホトカに上陸後、ハバロフスク行きの列車に乗り換え、飛行機でイルクーツク、モスクワ、レニングラード（現・サンクトペテルブルク）を経てオスロに向かいました。オスロに到着して間もなく車でテレマルクへ。ヴェースオースは、絵のように美しいこの山岳地帯の小さな町ビニエで暮らしていました。ヴェースオースの小説の舞台である田舎町の雰囲気をぼくは味わいたかったのです。

その後、ぼくはポーランドに向かいました。アンジェイが、ワルシャワ中央駅まで車で迎えに来てくれて、ポーランド東部のビャウィストクへ向かう道路沿いの村グウヒにある別荘に招待してくれました（アンジェイは道路の舗装状態のよさを話題にし、「ロシアの戦車がこの道路を走るときに備えて、国がこうしているんだ」と言った）。アンジェイの好みのナポレオン一世風に設《しつら》えられた彼の別荘は、一九世紀のポーランドにおける最も偉大な詩人の一人であるツィプリアン・ノルヴィッドの生家でした。

その夏、ぼくはアンジェイの家に三日間滞在し、映画や演劇について、日本、ポーランド、ソ連（アンジェイはロシア語が堪能だった）、アメリカについて、そしてそれ以外のたくさんの話題について語り合いました。

「私が映画化したい話を聞きたいか？」とアンジェイが言いだしました。「ある映画監督が映画を作っている。たとえばそう、南アメリカかどこかで。やがて彼は自分にできないことはないと思うようになり、映画作りなどやめて政治家になろうと決意し、その通りにしてみたら、自分がその国の独裁者になって、なんでも好きなようにやれるとわかるんだ」。

「もちろんご自分のことではありませんよね？」とぼくは尋ねました。

「自分の？　まさか。むしろフェリーニのような男にふさわしい話だ。私は一介の映画監督で満足しているよ」

ぼくたちはワルシャワに戻り、スタレ・ミアスト（オールドタウンの意味）の街はずれに向かいました。ポーランド政府が、さまざまな記録資料だけでなく、カナレット（一八世紀に活躍したヴェネツィアの画家）の詳細な風景画も参考にして、苦労の末に昔の建物をここに再建したのです。

「戦争が終わったとき、私はここに立っていた。まだ一九歳だった。君が今その目で見ているこの街がすっかり破壊されていた……瓦礫《がれき》と化していた。スタレ・ミアスト全体が、ポッカリと口を開いた巨大な穴となっていた」

アンジェイが一国の大統領となることは決してありませんでしたが、政治にはずっと関心をもち続けていました。一九七七年の映画『大理石の男』で共産主義的イデオロギーを巧みに攻撃した彼は、ポーランドの指導者たちに――そしておそらくはソ連の支配下にあった各国の指導者にも――衝撃を与えました。

ぼくは、一九七七年の五月から六月にかけての一カ月間ポーランドに滞在し、その間彼には何度も会っています。そのとき彼から、ポーランド統一労働者党の第一書記であるエドヴァルト・ギェレクに、映画の配給を禁止すると脅されたと聞きました。

「なんと答えたんです?」とぼくは尋ねました。

「配給を禁止するなら、ポーランドを永遠に去ると言ってやった」

そのひと言で、第一書記は嫌がらせをやめました。アンジェイ・ワイダがポーランドを捨てることは、それほど大きな意味をもっていたのです。アンジェイはポーランドの権力者ではありませんでしたが、それ以上に貴重な存在でした。母国ポーランドに欠くことのできない、卓越した芸術家でした。

「映画は、楽しみや娯楽、芸術さえも超越した何かになりうると私は信じている」とアンジェイは言いました。「映画には世の中を変え、人間の理解力を高める力があるんじゃないかと思ったんだ」。

アンジェイからは、これまでにたくさんの手紙をもらっています。なかでも一番うれしかったのは、二〇〇三年一月一九日付の手紙です。なぜなら、その手紙には、彼の日本文化への愛が、一九九四年に日本美術技術博物館〝マンガ〟館（Manggha）をクラクフに創設してしまうほどの愛が、語られていたからです。二〇〇二年の七月一一日、その博物館を日本の天皇陛下と美智子皇后（当時）が訪れました。

「数カ月前に」と手紙には書かれていました。「博物館に天皇ご夫妻が来てくださった。君に導かれて（日本文化の）奥深さに触れる体験をしていなければ、決して起こり得なかったことだ。ありがとう、ロジャー」。

意識に埋め込まれた国、ポーランド

なぜ、アメリカ人を「やめた」経緯を語る本書を、ポーランドの話で始めるのでしょう？

ぼくがポーランド人の親戚で知っているのは、母方の祖父の妹にあたる大おばのシルヴィアただ一人で、それも一度だけ、ポーランドに関する話をほんの少ししただけだというのに。ぼくがポーランドで過ごした期間は全部合わせて四カ月ほどで、日本やオーストラリアで暮らした期間とは比べものになりません。両親はポーランド語を、というか英語以外のどんな言葉も話さなかった。ぼくがポーランド語を学んだのは成人してからです。

その答えは、自分の頭にある集合的記憶の中にあります。すべての人が遠い土地やはるか昔の思い出を心の糧としている——あるいは苦しめられている——わけではありません。しかしぼくにとっては、この上なく豊かな文化をもつポーランドは、必然的にぼくの意識に埋め込まれた国なのです。祖先にまつわる矛盾だらけの逸話と、素晴らしいポーランドの人々との出会いの記憶の寄せ集めが、心の中でどうにかこうにか整理され、ポーランドの物語の一部を自分の物語でもあると考えるようになりました。

　はるか昔のカジミェシュ三世（一三一〇～一三七〇年）の統治時代、ヨーロッパでユダヤ人を受け入れていたのはポーランドだけでした。カジミェシュ三世は、歴代のポーランド国王の中で今も「大王」と呼ばれるただ一人の王で、クラクフのユダヤ人街は今も王に敬意を表してカジミェシュ地区と呼ばれています。

　母方の祖先であるクレンゲル一家は、一五世紀末にスペインからクラクフに移り住み、その後何世紀もかけてユダヤ人コミュニティの中心的存在となりました。知る限りでは、ポーランドにナチスドイツとソ連が侵攻してきた一九三九年には、幸いにもクレンゲル家でポーランドに残っていた者はいませんでした。一九六七年、当時クラクフに残っていた唯一のポーランド人ラビが、クレンゲル一族の最後の一人は女性弁護士で、一九三九年にポーランドを出国した、とぼくに教えてくれました。

　昔の写真の中の五人の男たちが、何を考え、どんな野心を抱いていたかはまったくわかりません。それでも、今その写真を眺めているぼくには、自分が六番目の人間としてそこにいるのが――まだ生まれておらず、目には見えないけれど――そこに存在しているのがはっきりと感じられるのです。

アメリカ人の若者が見たソ連

一九六四年の夏、二〇歳になったばかりのぼくは、ロシア語を専攻する大学院生の一団のメンバーとしてその地を訪れていました。初めての外国でした。学生団は、モスクワからキエフ、ハリコフそしてドネツク（今やロシアとウクライナ紛争の中心地となっている。そうした衝突が起こるとは、当時は予想もしなかった）を回り、クリミア半島のヤルタから当時のラトビア・ソビエト社会主義共和国の首都リガへ、さらにレニングラードとノブゴロドに向かいました。

アメリカからの、あるいは他のどの西側諸国からの旅行者にとっても、ソビエト国民の自国以外の世界についての無知さ加減は、理解の範囲を超えるものでした。ソ連政府は、海外からの情報を厳しく統制することによって国民を孤立させ、自国の輝かしい未来を信じさせることに成功していました。現在のロシア連邦も同じような政策を実現しているようですが、今は、国家がメディアを支配し、娯楽という形の大量の偽情報を国民に浴びせかける手法を採っています。しかし、かつてのソビエト社会主義共和国連邦においては、報道機関の唯一の役割は、孤立させられた国民に対して、国内に関する前向きな「ニュース」を大量に流し、一方で資本主義の国々についてはごくたまに否定的なニュースを流すことでした。

多くのソビエト国民が、国が掲げる将来展望のために、忠実に、ただひたすら奉仕すれば、どうにかその展望が実現すると信じていました。しかし、ブレジネフ時代（一九六四～八二年）——経済不振と過度の軍備拡張、そして国内環境の悪化に象徴される失われた二〇年近く

――に、国家のその将来展望があまりにも現実離れしたものとなり、その巨大なイデオロギーが自らの重みに耐えかねて崩壊すると、ソビエト社会主義共和国連邦も崩れ去ったのです。西側諸国が冷戦に勝利したわけではありません。ソ連の国民が、国の将来像に幻滅し、闘いつづける意欲を失っただけのことです。

ソ連の新聞には、国の指導者の演説が全文掲載されることがよくありました。段落の最後に括弧《かっこ》書きで拍手の文字があれば、その演説のその箇所に最も注意を払うべきだという意味です。日本の雑誌が、ある文章の終わりに、それが冗談であることを示すために「(笑)」という文字を挿入するのと同じ手法です。ソビエト国民が、括弧に入ったその文字を見て、どこで姿勢を正し、注意を向けたほうが安全であるかを知ったように、日本の読者もどこで笑うのがいいかを知るのでしょう。日本の場合、ユーモラスな表現も、それがわざと言った言葉だと知らされなければ、読者は気づかないかもしれないから。

一方ソビエトの場合は、書き加えられた「(拍手)」の文字は、それに先立つ文章が、指導者または演説者が敵に知らせたいと考えている過激な主張の一部であることを示す目印でした。そしてそれらの目印は、空に向かって打ち上げられるミサイル同様、計算された破壊的効果をもっていました。

「嵐のような喝采!」

新聞に掲載される演説の特に重要な部分には「(嵐のような拍手)」という括弧書きが挿入

され、真に激烈な主張には「(嵐のような拍手がやがて大喝采へ)」とつけ加えられました。大量殺戮《さつりく》も可能な弾頭を使用する事態になれば、演説のその箇所には「(嵐のような拍手がやがて大喝采へ。全員が起立して『インターナショナル』を歌う)」とつけ加えられました。「インターナショナル」は、第二次世界大戦のさなかの一九四四年一月に、スターリンがロシア愛国主義を鼓舞する目的で「ソビエト連邦国歌」を作るまで、ソビエトの国歌の役割を果たしてきました。

新たに作られたソビエト連邦国歌は、スターリンがひいきにしていた音楽家の一人であるアレクサンドル・アレクサンドロフが作曲をし、作詞はセルゲイ・ミハルコフが担当しました。ミハルコフは優れた映画監督であるアンドレイ・コンチャロフスキーとニキータ・ミハルコフの父です。しかし、「インターナショナル」はロシアの共産党の公式の「党歌」となり、嵐のような拍手のあとに歌われつづけました。

アレクサンドロフとミハルコフによる国歌は壮麗な歌詞で始まるものですが、ぼくはずっと、その歌詞の意図せぬ矛盾が気になっていました。「不滅の連合国家、自由な共和国……」。不滅でありながら、共和国のそれぞれが「自由に」脱退できる連合国家など、いったいどうしてあり得るのか?とぼくは当時不思議に感じていました。そして、その連合国体制が崩壊したとき、法の支配がなくなり、国家が、異議を唱える者を脅したり抑圧したりする力を失ったのをいいことに、多くの共和国がためらうことなく連邦を脱退しました。結局は不滅の連合などではなかったということです。

一九六五年にレニングラードで出会ったエンジニアの男性が、自身が出席したコムソモール（全連邦レーニン共産主義青年同盟）の集会でのちょっとした事件について、こんな話を聞かせてくれました。

「あるときコムソモールの集会で、ある指導者が演説中に重要な発言をしたが、会場からはまったく反応がなかった。こんなときには必ず盛んな拍手が付き物だが、今回、ホールはどういうわけか、しんと静まり返ったままだった。すると一人の威勢のいい男が立ち上がりこう叫んだ。『嵐のような拍手！』。もちろん、翌日のプラウダ紙には、その指導者による発言の後ろに『（嵐のような拍手！）』という括弧書きがちゃんとあった――」

ソビエトの新聞にある「嵐のような拍手」という決まり文句は、共産党のリーダーを賛美する印です。そのリーダーを笑い者にする「（嵐のような拍手に続く大喝采。全員が立ち上がりビュッフェテーブルへ移動）」との書き込みは、才能あふれる風刺作家、ミハイル・ゾーシチェンコの作だといわれています。

しかし、ゾーシチェンコの諧謔味《かいぎゃく》あふれるとっさの名言は、スターリン時代のソ連の指導者からは当然まっとうな評価を受けられるはずがありません。それがゾーシチェンコに対する激しい非難と、事実上の執筆活動の禁止、そしてスターリンの死から五年後の一九五八年に亡くなるまで、彼が貧乏暮らしを余儀なくされたことに関係しているのは間違いありません。

コンドームはこれで十分でしょ？

一九六〇年代のソ連の暮らしには、とんでもなくばかげた習慣がたくさんありましたが、国民の大半はその状況に慣れっこになっていました。日常生活にくだらない決まりがあるのは当たり前で、それでも人前で行儀よくふるまっていれば、安定した、いつも通りの暮らしができました。今も、高齢のロシア人の多くがそうした暮らしを懐かしいと思い、望んでいます。ごく当たり前の暮らし——険しい山も危険な谷もない「いつも通りの普通」——を切望する人々は、引き換えに安全と社会的つながりを得られるのなら、不自由さも喜んで我慢するのです。

それまでソ連で暮らしたことがなかったので、日常生活の不合理さに気づかないふりをすることができたけれど、不合理さの中には致命的な危険が潜んでいる場合もありました。それを笑い飛ばせるのは、部外者であればこその贅沢なのです。

一九六五年のある日、ぼくはモスクワにある大きな薬局でコンドームを買うために列に並んでいました。昔のソ連では、買い物をするにはたいてい三回行列に並ぶ必要がありました。注文のための行列。支払いの行列。二回目の行列で受け取った伝票と引き換えに商品を受け取る行列です。およそ二〇分ほど並んで、ようやく最初の行列の先頭にたどり着きました。

「ええと、コンドームを買いたいんですが」とぼくはカウンターの向こうの白い上着を着た若くてきれいな女性に告げました。

「どのくらい？」。彼女が暮らす夢のような国で、明らかによからぬことを企んでいる様子の外国人のぼくを睨《にら》みつけながら、女性は冷たく言いました。

「どのくらいって。うーん、どうかな、じゃあ一〇ルーブル分お願いします」

その女性は、注文内容を殴り書きした伝票をこちらの顔も見ずに差し出すと、ぼくの肩越しに後ろの人に向かって「次！」と大声で呼びました。

ぼくは、二番目の行列に半時間ほど並んで支払いをし、窓口の下部に開いたアーチ状の窓に伝票と一〇ルーブル札を押し込み、伝票を返してもらうと、最後の行列に並び直しました。ところが不運にも、先頭から三番目まできたところで時計が一二時を打ち、カウンターの向こうの若い女性の全員が瞬時に消えてしまった。

「どうなったの？」と自分の前に並んでいた男性に聞いてみました。

「お昼になった」と男性はため息をつきました。

コンドームの宣伝文句

ぼくは自分も軽い食事を取れるのがうれしくて、モスクワにたくさんある労働者用のカフェに入りました。ほんの数コペイカでまともな食事が食べられるのです。昼食を食べている間じゅう、頭の中ではソビエトのコンドームについて詩人のマヤコフスキーが書いた広告の文句がグルグル回り続けていました。

Yesli khochesh byt' sukhim
V samom mokrom meste

Pokupai prezervativ
V Rossrezinotreste

ちょっと「緩みのない」直訳風の文章になりますが、まあ、こんな感じです。

一番濡れた場所で
乾いたままでいたければ
ロシアゴム企業合同の
コンドームを買いなさい！

きっかり一時に薬局に戻ってみると、注文カウンターにはすでに長蛇の列ができていました。今度はカウンターにたどり着くのに三〇分以上かかりました。ぼくは、さっきコンドームを注文したときと同じ女性に伝票を差し出しました。女性は後ろの棚から大きなダンボール箱を取り出し、頭上に掲げるようにして運んでくると、カウンターにポンと下ろした箱を、目一杯伸ばした指先でこちらに押しやりました。

「これ……これがそれ？」。ぼくは息をのみました。「そうです。一二ダース。Vam khvataet（ヴァム・フヴァタエット）？——これで十分でしょ？」。

驚きのあまり口もきけませんでした。一四四個のソビエト製のコンドームが入ったぺらぺらのダンボール箱を抱えて大急ぎでホテルに戻ることしかできませんでした。ダンボール箱に内容物が記載されていなかったことを、深く深く感謝しながら。もしも記載されていたらどんなふうに見えただろう？　「コンドーム一二ダース入り」と書かれたダンボールを抱えた若いアメリカ人が、「赤の広場」を横切っていく光景は……。

ちなみに、そのコンドームはゴム臭い厚手のもので、子どもの頃乗っていた、二〇インチのシュウィン社製自転車のタイヤチューブに似ていなくもなかった……。

神様がいてもいなくても

一九六四年の八月、レニングラードに滞在していたぼくたちアメリカの大学院生の一行は、宗教・無宗教歴史博物館に案内されました。この博物館は、はるか昔の一九三二年に荘厳な聖イサアク大聖堂（ロシア正教会の大聖堂）内に造られたものでした。館内には組織宗教を露骨に攻撃するポスターが貼られ、錆《さ》びついた処刑台や親指締めの大きな拷問具が取りつけられた拷問台（どれも本物だ！）がこれ見よがしに展示され、壁に掛けられた再現図には、他宗教に不寛容な勅令公布の様子や、邪悪なロシア正教の聖職者が、虐《しいた》げられた農奴を激しい嫌悪の表情で睨みつける姿が描かれていました。

一緒に来ていたアメリカの学生たちは、ソ連当局によるこの強烈なプロパガンダに明らかにたじろいでいましたが、ぼくは学生仲間の何人かに、宗教、特にロシアの宗教の歴史がリアルに展示されていて、この博物館はとても興味深いものだ、と伝えました。

館内の売店で、田舎道を楽しげに歩いていく小作の女性が描かれた絵葉書を買いました。絵葉書には「Bez boga shire doroga」（ベズ・ボガ・シレ・ドロガ）（「神様を信じないほうが、道はもっと広がる」）と書かれていました。たぶんそんなことをするべきではなかったのでしょうが、ぼくはその絵葉書を売ってくれた高齢の女性に、そのことわざはもともと「神様を信じれば道は広がる」だったのでは、と指摘しました。女性は肩をすくめ、眉を上げて笑ってみせて、こう答えました。

「昔は神様がいたほうが広かった。今はいないほうが広いだけさ」

サンクトペテルブルクのメインストリートである、広いネフスキー大通り沿いにあるカザン聖堂が、かつての役割を再び果たすようになった今、あの高齢女性の言葉が二重の意味で皮肉に感じられます。

ソ連当局による厳しい宗教弾圧が、ロシアの歴史的建造物である教会建築を、最善でも軽んじる、最悪の場合は意図的に破壊する政策につながりました。ノブゴロドにある素朴で美しい教会建築の中には、一〇世紀に建てられたロシア最古の教会だとされるものもありましたが、どれも見るも無残に傷んでいた。ロシア革命のあと、急進派の詩人であるマヤコフスキーは、同輩たちに向けて「博物館に火を放て／博物館が焼け落ちれば、我々はまた歌を歌える」と呼びかけました。しかし一九六〇年代のソ連の公式の政策は、それ自体が博物館でもある美しい教会を焼き払うのではなく、教会が自ら朽ち果てるのを待つというものでした。

ぼくがハーバードの大学院生だった一九六四年の秋に、ソ連共産党第一書紀を務めていたニキータ・セルゲーエヴィチ・フルシチョフが、農業政策の大失敗と、彼の支配体制の代名詞でもある身内びいき、そして一九六〇年の国連総会で、抗議の印に自分の靴を机に叩きつけた事件に代表される、突発的で無礼なふるまいの数々を理由に退陣させられました（彼は義理の息子であるアレクセイ・アジュベイを自身の直近のアドバイザーの一人に指名したが、皮肉にもフルシチョフに背《そむ》き、その追放の実現に手を貸したのが誰あろうそのアジュベイだった。靴を叩きつけた一件については信憑性《しんぴょうせい》が疑問視されてきたが、どうやら真実のようだ。いずれにせよ、その事件は世界中に報道され、粗野で反知性主義的な元金属工で、かつては追従的なスターリン支持者だったソビエト連邦の指導者が、いかにもやりそうな行動だった）。

一九六五年六月にハーバードの大学院を修了したぼくは、紆余曲折を経て、日本にたどり着きます。そして、一九六七年の秋に、ぼくが京都産業大学で専任講師の職を得ることができたのは、ロシア語とポーランド語が話せたおかげでした。

グラスの縁に腰掛けて進む人生

時空を超えた人生の旅とは、いったいどんなものでしょう？　それは回転するグラスの縁にきちんと腰掛け、グラスの内側に向かって子どものように足をぶらぶらさせているようなものです。グラスはなんの音もたてず速やかに、驚異的な滑らかさで回転し続け、運がよければ、ちょっとした摩擦や揺れを感じるだけで、激しい乱気流との致命的な衝突にも見舞われずにすみます。

周囲の空気は――若いときに移動する空間や時間は――この上なく澄んでいて、目がくらむほど輝いている。そして、高速で回転するグラスに腰かけたまま、自分がどこに向かっているかわかっていません。にもかかわらず、自分は安全で厄介な問題など起こらず、次の局面もうまく乗り越えて、そこで待っているどんなことにも対処できると感じ、そう信じている。

しかしやがて、旅を始める前には気づかなかった何かに気づくことになります。グラスの縁の、ちょうど斜《はす》向かいの位置に、自分と同じように腰掛け、楽しげに足をぶらつかせている誰かがいるのです。その誰かは自分そっくりの表情――喜びに満ちあふれた恍惚《こうこつ》とした表情で――自分をまっすぐ見つめている……。

笑いかけてくるこの人物をよく見ようと目を細める。するとすぐに、向かい側に座り、自分と同じように滑りやすいグラスの縁をつかんでいるその謎の人物が、まさに自分自身であることに気がつく。けれどそれは鏡に映った自分ではない。その人物はまさに自分であり、自分と一緒に空間を移動しているけれど、一つのある驚くべき違いに気づいて、あわててグラスの縁をつかむ手に力を込め、指の関節が真っ白くなるほどに必死でしがみつく。

二人の自分のうちの一人は未来に向かって進み、もう一人は過去へと後退しています。二人とも、どちらがどちらに向かっているのかわからない。しかし、自分はあまりにも若く、人生の夢に心を奪われ、自分のことや日々の発見の楽しさに夢中になりすぎていて、目まぐるしく回転するグラスが自分をどこに運んでいこうとしているのかわからない。この旅は、自分が考えていたほど簡単でも穏やかでも、楽しいことばかりでもない。世の中はきっと思い通りには、期待通りにはならない――ずっと優秀で、クラスで一番で、高校では生徒会会長で、奨学金でハーバードに入学した――それが今や暗闇の中を回転しているだけ……。

そして一九六五年のあの夏、なんでも思い通りになると強く信じていたにもかかわらず――北欧と東欧を一人で回り、旅先で出会った美しい女性たちと一緒に過ごし、明日はどこのベッドで眠るかもわからなかった――ぼくは、本当の自分はどんな人間で、どんな人間になりたいのかもさっぱりわかっていないということに気づき始めました。昔の友人たちはもはやぼくが誰だかわからない。悪くすれば彼らはぼくについて根も葉もない話を広めさえするかもしれない。

世界のいくつかの国で、都市は名前を変え始めています。この「それほど素晴らしくない新世界」で、自分の居場所をどのように見つけるのか？　いつかは、どこかで回転するグラスから飛び降りなくてはならない。しかしいつ？　どこで？　過去の自分だったもう一人の誰かは、忽然《こつぜん》と姿を消してしまった。ついに飛び降りたそのとき、ぼくはうまく着地できるのだろうか？

第二章

ぼくはアメリカ人をやめた

ベトナム戦争の最中、アメリカに戻る

子どものときには不満などほとんどありませんでした。ぼくは健康で大きな挫折を経験したこともなかった。中流家庭で育ち、暮らしに困ることもなかった。生まれ育ったのは、多くの人々の選択の自由を尊重する国でした。人種や社会階級に起因する著しい機会の不平等は、当時も今もアメリカ社会の最も深刻な問題ではあるけれど、「持てる者」だったぼくは、残りの半分の人々である「持たざる者」がどのように暮らしているかに気づいてもいませんでした。

恵まれた環境に生まれたにもかかわらず、ぼくは自分の未来を思い描くことができずにいました。激しい炎に包まれて燃え上がり、煤《すす》で覆われた占い師の水晶玉の中を必死に覗《のぞ》き込もうとしているような気分でした。そんな暗中模索の状態だった一九六七年五月、ぼくは「母国」に向けてヨーロッパから旅立とうとしていました。

当時は、米軍のベトナム侵攻により、戦場に送られるアメリカの若者は増える一方でした。のちに陸軍参謀総長になるウィリアム・ウェストモーランド大将が、五月の第一週に米議会両院合同会議で増員要請の演説をしました。戦場で指揮をとりながら議会で演説した軍人は、彼が初めてでした。ウェストモーランドは、上院、下院の議員らに米国の勝利を約束し、そのためには本国の「決議と信頼、忍耐、決意、そして継続的支援」が必要だと訴えました。彼は、最も活躍しているアメリカ人として、一九六七年五月五日発行の『タイム』誌の表紙を飾っていいます。ベトナム戦争は、決議も信頼もなく、アメリカ国民の忍耐も決意も支援も得られないまま、その後およそ八年間続きました。

ぼくは、まさにそんな状態の真っ只中に帰国したのです。もはや、学生の徴兵猶予制度に頼って戦場行きを免《まぬか》れる道もなくなってしまい、お先真っ暗でした。

当時つき合っていたフランス人の彼女と結婚してパリに残れば、自分の混沌とした才能が芽を出し、発展するかもしれない、とも考えました。すでにマスターしていた外国語に加えてフランス語を習得することもできたでしょう——フランス語よりかなり難しい言語を使いこなせていたから。ところが、恋人のアン・マリーから別れを告げられ、すっかり落ち込んでしまいました。もはや人生に希望はないとさえ思った。彼女は、哲学専攻の別の若い男性を好きになったのです（あれから哲学が大嫌いになりましたが）。

「彼との未来は想像できるけど、あなたとの未来はどうなるかわからない」。彼女が住んでいた村、ヴィリエール＝シュル＝モランにある古い教会の前に停めた、ぼくのブリティッシュ・レーシンググリーンのオースティン・スプライトの中で、彼女はそう告げました。

まったく彼女の言う通りでした。自分自身が将来を思い描けていないのに、どうして彼女にそれができただろう？

「ぼくは絶対にスパイじゃない！」

ぼくはその年の二月のはじめに、急いでポーランドを出国する必要に迫られていました。米国学生協会（ＮＳＡ）が関係する重大な国際スパイスキャンダルに巻き込まれたのです。ぼくは、ＮＳＡとＣＩＡが支援する留学生交換プログラムでまだ共産圏の国だったポーランドに来ていました。ところが、NSAが実質上CIA（アメリカ中央情報局）の資金提供を受けていることが明らかになったのです。裏にそのようなつながりがあるとはつゆ知らず、疑いもしていなかったのだけれど。

詳しいことは、『もし、日本という国がなかったら』にも書きましたが、アメリカの「ランパーツ」という雑誌がこの資金提供を暴露しました。これでポーランドにいる留学生のぼくがアメリカのスパイなのでは、と疑われました。一九六七年三月九日付のロサンゼルス・タイムズ紙も一面にぼくの写真を載せ、このスキャンダルを報道しました。実際にCIAに情報を提供していたのは、NSAの幹部だったのですが、賢いアメリカのCIAは、無名の一学生に世間の疑いの目を向けさせたのです。ぼくは便利なスケープゴートとされたわけです。

結局、スパイ容疑については潔白だったものの、東欧に戻れば投獄される危険性が十分ありました。スラブ語研究の世界は閉ざされてしまったように見え、もうすぐ二三歳になろうとしているのに、目指すべき職業を見失ってしまいました。

所要時間一二時間五分の直行便で、ぼくはパリからロサンゼルスに戻りました。すがるべき藁《わら》はどこにもありません。大海原に放り出され、救命ブイは、あらゆる方面から押し寄せてくるように見える荒波にもまれていました。ぼくは荒れ狂う海に音を立ててまっすぐ落ちていったのです。

両親は、ぼくが賢明なユダヤ系の男子がみな目指すこと――ユダヤ人の三つの天職とされる、一が医者、二が弁護士、この二つがどうしてもダメなら、三の、つまり公認会計士――になららず、「ロシア語やら何やらの研究をしてこれまでの学生時代をまったく無駄にしてしまった」と悔しがっていました。

「正しいのはアメリカだけだ」

一九五〇年代のアメリカで子ども時代を過ごすことは、第二次世界大戦の長い影を引きずる時代に大人になることを意味していました。戦争は、空が暗く陰るほど接近してきた惑星のように、ぼくたちの世代に翳《かげ》を落としました。といっても、過酷な戦闘や悲惨な収容所生活の話を父親から聞かされたわけではありません。父が話の途中で首を振り、黙り込んだあと、「いや、おまえは知らないほうがいいだろう」と押し殺すようにつぶやいた、などということもありませんでした。

一九〇三年生まれの父は運がよかったのです。第一次世界大戦のときに出征するには若すぎたし、第二次世界大戦で徴兵されるには年をとりすぎていたから。親戚を見渡しても、ハリウッドの戦争映画に出てくるような、訛《なま》りの強いドイツ兵や抜け目のない日本兵の捕虜となった経験をもつおじさんもいません。しかし、ぼくたちの世代は、アメリカこそ正義である、という勝ち誇った独善的な気持ちからどうしても逃れられませんでした。

アメリカ人特有の、自分だけが正しいという独善性が、今形を変えて妄信的なアメリカ例外論となっています。当時のアメリカの若者の目には、あの戦争(第二次世界大戦)はアメリカ的なものの勝利だと映っていて、そしてその勝利は、ぼくたち若者の前に、善が悪に勝つ究極の勝利として誇示されました。なんと、黄金時代といわれる一九五〇年代には、アメリカ人であることは善だったのです！

一九六〇年代になって、ようやく、アメリカ独自の美徳が本当に絶対的なものであるのかどうかについて、疑問を呈する若者が現れました。ぼく自身はお行儀のいい、いい子ぶりっこのティーンエイジャーで、大人を喜ばせ、よく思われたいといつも思っていたけれど、そんなぼくの中にもそれとは別の気分が、たいていの若者がもつ漠然とした反抗心が、確かに芽生えていました。しかし他の多くの若者の場合とは違って、その反抗心が自分の両親に向かうことはありませんでした。反抗心は別の形を取って表れました。当時、自分ではまったく気づいていなかったけれど。

星条旗とむち打ち

一九五八年のはじめに、ロサンゼルスのルイス・パスツール・ジュニアハイスクールの副学長室に呼び出され、こっぴどく叱られたのは、一三歳のときのことです。でも叱られるだけですんだのは幸運でした。サディストで知られるその副学長は、「無法分子」とみなした生徒には暴力的制裁を振るう、という噂だったから。

副学長室に入っていくと、副学長はズボンの腰から太いベルトを抜き取り、明らかに激昂《げきこう》した様子でぼくを睨みつけました。けれどぼくは、自分が犯した重大な過ちについて卑屈な謝罪を繰り返し、彼を丸め込むことに成功しました。謝る理由などないと確信していても気前よく謝罪しようとするこの性格が、おそらく「根拠のない謝罪」をする国である日本での長年の暮らしで役に立ち、日本文化に同化するための助けとなったのかもしれません。

問題の過ちは、副学長室に呼び出される直前に起きました。「スクールリーダー」であるぼくの仕事の一つは、もう一人の男子リーダーと一緒に星条旗を下ろしてきちんとたたみ、夜間の保管のために本部棟まで運ぶことでした。しかしその午後は、旗の端がぼくの手から滑り落ち、旗竿《はたざお》のコンクリートの土台に触れてしまいました。副学長はその様子を窓から見ていて、本部棟への入り口でぼくを捕まえたのです。

ベルトのむち打ちを逃れるために謝罪はしたけれど、星条旗が関係していてもいなくても、ちょっと手が滑っただけで、人が権力と暴力によって別の人間を脅すことができる、ということに憤りを感じました。小学校に入学した日以来、来る日も来る日も国旗への忠誠の誓いを暗唱してきたのに、まだ足りないのか？

「君は星条旗が何を表しているのかわかっているのかね？」と、副学長は手にしたベルトを親指で撫《な》でながら脅すように言いました。

心臓の上に右手を置いて、ずっと国旗への忠誠の言葉を唱えてきたけれど、国旗が何を表しているのかは、もちろんよくわかりませんでした。特に国旗の端っこを地面に触れさせてしまっただけで、むち打たれなければならない理由なんて。

誓いの言葉なんて言わない

自分の本心を公の場で明かしたのは、それから三年も経ってからでした。アレクサンダー・ハミルトン高校の生徒会長だったぼくは、卒業式の集会で、忠誠の誓いを述べる卒業生とその家族、学校スタッフを先導する役目を命じられました。

マイクを使って先導する際に、それまで二九の言葉からできていた誓いの言葉につけ加えられたある部分をぼくは省略したのです。それは、米国の民主主義は、当時のメディアが「神不在の共産主義」と呼んでいたものの脅威から、神によって守られているという信念の証しとして、一九五四年につけ加えられた二語でした。

もともとの誓いは、

I pledge allegiance to the Flag of the United States of America and to the Republic for which it stands, one nation, indivisible, with liberty and justice for all.
(私はアメリカ合衆国国旗と、それが象徴する共和国に忠誠を誓います。万民のために自由と正義がある、分かつことができない一国家である共和国に)

でしたが、

I pledge allegiance to the Flag of the United States of America, and to the Republic for which it stands, one nation **under God**, indivisible, with liberty and justice for all.

のように加えられたunder Godを省いたのです。

式典参加者の中に、「神様のもとに」を省略したことに気づいた人はいなかったようです。講堂に集まった自分以外の全員が、その二つの言葉をちゃんと暗唱していたから。でも、壇上にいる人々や、式典参加者の中で、国歌演奏中にぼくだけが座ったままだったことに気づかない人はいなかったはずです。

ところが、「神様のもとに」を省略したことについても、国歌演奏中に起立しなかったことについても、話題にする人はおらず、ぼくは米国在郷軍人会（アメリカの主要な退役軍人の組織）のスクールアワードメダルまで授与されました。メダルは、どういう人間であれ、その年の生徒会長に贈られるものと決まっていたのでしょう。メダルの裏側には、米国海兵隊のモットーである「semper fidelis（常に忠誠を）」の文字が刻まれていました。

この二度にわたる、公の場での危なっかしい反抗心の表明は、計画的なものではまったくなく、なぜあのときあんな行動を取ったのか、今となっては自分でもわかりません。ずっとあとになって、アメリカ国籍を失ったときに、一九六一年のその卒業式の日のことを思い出し、自分のアメリカ的生活への違和感は、すでにあの頃から生じていたのだろうかと考えました。

いや、そうではないでしょう。ぼくは、当時爆発的な人気を得ていたディック・クラークの「アメリカン・バンドスタンド」というテレビ番組に誰が出演するかとか、仲間がどんな車に乗っているか（なにせ、住んでいたのはロサンゼルスで、そこでは車は、ティーンエイジャーの欲求を満たす必須条件だった）とかが何よりも気になる、いかにもアメリカ的な若者だったのですから。

一九六〇年民主党全国大会

高校を卒業する一年前に、ひょんなことから、ロサンゼルスのダウンタウンにあるメモリアル・スポーツアリーナで開催された民主党全国大会に参加することになりました。事の始まりは、ぼくの年上のいとこでサム・ヨーティの親しい友人だった女性に、ヨーティの「ユースリーダー」になってもらえないかと頼まれたことでした。

下院議員だったヨーティは、一九六一年のロサンゼルス市長選挙への立候補を考えていました。サム・ヨーティについては何も知らなかったけれど、ぼくは喜んでその役目を引き受けました。そしてそれが縁で、その年の七月半ばに開催される民主党全国大会で、大統領候補へのノミネートを勝ち取りたいと考えていたスチュアート・サイミントン上院議員の「ユースリーダー」にならないかと誘われたのです。

ぼくは、一九五四年に米国議会上院が開いた陸軍―マッカーシー公聴会（初めて興味をもった政治的イベントだった）のテレビ中継を見たことがあり、一九六〇年にサイミントン議員から声をかけられたときに、それを思い出しました。自暴自棄になり不道徳な発言が増える一方のジョセフ・マッカーシー上院議員を、サイミントン上院議員が厳しく追及する場面がその中継の見せ場で、それが国内でのマッカーシー人気失墜の引き金となったのです。でもサイミントン上院議員のために喜んで働いた一番の理由は、民主党大会の会場に毎日通うことができたからです。

民主党大会の会場を埋め尽くしていた赤、白、青色の風船のことは、今でも鮮明に覚えています。アメリカの政党の党大会で、風船売りの営業許可をもらえた幸運な業者はどこの誰なんだろう?などという考えも頭をよぎったのだけれど。また、五〇州の選出議員団がかぶっている、バッジやステッカーをつけたさまざまな種類のつば広帽にも圧倒されました。

サイミントン議員とは一度握手できただけでしたが、長身で恰幅《かっぷく》のいいワイシャツ姿のリンドン・ジョンソンが、階段のところで報道記者たちと話している様子を間近で見ることができたし、ロバート・ケネディが、州の議員団のところを回って何かを手渡しているのも目撃しました。会場にいた民主党関係者に、ロバート・ケネディは議員団に何を渡していたのかと尋ねてみると、「決まってるさ、百ドル札だよ」という答えが返ってきました(これは、ノミネーションの投票を買う試みです。しかし、選挙ではないので、不道徳ではあるものの、選挙違反ではありません。念のため)。

誰もが知っている通り、ジョン・F・ケネディはその一九六〇年の七月に民主党大統領候補にノミネートされ、のちに大統領となりました。サム・ヨーティもロサンゼルス市長選を勝利しましたが、かつての「ユースリーダー」の手助けなしに、とつけ加えておきます(ちなみに、ヨーティはその年の一一月の大統領選挙運動ではリチャード・ニクソン支持に回りました)。

「人生はとことんやるだけじゃ足りないのよ」

当時ぼくは、自分もこの偉大なるアメリカの自由と民主主義の素晴らしい祭典の参加者になりたいと願うようになり、ある日党大会の会場から帰宅すると、上院議員になると両親に宣言しました。両親は大喜びしましたが、熟慮の末に、「おまえが医者か弁護士か、せめて公認会計士にでもなってくれればうれしいが、まあ、上院議員も決して悪くはないかも」と答えました。

母はさらに、ユダヤ系アメリカ人の人生「哲学」における神聖なる金言とでも呼ぶべき言葉をつけ加えました。「ロジャー、言っておくけれど、人生はとことんやるだけじゃ足りないのよ。それを超えなくちゃならないの」。

ぼくは実際、母の期待をはるかに超える頑張り屋になるのでしょうか？　高校卒業時に、クラスで「一番成功しそうな人」に選ばれたときも、暗にそういう意味が込められていたのでしょうか？　努力しなくても転がり込んできたことは、自分の手柄だと言っていいのでしょうか？　たとえば一九五八年の二月に、ロサンゼルス市と郡で誰よりもいい歯を持っているという理由で「ミスター・スマイル・オブ・ザ・イヤー」に選ばれたことなら？　おそらくこれこそが、本当に誇るべき「身の丈に合った手柄」なのでしょう。

ぼくはUCLA（カリフォルニア大学ロサンゼルス校）の模範生で、卒業に必要な単位を三年間で取ってしまいました。その頃はまだ、他人から期待されていることをいかにうまくやり遂げるかということばかり考えていました。大学での勉強を将来にどう活かすかはあまり考え

「ミスター・スマイル・オブ・ザ・イヤー」受賞の記念写真。1958年、ロサンゼルス。

ていませんでした。すでに上院議員は諦めていたけれど、医者や弁護士、公認会計士になりたいとはまったく思わなかった。では他にどんな道があるのか？　早くからなりたいものが決まっている友人たちを妬《ねた》ましく思わずにはいられませんでした。

　あのとき以来、自分の子どもたちを育てているときも、世界中からやってくる学生たちと話をしているときも、将来の夢を見つけられない若者には心から共感を覚え、将来が決められなくても思い悩む必要はないと伝えてきました。

　若い頃の自分に向かって、もしも誰かが、やがて君は人生のほとんどの期間を日本で暮らし、日本語で会話し、日本語を使って翻訳したり本を書いたりするようになるだろうと言ってきたら、その人たちの予言をばかばかしいと一笑に付したことでしょう。現実離れした夢を追う人間であるぼくが、正真正銘自分の手柄だと言えるのは、一九五八年に、ロサンゼルス市と郡で「最高の歯並び」の持ち主に選ばれたことだけだったのです。

もう一つのアメリカ――ベッシー・スミスが歌うブルースの意味

一九六四年の六月にUCLAを卒業する頃には、周囲の人々の様子に変化が表れ始めました。ベトナムで激化する内戦にアメリカが軍事介入することへの反感が社会に広まりつつあったのですが、まだ「抗議運動」と呼べるほどのものではありませんでした。なんといっても、当時ベトナムに駐留していたアメリカ兵は二万五〇〇〇人に満たなかったのだから（翌年末には、その数は八倍近くになっていた）。

それでも、その前年の一一月に起きたケネディ大統領暗殺事件の衝撃と、南部から全国に広がった公民権運動の大きなうねりに刺激されて、アメリカが国内外で間違った行いをしていることに気づく人が増えていきました。それまでは、いかにもアメリカ的生活とみなされる事柄に対する批判は、異質なイデオロギーへの屈従から生じた一種の「反米主義」であり、二一世紀になってからジョージ・W・ブッシュが考案した簡単明瞭な言葉でいえば、「我々が享受する自由に対する敵の嫉妬」だと考えられていました（アメリカの自由に嫉妬する外国の人々が、なぜアメリカを破壊しようとするのか、いまだに理解できない。彼らはただアメリカのようになりたいと思っているだけなのではないだろうか？）。

そのころアメリカで暮らす黒人たちが、すべてのアメリカ人の社会的意識を高め、アメリカ社会の社会的交流に潜む根深い不公平をぼくたちに突きつけました。恵まれた環境で育ったぼくたちにとって、このアメリカ社会は先例のない富を誇れる社会である一方で、それと同じくらい先例のない貧しさを、疑問すら抱かずに隠蔽《いんぺい》する社会でもあると示したのです。ぼくたち特権をもつ白人は、自分たち以外のアメリカ人について何一つ知りませんでした。崇拝していたバディ・ホリーとザ・ビッグ・ボッパー、リッチー・ヴァレンスという三人のロックスターを、一九五九年二月三日の軽飛行機墜落事故で失った悲しみにくれる若い白人青年のぼくが、ベッシー・スミスの一九二九年のヒット曲"I'm Wild about That Thing"（あたしはアレに夢中よ）の歌詞の意味をいったいどうして理解できただろう？

If you want to satisfy my soul
Come on and rock me with a steady roll
あたしの体の芯まで満足させたければ
さあ、ゆっくりとあたしと夜の遊びをしておくれ

それまでぼくはベッシー・スミスの曲を聞いたことがなく、that thingが何を指すのかも、soulが何を意味するのかも知らず、彼女が歌うrockとrollが何を表すのかに気づきもしませんでした（to rockとは、「左右に揺り動かす」ことで、to rollは、「転がす」こと。どちらもセックスの婉曲《えんきょく》表現だ）。そんなことがわかるはずがないでしょう。それまで、セックスのことをほのめかしたり教えてくれたりする人は誰もいなかったのだから。

白人のアメリカ人は（ぼくも紛れもなくその一員だけれど）過去一〇〇年間にわたって黒人の音楽を不正に奪ってきました。古くはミンストレル・ショー（白人が黒人に扮して行う大衆

演芸）に始まり、ジャズやロックンロールに至るまで。それなのに、ぼくたち中流階級の白人の若者たちは、あいかわらず性的な事柄に対して慎み深さを装ってばかりで、アメリカに別の文化的な言葉があるとは、心の叫びや欲求を直截に表現する語法があるとは、ほんの一秒たりとも考えたことがありませんでした。

けれども、一九六〇年代半ばになると、ようやく社会意識に目覚め始めたぼくたちは、より自由奔放で豊かな表現方法を用いるようになり、やがてもう一つのアメリカとの最初の出会いを、そして部分的な同化を体験することになります。このもう一つのアメリカと、既存のものとは異なる別の意識を示してくれたのは、ビートニクやヒッピーではなかった。それはアメリカの有色人種の人たちでした。

アメリカ的偽善

この変化は中流階級の白人の間に徐々に広がっていったものの、それでも多くのアメリカ人は「理想」のアメリカ像を胸に抱いていて、それはたぶん、「現実を超える楽観主義の勝利」と呼ばれるノーマン・ロックウェルが描くであろう巨大な壁画と似通ったものだったのでしょう。

その巨大な壁画には、親切な町医者を畏敬の眼差《まなざ》しで見つめる赤ん坊が描かれ（ぼくは四人の子どもを育ててきたが、彼らが畏敬の眼差しで見つめたのは母乳がたっぷり詰まった母親の乳房だけだった）、犬さえも微笑み、女たちは長い巻き髪やかわいらしく内巻きにした髪を弄《もてあそ》ぶ。

牛はみんな健康そのものの頑丈な身体をもち、農民らは正直そのもの。そして祈りは必ず聞き入れられるのです。

この世に下劣なものが存在する余地はまったくない。理想に違《たが》うあらゆるものは視界から、世間から隠されなければならないのです。この偽善の上に、二つのアメリカが成り立っています。表向きの上品ぶったアメリカと、裏の悪徳だらけのアメリカです。

そしてこれこそが、二〇一六年一一月の選挙でドナルド・トランプが大統領に就任し、再び国民の「価値観」を代弁することになったアメリカなのです。

ウォールデン池からユトランドの草原まで

人生の最初の二〇年間ぼくは、あのロックウェルの壁画の中の架空の世界を生きる牧歌的な人々と同じくらい無邪気でした。けれども一九六〇年代の半ばになると、同世代の若者の多くがそうだったように、ちょっと話ができすぎているのではないかと疑いをもつようになりました。アメリカが専制政治から世界を守った、とぼくたちは教えられていました。アメリカ人の他にも、イギリス人やカナダ人、オーストラリア人、それに言うまでもなくロシア人などが、「我々」の勝利に貢献したと教えてくれる教師はいませんでした。

ハーバード在学中、ぼくはよく、ウォールデン池のほとりのベンチに腰を下ろして、濃い秋色に色づく景色を、まるで万華鏡を覗き込んでいるような気分で楽しみました。冬にはマサチューセッツ州の古い街並みを、葉をすっかり落とした立木の枝が、まるで骨ばった鳥の脚のように灰色の空に向かって伸びているのを眺めながらドライブしたものです。子どもの頃から見て育ったサンタモニカやベニスビーチの燦然《さんぜん》と輝く海辺の風景とはかけ離れた、その凍るように美しい風景の中で、ぼくは自分のアイデンティティに疑問を抱くようになっていきました。

カリフォルニア育ちの陽気な若い白人で、自分の母国は世界の国々の自由を守る唯一の砦《とりで》であり、世界中の虐げられた人々の唯一の救済者であるとかつて信じていた自分が、しっくりこなくなっていました。なんといってもぼくはまだ二〇歳で、自分の国について教えられてきたことは真実だと信じたかった。けれども、自分自身にも理解できない不安を感じるようになっていたのです。そして突然、母国を離れたいという思いが湧いてきた。ぼくは自分を異質な存在だと感じていたのです。

「広い世界を見たい」であれ、「ベトナムの人々に対する残虐で不公正な戦争への抗議」であれ、そのとき考え出したアメリカを離れる理由は、単なるよくある青年期の不安にすぎなかったのでしょうか？　それとも、家庭や学校生活の中で繰り返し教え込まれてきたのとは異なる政治的、社会的信念をもつ人間へと変わりつつあったのでしょうか？

ロシア語を自由に操れるようになっていたぼくは、ハーバード大学の大学院、ロシアン・リサーチセンターの、修士課程資格検定語学試験に合格することができました。その後、論文『一九三〇年代におけるソビエト科学の発展と組織化』が受理されて、普通は二年かかるところを、一年で修士号を取得しました。もしもあのとき修士号を取れていなければ、おそらく中途退学して自分を見失っていたことでしょう。

一九六五年の六月にヨーロッパへと旅立ったときには、自分のアイデンティティや将来についてまったく考えずにすみました。デンマークやスウェーデン、フィンランド、ソ連で過ごしたその夏は、永遠に終わらない夏でした。ぼくにはその夏しか見えていなかった。デンマークの田園地帯をヒッチハイクで回っていたときは、探索熱にとりつかれ、あらゆる光景や匂いを貪るように味わいました。

ユトランドでは子どものように丘を駆け上り、両手を振り回しながら草原を走り回った。持ち物は小さなスーツケース一つきり。遠くに見える村の名前も知らなかった。ぼくは冒険を渇望していたのです。それもずっと続くものを。喜びを、心に残る喜びを求めていました。そして今を、常に今この瞬間を生きようとしていたけれど、しかしそれは、いつか来る終わりについて考えずにすむように、今このときをどこまでも引き延ばしたい、という切実な願いの裏返しだったのです。

その一九六五年の夏は永遠に終わらないのだと固く信じていました。その夏が終わってしまったら、どうすればいいのか、まるでわからなかったから。

「歴史上最も偉大な国」に生まれ育って

ぼくはロシア語とロシアの文学、文化に夢中でした。ロシア語を使いこなせるようになると、ロシア文学を貪《むさぼ》るように読み、行く先々でロシア人を探し回りました。パリで暮らしていた一九六七年の春は特にそうでした。パリにはロシアからの移民がたくさんいましたから（タクシー・ドライバーの多くが白系ロシア人だった)。

しかしアメリカ人は、そうしたロシアへの関心に厳しい疑いの目を向けました。ソ連は、戦後のアメリカ国民の愛国意識を高めるための格好の悪役で、アメリカ国民は自国が高く掲げるイデオロギーという防御壁の向こうに目を向けられず、ソ連の国民もまた同じでした。敵対する相手の国についてのお互いの印象は、間違った情報、そして政治と軍事というお題目のもとでなされる謀略によって生み出された強固な無知に基づくものです。そしてそれは、今もなお両国の基本的な関係性の本質でありつづけています。

アメリカ人はこれまでずっと、そのときどきにふさわしい邪悪な悪魔を設定することを必要とし、そしてしばしば、自分たちの栄光を永遠のものにするために、その悪魔に実体以上の大きな威力を付与してきました。冷戦終結後は、イラクのサダム・フセインやリビアのカダフィ大佐、また「悪の枢軸」からシリアのバッシャール・アル・アサド大統領に至るまで、悪魔が次々と擁立され、現在、新たな邪悪なリーダーとして名指しされているのは中国という悪魔かもしれません。

今世紀に入り、中国はアメリカの権力を脅かす主要な勢力へと急速に変化した、とアメリカ人は考えています。世界のどこであれ、アメリカの権力に攻撃をしかける勢力はすべて、アメリカ国内の自由とアメリカ的ライフスタイルへの脅威だと、アメリカ人はみなしがちなのです。アメリカ人は、その「脅威」を独りよがりなやり方で受け止めるせいで、アメリカの自由そのものを犠牲にしているのではないだろうか?

ぼく自身も、アメリカで成長する過程で、世間のそうした先入観を身につけていきました。そしてもちろん、アメリカ国民が「歴史上最も偉大な国」と呼ぶ国で自分が生まれ育ったことを、心から感謝していました。

ベトナム戦争が変えた人生

何が自分を変えたのか？　何がきっかけで、ぼくは母国に違和感を覚えるようになったのか？　なぜその違和感は、時代や国を問わずすべての若者に共通する漠然とした不安で終わらなかったのか？　多くの若者の場合は、その不安がさまざまな形で国に役に立つ行動へと発展していくのですが、ぼくは次第に、自分が「アメリカ人じゃない」と自覚するようになりました。なぜそんな自己像が出てきたのでしょう。

ひと言でいえば、理由は「ベトナム」でした。でもベトナム戦争は私を少しずつ変えていきました。ぼくがアメリカ人をやめた理由の根本にあったのは、戦争は不当なものだという率直で単純な感情でした。きっとこんなふうに考えたのでしょう。戦争が正しいなんてことがどうしてありえるだろう？　双方にとって正しい戦争などあるのか？

アメリカの巨大な爆撃機が投下する爆弾の多くは人間に致命的な影響を与える化学物質を含むものです。その爆弾が、植民地支配に抗議し、最初はフランス、次に日本、そして今度はアメリカからの独立のために戦っている人々の上に投下される光景は、とても見ていられないものでした。

自分たちの自由を守るという名目で、敵とみなした国で暮らすすべての人々の生活を破壊するような国の国民でいたくはなかったけれど、同じことがその後もアフガニスタン、イラク、リビアで繰り返されました。

そしてぼくは最も簡単な打開策を選びました。アメリカを離れたのです。

逃げることが抵抗だった

一九六七年の九月にぼくはアメリカを出国して日本に向かい、再びアメリカで暮らすことはなかったから、ちょうどその頃アメリカ国内に広がり始めていたベトナム戦争に対する抗議の声明や活動に参加することはできませんでした。でも、たとえアメリカに残っていたとしても、そうした抗議活動に参加したかどうかはわかりません。ぼくの戦争への抗議はまだ直感的な思いにすぎず、行動で示してはいなかったから。それから何年か後にオーストラリアで暮らすようになったときに、作家兼ジャーナリスト、ラジオキャスターの立場から、ようやく戦争反対を口に出して訴えられるようになりました。

それでも、ぼくの声が大きな抗議運動の一端をなしているとは思っていないし、自分のことを信念のために自分の仕事や人生を懸けているような活動家だとは考えていません。ぼくは長年にわたり、自分の信念についてさまざまな場所で書いてきましたが、残念ながら、自分は臆病で活動的ではない人間だと思っています。ベトナム戦争を理由にアメリカ合衆国を離れ、アメリカの国籍を放棄したことが、唯一、公然たる抵抗運動でした。逃げるという選択肢を、正当な抵抗手段だと認めてもらえるのなら、だけれど。

何が、その人がどんな人間になるかを決めているのでしょう? 二一世紀の流行りのメタファーはDNAです。歴史家は、国のDNAとよく言うけれど、それは国民の集合的記憶を意味する比喩的表現です。

DNAというのは、歴史家がある国の文化を解説する道具としては便利な表現かもしれませんが、個人の行動をうまく説明できる言葉だとは思えません。祖先についてあれこれ言うのはぼくの事情で、好んでそうしていることです。多くの人々にとって、遠い親戚は昔のアルバムの中のただの写真にすぎません。親の影響が、よくも悪くも恐ろしく大きい場合もあれば、ほとんどない場合もある。ひどい両親から素晴らしい子どもが生まれる例や、天使のような両親から忌まわしい子どもが生まれる例があることは、誰でも知っています。

気質、行動、野心のすべてにおいてぼくは両親とはまるで似ていなかったので、母は、妻のスーザンに初めて会ったときに、「私たち、〝この子はいったいどこから来たんだろう?〟って話してたのよ」と言いました。

ある種の疾病《しっぺい》にかかりやすい傾向には、DNAが関係しているかもしれないけれど、そうだとしても、ぼくたちは祖先が罹患《りかん》していた疾病や特徴をほとんど知りません。自分の性格や特性は自分が作り上げたもので、そう考えておくほうがいい。そのほうが、自分の行動の責任を自分で取ることができ、あまりよく知らない過去の誰かのせいにせずにすむから。

LBJ好きのベトナム共和国首相

ベトナム戦争をめぐって米国内の世論が二分されたのは、一九六七年の九月にぼくがアメリカを出国した後のことでした。その翌年には、ベトナムに駐留するアメリカ兵は五〇万人を超えていました。東京の羽田空港（成田空港ができたのはそれから一一年後のことだ）にぼくが降り立ったその九月、ベトナム共和国の首相を務めていたのは前のベトナム空軍司令官、グエン・カオ・キでした。

「私はLBJが好きだった」とキはリンドン・ベインズ・ジョンソン大統領についてそう言いました。「彼はテキサス州の人間で、私もある意味でテキサス州の人間だから」と。

当時CIAは、キ首相がCIAのモノであると言い張っていましたが、キ首相のほうが逆に、「いや、CIAは俺のモノだ」と自慢げに言いました。そしてそれはどちらも真実でした。

当時のフランスの大統領は、いかにもフランス人らしい懐疑的態度をキ首相に向けました。「Qui est Ky?（キ・エ・キ）」（キとは誰かね?）。シャルル・ド・ゴール大統領はきつい皮肉を放ったのです。

キ首相は軍人あがりの政治家で、国民の幸福よりも自分自身の名声を大切にしました。「たとえサイゴンを失っても、我々にはまだメコンデルタがあった。私の計画は、サイゴンをスターリングラードにすることだった。これは命を捨てる価値のある戦いだ。世界の誰もが忘れることのない戦いとなるだろう」と、アメリカの支援を受けた内戦に敗れたキ首相は言いました。

彼の言葉からは、母国を軍人の手に委ねることの危険性がよくわかります。日本国民も、昭和一〇年代に、つまり一九三五年から一九四五年頃に同じ危険を冒し、非常に苦い教訓を得ることになりました。

ベトナムに派兵されたアメリカ兵にとっては、ベトナムには独自の文化があり、そこには、自分たちとはかけ離れた文化的、歴史的な前提に基づく人間観が存在する、という事実はどうでもいいことでした。ぼくは昔、日本で暮らしていたときにラジオの米軍放送をよく聴いていましたが、一九七〇年のある放送を聴いて、急いでメモを取りました。

ベトナムに駐留中の兵士諸君に、我らがベトナムのトモダチについて、ちょっとしたアドバイスを伝えよう。知っての通り、彼らは今、少しばかり神経質になっているから、どうか次の重要なルールを肝に銘じておいてほしい。決してベトナム人の頭を撫でないで。そして、話すときは、相手よりも低い場所に立つこと。こちらを見上げる状況に置かれると、彼らの神経を逆なでするから。わかったかね？

もしもこのときアメリカの兵士たちが、自分たちが戦っている相手は自分たちと対等の人間で、その敵の人間たちは外国による支配に抵抗する長い戦いをしているのだとわかっていたなら、なぜベトナムの人々が「ちょっと神経質になっていて」、外部の人間に威張り散らされることに怒りを感じるのか理解できたでしょう。そしてその理解が、アメリカがベトナムから撤退したあとに十分に社会に浸透していれば、それからずいぶんあとの中東における同様の軍事介入を回避できたことでしょう。自分たちは、この地球上の誰よりも道徳的に優れている、と信じきっている人々に、相手より低い場所に立てと言っても通じるわけがありません。

ロバート・ケネディの暗殺で消えた希望

ベトナムの人々が「アメリカの戦争」と呼んだ戦争は、アメリカが積極的介入を行った一〇年間に、一〇〇万人をはるかに上回るベトナム人の死者と、何百万人もの負傷者を出す結果に終わりました。米軍が使用した化学兵器の影響で、およそ三〇〇万人以上のベトナムの子どもたちが、先天的な疾患や奇形に悩まされているといわれています。当時のいわゆるレッドライン（越えてはならない一線）は、どこにあったのか？

メディアによって、ベトナムでの米軍の残虐行為が次々と暴かれるにつれて、ぼくの心は大きな傷を受けるようになっていきました。それでも、その頃はまだ自分はアメリカ人だという自覚のもとに、自分の国がこれまで弱い敵に対して犯してきた不公正なふるまいについて、なんらかの罪滅ぼしがしたいと考えていました。そして、おそらくロバート・ケネディが大統領になれば、たとえアメリカの罪は認めなくても、アメリカが犯した過ちを認めるだろう、と期待していました。

けれども、一九六八年の六月六日に彼がぼくの故郷のロサンゼルスで暗殺されたとき、すべての希望は消えてしまった。そのときぼくは京都産業大学の教壇に立っていました。暗殺のニュースにすっかり動転してしまったぼくは、教室に入っていったものの、黒板の前でしばらく呆然《ぼうぜん》と立ちすくみ、目に涙をためて、「ロバート・ケネディ上院議員に敬意を表して授業を休講にします」と告げました（学生たちは拍手したが、たぶんそれはアメリカの政治家への敬意からではなかった。単に授業がなくなって喜んだだけだったのだろう）。

ぼくは一九六七年から七二年までの五年間を京都で暮らし、その間に初めての短編集 *On the Edge of Kyoto*（『京のほとり』朝日出版、一九六九年）と最初の戯曲 *The Perfect Crime of Mrs. Garigari*（『ガリガリ夫人の完全犯罪』）を発表。戯曲は邦訳されて当時の主流演劇雑誌『新劇』（一九七〇年八月号）に掲載されました。初めて書いたエッセイが、毎日新聞社主催の国際エッセイコンテストの最優秀賞を受賞したのもこの頃です。

そして一九七二年のある日、いつの間にかぼくはオーストラリアにいました。

偶然の恩恵

作家は偶然に哀れなほどとりつかれています。偶然の糸が織りなす複雑な模様には、ある一つの疑問が隠されています。それは、何が人が向かう方向を決定するのか、その人がどこに「たどり着き」、その場所にいつまで滞在し、その人生を誰と共に生きるかを決めるのか、という疑問です。あらゆる空間とあらゆる時間の流れは、もつれ合うようにつながっていて、やがてその疑問へと収斂《しゅうれん》していくのです。

物語の世界であれ現実の話であれ、作家にとって偶然は紛れもなく運命で、運命を決める出来事には特別な魔力があって、予想外の結末を引き起こします。「こうなる運命だったのだ」は、あらゆる言語に共通の陳腐な言い回しなのかもしれません。作家には、すべての登場人物が、この言い回しのもつ日和見《ひよりみ》主義的なこじつけの理論によって動いているように見えるのかもしれません。けれども、運命によって決められているものは一つもありません。あらゆる出来事はただ生じて今を作り上げるだけです。それがただいやおうなしに「運命」と呼ばれてしまうのです。ぼくたちが好むと好まざるとにかかわらず。

こんなふうに考えてみてください。作家はさまざまな糸を使って布を織り上げ、つなぎ合わせます。そして、想像力の赴くままに、嬉々としてその布に地球上のあらゆるものをつけ加えていく。一本の道の脇に、数えきれないほどの街路樹が何重にも植え込まれることもあれば、石がゴロゴロし、穴ボコだらけの泥道の脇に一本の木も植わっていない場合もあります。善男善女が姿を消し、彼らを愛する誰かの記憶の中でよみがえる。あらゆる芸術と狂気の瀬戸際にあるあの厄介な疑問さえも、ふいに浮かび上がるかもしれません。「そもそもなぜ我々はここにいるのか？」という。

その疑問の唯一の答えは、第一次世界大戦中に「オールド・ラング・ザイン」（「蛍の光」の元歌）の旋律に合わせて歌われた、運命の顔面に実存主義の平手打ちを食らわせるようなあの古い歌、「ぼくたちがここにいるのはぼくたちがここにいるからで、それもまたぼくたちがここにいるからだ」の中にあるのでしょうか？　それとも、ちっぽけな存在であるぼくたちにも、ちゃんとした存在理由があるのでしょうか？　そしてもしも理由があるなら、誰がそれを与えるのか？　あなた自身？　あなたより優れた存在？　あなたより優れたあなたの人生の統率者？　それとも、存在に理由などなく、人生は無秩序に連なる小火にすぎず、最後にはすべて瞬時に消えてしまうものなのか？　これが、作家が、意識的にせよ無意識的にせよ自分に問いかけている疑問で、この疑問は現実の人生にも架空の物語にも等しく関連しています。

物語と現実の人生は本質的に違うものです。あらゆる理不尽な偶然は、散文や演劇の中で提示されれば許されます。なぜなら小説や戯曲においては、すべての物語に教訓があるから。たとえその教訓が、教訓そのものを否定する実存主義的なものであっても。物語の世界では、偶然は結びつけるものなのです。けれども現実を生きるぼくたちは、自分が進む道の目の前に突然現れる大きな「穴ボコ」を認めざるを得ません。それが偶然であってもなくても。

いくつもの道が現れれば、急いで、たいていは自分の裁量で、どの道を選ぶのか決めなくてはならない。道が突然途絶えて、「さっきまで」そこにいた友人や恋人がいなくなってしまえば、一人取り残されることになります。現実の人生には、警告のサインはあったとしてもほんの少しです（物語には——少なくともよくできた物語には——その種の警告が多数ある。物語とは無関係に見える話の細部にわからないように隠されてはいるが）。

現実の人生では、問題の兆候に気づくのは事が起きてからで「あのときはわからなかったが、気づくべきだった」と反省することになります。しかし実際、事前に気づくのは不可能です。気づけるなら、どんな犠牲を払ってでも防いだはずです。ぼくたちは、ちょっとした不運な出来事の犠牲となり、そのささやかな物語にはどんな教訓も存在しない。あるのは今ここにいるという事実だけです。

おそらくそれが、最高にばかばかしい運命のいたずらに翻弄され、ぼくの知らない誰かが決めた、どうでもいいように見える気まぐれな事情を理由に、北半球の端から端まで追い立てられるように移動することになっても、ぼくがそのことを気にしなかった理由です。

ぼくが巻き込まれたスパイ容疑のスキャンダルは、よい教訓となりました。スパイかどうかはどうでもいいことで、そしてもちろん、ぼくはスパイではなかったけれど、このような運命に翻弄される出来事とその結果にどんなふうに対処するかが、その人のその後の生き方を決めるのです。もしもぼくが今より何万年も昔に生まれていたなら、間違いなく人類の地球上における大移動の一端を担っていたことでしょう。これ以上もうどうしようもない状況だと判断したら、即座に、次に向かうのは今よりも緑豊かな場所だ、という希望のもとに——希望こそが人を前に進ませるものだから——別の草原を探し始めたことでしょう。

旅行者のためのオーストラリア・ガイド

キャンベラの大学で教えるためにオーストラリアに行くことを決めた一九七二年のはじめのある日、ぼくは百万《ひゃくまん》遍《べん》あたりを歩いていました。百万遍とは、京都大学周辺の地名です。京都大学から今《いま》出《で》川通《がわどおり》を挟んだ向かい側には、古書店が軒を連ねていたけれど、一度も立ち寄ったことはありませんでした。

ところがその日、そのうちの一軒の古書店の前でふと足を止めました。たぶん、その店のガラスの引き戸に映る自分の姿をちょっと眺めるためでした。チェック柄のボタンダウンシャツの首元からのぞく白いTシャツ、ボサボサのくせっ毛――髪の豊かさは母の自慢だったけれど、エルビス・プレスリーのツヤツヤのストレートヘアに憧れる若い世代にはまったくウケなかった――そして、スカンジナビア人風にきちんと整えたひげ。白黒のスニーカー。短すぎるズボンから突き出た糸ようじみたいに細い脚には白い綿のソックス。

波状ガラスがはめ込まれた日本の昔ながらの格子戸の、その格子の一つひとつに分割されて映っていたのは、典型的なカリフォルニア南部のティーンエイジャーを無理やり二〇代後半にしたような姿で、今頃になって目覚めたビートニク信奉者か、消費期限をとっくに過ぎたファッションを身につけた純粋でお人好しのヒッピーといった風情でした。

問題は、時代はもはや一九五〇年代でも六〇年代でもなく一九七二年で、それなのに、二八歳にもなって、異国で放浪の旅をするカリフォルニアのティーンエイジャーのようななりをしていたことでした。

ぼくは引き戸を開けて古びた古書店に入っていきました。今にも倒れそうな本棚に積もったホコリとカビが、鼻腔《びくう》を刺激しました。小さな地震の揺れ一つで、何百冊もの本が頭上に降りかかったことでしょう。

それから引き戸を閉めて、店の入り口の雑誌の山を見下ろしました。『ライフ』誌や『マッコールズ』誌のバックナンバーが積み上げられているその一番上に、一五〇ページぐらいのペーパーバックで、表紙にギブソン・ガール並みのプロポーションの女性が描かれたものがありました。白い流れるようなラインのロングスカートに、黒の編み上げブーツを履き、赤い縁なし帽を小粋にかぶった女性が指差す背景には、緑の谷がうねりながら高い山へと続き、山の上にはフワフワの白い雲がかかっています。

第一次世界大戦前に書かれたガイドブック

本のタイトルは *Australia for the Tourist*（旅行者のためのオーストラリア・ガイド）。レジの向こうに座っていた高齢の女性に値段を聞いてみると「五〇円」との答え。それは、当時のアメリカの一五セントにも満たない額でした。ぼくはその本を買って店を出ました。店内にいたのは二分足らずで、再び鏡のような引き戸の前に立っていました。

今、ぼくの目の前の机の上には『旅行者のためのオーストラリア・ガイド』が載っています。これは、自分の新しい母国となる国について、ぼくが読もうとした最初の本でした。日本に行く前も、日本について無知だったけれど、オーストラリアに関しては、それ以上にまったくの白紙でした。

『旅行者のためのオーストラリア・ガイド』は、一九一四年の七月にオーストラリア連邦政府が出版したもので、当時の外務担当大臣、パトリック・マクマホン・グリンによる承認の署名があります。挿絵は白黒とカラーの両方があり、写真はすべて白黒できれいに縁取りされています。州の一つひとつについて章を分けて解説され、他にもオーストラリアの歴史や地形、気候、動物相、植物相について、さらには「先進的なオーストラリア。驚くべき物語」と題する章までであります。
　ぼくが、この『旅行者のためのオーストラリア・ガイド』の中の、ひどい思い違いとオーストラリア人特有の偏見について、ようやくある程度客観的に判断できるようになるまでには、数年がかかりました。とはいえ、最初に読んだときにも、パプア地区（現在、パプアニューギニアの領地）の人口がたったの一二一九人となっているのはなぜなのだろう、と疑問には思いました（これはもちろん、白人だけを数えた結果だった。露骨な人種差別を行ってきたこの国が、人口調査にオーストラリアの先住民を含めるようになったのは、一九七一年になってからだ）。

『旅行者のためのオーストラリア・ガイド』

　ぼくはオーストラリアの歴史をほとんど何も知りませんでしたが、それでも、京都で一五セント弱で買った大切なガイドブックに掲載された次の解説文は、「甘味」と「都合の悪いことを隠して大目に見ること」の両方を意味する日本語の「甘い」を使って言えば、あまりにも認識が「甘すぎて」とても本当だとは思えませんでした。
それは、ガイドブックの三二ページにある次の文章です。

ここ、オーストラリアには、豊かな土壌と鉱物を含む広大な領土がある。それは戦争や暴力の行使なく大英帝国の領土となったもので、オーストラリア連邦は、剣によって勝ち取ったものでも、飽くなき征服欲から生まれたものでもない。この連邦の流血を見ない歴史には、外的な争いや内紛の傷跡は微塵もない。征服者は屈強な探検者であり開拓者で、彼らの唯一の戦いは、土地の開墾である。消滅させたと非難を浴びせられるべき古来の文明はなく、そこで生きるべき人々がその地を追われたという事実もない。オーストラリア連邦は計画的に作られたものではなく、むしろ自然に成立したものである。この国は、武力衝突ではなく、頭脳と筋肉、そして人々の高潔な志によって勝ち取られたものだ。

この得意げな文章を引用するにあたり、ぼくは作家の習性で、「イタリック体は著者によるもの」との但《ただ》し書きつきでいくつかの単語をイタリック体にし、偽善と恥知らずな人種差別主義を指摘したい、という皮肉な気分になりました。しかしそのためには、この文章すべてをイタリック体にしなくてはならなかったでしょう。

大量虐殺を容認する国

けれども、これらの偽善的な言葉の中でも、どうしても見過ごすことができないのは「生きるべき人々」という表現です。この言葉はグリン外務大臣の考えをより過激なものにして、ある一つの民族――この場合はオーストラリアを支配し当時の司法制度を牛耳っていた白人の英国系オーストラリア人――が別の民族、つまりオーストラリア先住民をなんのためらいもなく大量虐殺することを容認するものでした。

京都で暮らしていたときに、ぼくはオーストラリア国立大学での日本語の専任講師の職を委《い》嘱《しょく》されました。事前の知識もないままに、オーストラリアに定住すれば劇作家として活動し、作家として著書も出せるかもしれないと夢想していました。そしてうまくいかなければ、いつでも「安息地」の日本に帰れると考えていました。

あのとき、永住ビザを持って移住しようとしていた国は、『旅行者のためのオーストラリア・ガイド』に説明されていたような国だったのでしょうか？

人口調査がその国の先住民たちに名ばかりの平等を与えてからわずか一年後の一九七二年のオーストラリアは、一九一四年のその国と根本的に違っていたのか？　ぼくが母国アメリカを離れたのが、自分の信念のためだったのだとすれば、少なくとも人種差別主義的である点は同じで、しかもベトナム侵攻を支持し、参戦することにも同様に熱心な国であるオーストラリアへの移住を、その信念はどんなふうに正当化したのだろう？

京都で買ったオーストラリアの公式ガイドブックには、オーストラリアは、「屈強な探検者であり開拓者でもある」者たちによって作られた英雄的な過去をもつ国で、彼らは、広大な大陸をまるで巨大なゴルフコースを回るように軽々と「征服」していったと書かれていました。

けれども、ぼくがその後知ったオーストラリア誕生の経緯は、少しも「自然で高潔」なものではなく、むしろ「人為的で邪悪な」ものでした。英国系オーストラリア人が、自分たちより前にその地で暮らしていた人々を鎮圧していった行動は、本当に「人々の高潔さ」の表れだったのだろうか？　オーストラリアで長く暮らしてみても、一八世紀の末に植民地化された際にも、二〇世紀はじめに国家として独立した際にも、その建国の歴史に高潔さはほとんど見つけられなかったし、高邁な理念はなおさら見いだせませんでした。

人はなぜ国籍を変えるのか？

ぼくは一九七二年の八月に、『旅行者のためのオーストラリア・ガイド』という貴重な一冊に挟んだアメリカのパスポートを持ってオーストラリアに到着しました。そのとき、一九一四年の七月に出版されたそのガイドブックと同じくらい、その国の成り立ちについて実質的には何も知らないままこの国とつき合い始めたのです。

そして、多くのオーストラリア人が、自分たちが信じてきた間違いをようやく正し始め、自分たちより以前にその地で暮らしていた人々に対して、祖先が行った残虐な行為を認め、その一方で、流刑地の歴史に少しばかりの誇りを抱くようになったのは、それから一〇年が過ぎてからでした。

『旅行者のためのオーストラリア・ガイド』からにじみ出る心情は、現代のオーストラリア人の多くが抱いているものとそれほど大きくかけ離れてはいません。ぼくたちオーストラリア人は当時とは全然違うと反論しがちだけれど。ガイドブックには、ヨーロッパの人々が移住してくる以前のオーストラリアが、「遠く離れた未知の地域」と書かれています。

遠く離れているって、いったいどこから？と問いただす人がいるかもしれません。それは、自分の国がアジア太平洋地域に位置することに、戸惑いと落ち着かなさを感じるぼくたちにとって、いまだに答えにくい質問なのです。その理由は、ぼくたちオーストラリア人は、自分たちの国は、今もなお、イギリス南西部にあるコーンウォールの西海岸沖のどこかに位置し、文化的にはカリフォルニアのカタリナ島に近いと考えているからです。

ぼくは、京都の北のはずれにある小さな借家の畳に座り、遠く離れた未知の国についてのガイドブックを熟読しながら、その国の首都であり、結局八年近く住むことになったキャンベラが、ガイドブックに掲載されているオーストラリアの公式地図に載っていないことを不思議に思っていました。調べてみたところ、キャンベラが首都に制定されたのはガイドブックが刊行された年のわずか一年前で、執筆者らが面倒くさがって首都を省いたのは明らかでした。

もしかすると、日本が同盟国だった頃の第一次世界大戦中に、オーストラリアに旅行した日本人がこの『旅行者のためのオーストラリア・ガイド』を買ったのかもしれない、とぼくは想像しました。その日本人の旅行者は、いったいどんな思いでオーストラリアの過去の歴史や国民性についての解説文を読んだのでしょう？　まったく見当がつきませんでした。

しかし今わかるのは――認めるのはとても不愉快だけれど――オーストラリア人となったぼくは、そのねじ曲げられた歴史観の重荷を、自分も背負うようになった、ということでした。どこかの国に移住したなら、自分が共感できる歴史だけを選り好みすることなどできません。すべてを、新たな母国の浅ましい過去もひっくるめた何もかもを、受け入れざるを得なくなるのです。

そもそも、人はなぜ国籍を変えるのでしょう？　答えは十人十色です。ぼくは自分の四人の祖父母がアメリカ人になろうと決めた理由をよく知っています。彼らは、祖先が何世紀にもわたって比較的幸福に暮らしてきた国や地域で、自分たちがもはや歓迎されていないことを感じ取り、そこを離れました。そしてぼくがアメリカ人でありつづけるのをやめると決心したのには、戦争と平和の問題が関わっていました。

しかし、貧しいアジアの国を侵略し、武力を用いて平定しようとした国を――戦争中に使われた別の悪意ある婉曲表現を用いれば――自国を「平定した」際と同じあの「高潔な志」をまたもや抱いた国を、ぼくはどうして選んだのか？

ものすごい速度で走る一頭の軍馬から、そのすぐ隣を走る似たような軍馬に飛び移ることによって、ぼくはいったい何を得たのでしょうか？

ニューナショナリズム

一九七二年のオーストラリアは、当時急速に広まりつつあった「ニューナショナリズム」と呼ばれる運動への過渡期にありました。

この「ニューナショナリズム」は文化的、社会的な面では、オーストラリア国民には独自の誂りを楽しみ、すべての市民のための進歩的な社会政策を実行する能力がある、という明確な自信を表明するものでした。それまでの典型的なオーストラリア人といえば、「本国」であるイギリスを追い越すことに誇りを感じ、王室が眉をひそめるあらゆることを崇拝する似非《えせ》英国人エリートか、オーストラリアはこれまでも、そしてこれからもずっと「ラッキーカントリー」（幸運な国）であり続けると、鼻の下に汗をかきながら満足げに語る、中途半端に育ちのいい地元の大牧場主かの、どちらかでした。

それが、若い進歩的な都会のオーストラリア人は、文化的交流において自分の意見をもとうとしていました。そして、ついこの間まではreffos（難民を意味するrefugeeから）とかdagoes（スペイン系メキシコ人によくある名前Diegoから。もともとはアメリカびいきの言葉）という嘲笑的な言葉で呼ばれてばかにされ、あるいは庇護されてきた移民たちは、「ニューオーストラリアン」という以前より高い社会的地位を与えられました。

レストランに行けば、若くて熱心なオーストラリア人ウェイターやウェイトレスから、ガーリックエビやガーリックブレッドを注文するよう強く勧められたし、テイクアウトメニューには、ありきたりなオーストラリア風チャプスイだけでなく、ピザやファラフェル、肉詰めピーマンなどが用意されていました。

男は、彼女をイタリアン・レストランへ連れて行き、よく冷えた白ワインのボトルを胸の前に抱え、グラスに注ぐ許可が出るのを待っているウェイターに向かって、大陸風の洗練された素振りでうなずいてみせるだけで、デート中の彼女に好印象を与えることができました。言わば、このヨーロッパスタイルの都会的洗練は、地元育ちのオーストラリア人がもつ人当たりのよさの上に押しつけられたのです。

これがぼくの新しい国でした。

「日本ではまだ共食いし合っているのか？」

一九七二年八月一一日、オーストラリアに初めて足を踏み入れたぼくは、少なくとも三度目となるゼロからのスタートを切ろうとしていました。

人生のほとんどを生まれた国で暮らし、外国語を話すこともなく、見ず知らずの他人ばかりの世界で運試しをしようともしない人生とは、どんなものなのだろう？　ぼくにはとても想像がつかないけれど、言うまでもなく、大部分の人はそんな人生を生きていて、むしろぼくのような生き方のほうがちょっと理解できないと感じるのかもしれません。

オーストラリアでの初めての夜、冬のキャンベラの夜の寒さに耐えながら、国立大学が経営するホテルであるユニバーシティ・ハウスに近い、バーリー・グリフィン湖の湖畔に茂る丈の高い草に囲まれて空を見上げていましたが、星座を見つけることはできませんでした。子どもの頃からの趣味である星空観測は、それまでずっと、どこに行ってもぼくに確固たる足場を与えてくれ、たとえ足元はおぼつかなくても、頭上の空を見れば方向がわかると感じさせてくれるものでした。

ぼくはあのときあの場所で引き返し、日本に戻るべきだったのか？　当時のオーストラリア首相だったウィリアム・マクマホンがラジオで、我が国にアジア人を大勢受け入れるのは禁物だ、「アジア人はオーストラリア人よりも多産だから」、気がつけばオーストラリア人の顔が白くなくなっていくという、取り返しがつかないことになりかねない、と話すのを聞いたことがありました。

1972年、キャンベラ郊外のティドビンビラ自然保護区にて。後方には「閉鎖中　エミュー繁殖期」の文字が見える。

星の姿をとらえることができず、政治家の考えが理解できないものだったということは、オーストラリアは、日本で小説家・劇作家として芽を出し始めた、流浪のユダヤ系アメリカ人がいるべき場所ではなかったのかもしれません。

翌日、夕食の時間にユニバーシティ・ハウスのレストランに行ってみると、シェラック塗りの長いオーク材のテーブルの向かい側の席に、五〇代半ばぐらいの恰幅のいい上品な紳士が座っていました。

「アメリカ人だね」とその紳士は、質問とも断定ともつかない口調で話しかけてきました。

「そう、アメリカ人です。日本から来たばかりです。昨日着いたところです」

男性は、粥《かゆ》状になったニンジンを口に押し込みながら（当時出されるオーストラリア料理はほとんどが調理のしすぎで、味が薄いところもイギリス料理と同じだった）、上目遣いにこちらを見ました。

「日本だって？　連中はまだ共食いし合っているのか？」

彼は、戦争中に南太平洋で起きた日本兵同士の食人行為のことを言っていました。戦後、オーストラリア国内には、日本と日本人に対する偏見が広まっていた。これは、一九八〇年代の日本のカルチャーブームの影響がオーストラリアや世界に広がるずっと前の話です。

一九七二年当時、シドニーには日本食レストランがほんの数軒と、小さな日本の食料品店が一軒あるだけでした。ＲＳＬ（The Returned and Services League、退役軍人会）の駐車場で日本車を見つけるのは至難の業でした。アメリカではヴェテラン（veteran）と呼ばれる、この国の退役軍人たち（returned servicemen）は、駐車場に日本車を停めることを許さなかっただろうから。

「ジャップ」という蔑称はなんのためらいもなくしょっちゅう口にされ、日本人のことを好意を込めて「北の新しい小さなお友だち」と呼ぶのもごく普通のことでした。そしてどうやら、戦争中に飢えた日本兵が戦死した仲間の亡骸《なきがら》を食べていたという記憶が、目の前で食事をしている紳士の食欲を減退させているようでした。

「ええ、そうです」とぼくは、黒焦げになった巨大な厚切りサーロインステーキを、切れ味の悪いナイフで無理に切ろうとしながら答えました。「近頃は、特に丸々太ったぽっちゃりの白人が好まれるらしいです」。そう言って、一九五八年にロサンゼルス市と郡のスマイル・オブ・ザ・イヤーコンテストで優勝した歯を見せてにっこり微笑みました。

当時、日本文化について、オーストラリア人が漠然とした知識しかもっていなかったのは、無理もないことでした。あの頃の日本人は、自国の文化を海外に宣伝することに熱心ではなかった。むしろ、誤解された存在でいるほうが、日本にとっても好都合だったのかもしれない。日本は、日本文化が「不可解な謎に包まれている」ことを誇りとしてその神秘性を喧伝し、そうした煙幕戦略を用いることによって、理路整然とした法律家や教訓的な政治家が支配する西洋社会に対して優位に立てる、と信じていました。

けれども、東欧や西欧、アメリカ、あるいは日本で見てきた他のどんなことにもまして驚いたのは、オーストラリアの人々は、ぼくが滞在した他のどの国の人々よりも、自国の過去の文化について無知である、ということでした。そのニューナショナリズムはいったい何に基づいていたのでしょう?

「我が国には文化がないのです」

一九七〇年代の半ば、ぼくは日本からオーストラリアへ派遣された初の文化代表団の通訳を依頼されました。カクテルを手に日本とオーストラリア、二つの国の政府高官の間に立ち、ぼくが選んだこの二つの国の間の溝を埋めたい、なんとかして両者を結びつけたい、と考えていました。将来の文化交流についての提案の概略説明を終えた日本側の代表は「では、貴国は、どのようなオーストラリア文化を日本に紹介し、広めたいとお考えでしょうか？」と質問しました。

「それが」とオーストラリアの高官は日本の高官の目をまっすぐ見返してこう答えました。「我が国には文化がないのです」。

彼の答えはそれだけでした……ぼくは慌てました。今のはオーストラリア流のジョークだったのか？　オーストラリアの政府高官がいたって真面目に話しているのはわかっていました。これをどう通訳できるのか？

「それ……」とぼくは日本語で「通訳」しました。「それについてはまだ検討中です」。

日本の代表は「I see（なるほど）」と英語で言ってその場を立ち去り、ビュッフェテーブルの近くにいた日本の代表団のメンバーのところへ行ってしまいました。言うまでもなく、彼はオーストラリア高官の英語を完璧に理解していたのです（ぼくは『意図的な誤訳の外交術』というタイトルの本でも書けばよかった）。

実際、オーストラリアの年長のエリートの間では、オーストラリアにハイカルチャー（上位文化）はなく、文化は外部から、大部分が遠く離れた英語圏の国々から徐々に浸透してくるものだと考えられていました。もちろん、オーストラリアには地元のバレエ団などがあり、国際的なレベルに達しているものも多い。しかし「本物」、つまり刺激的なロンドンや、最高に素晴らしいニューヨークでの夜のバレエ公演に比べたら、いったいそれにどれほどの価値があるだろう？と。

当時のオーストラリアの、内向的で自意識過剰な理論によれば、オーストラリアが世界に太刀打ちできる唯一の方法は模倣することであり、ただし才能ある模倣者の中には、努力の末に国を出て、その価値が本当に評価される海外で芸術的な職業に就く者もいる、と認めざるを得なかったのです。

演劇やオペラ、美術館などはオーストラリアにも確かにありました。けれども、イギリスを崇拝する紳士淑女からなる文化人たちは、そうした演劇等を、なぜかオーストラリアが生んだ純粋な芸術だとはみなさず、移植された芸術だと考えました。ロンドン滞在中は毎晩のように劇場に通うのに、オーストラリアでは一本の芝居さえ観に行こうとしなかった人たちを知っています。

いつもは最悪のカルチュラル・クリンジ（文化卑屈、劣等感）的態度を示して、その影響を広めている批評家たちが、外国の文化を豊かにするためにオーストラリアを出ていった素晴らしいオーストラリア人俳優を褒めそやし、その舌の根も乾かぬうちに「我が国には世界的な俳優が一人もいない」とぼやくのを聞いたこともあります。

ただし、これは偽善的謙遜ではありません。彼らは、自分の母国を別の主体、つまり、ある場合はイギリス本国、そうでなければアメリカの付属物としかみなせないだけのことなのです。彼らはオーストラリア人であることに猛烈な誇りをもっていたけれど、オーストラリア文化を支援し奨励する方法を知らなかったわけです。

「忠誠を尽くす」オーストラリア人

文化的ニューナショナリズムが過去のものとなってから長い年月が過ぎ、オーストラリア人が活気ある自国生まれの文化を、その起源について自慢している今、本当にそんなことがあったのだろうかと思えます。けれども、それこそが、ぼくが今から約五〇年も前に初めて目の当たりにし、その国の人間になろうと決めたオーストラリアだったのです。

オーストラリア人は、話がアジアや日本のことになると、またオーストラリアのアングロアメリカン枢軸への忠誠に関する話題となると、頑《かたく》なになるのが普通でした（アングロアメリカン枢軸への忠誠に関しては、彼らの頑なさは今現在も、前にもましてすさまじくなっていて、それについて弁解しようともしない）。

昔は、オーストラリア人はしばしば戦争の話をしました。チャンギ（シンガポール）の強制収容所に収容されたおじさんの話や泰緬《たいめん》鉄道建設の強制労働で亡くなった友人の話を。そのときの彼らの口ぶりは、アメリカ人が戦争体験を語るときとは違っていました。オーストラリアの人々の声にはより深い憤りと恨みが込められており、許そうという気持ちはあまり感じられなかった。まるで、自分たちにひどい仕打ちをしたのは、日本という国ではなく、日本民族だと言わんばかりでした。

高齢世代のアメリカ人たちは、概して、オーストラリア人より早い時期に、より全面的に日本を受け入れるようになりました。ぼくたちオーストラリア人は、今もなお、泰緬鉄道は、第一次世界大戦のガリポリの戦いやベトナム同様、我が国の重要な国民的遺産であると主張しています。なぜオーストラリア人がそのときシンガポールにいて捕虜となったのか、なぜトルコでイギリスを守るために戦ったのか、なぜベトナムでアメリカ合衆国への永遠の忠誠を示そうとしたのかを十分に理解しようともしないで。永久的な被害者であるということが、ぼくたちの国家の説話の中心的テーマとなっている。しかもこの自分が被害者であるという主張の背後には民族的闘争が潜んでいるために、オーストラリアは世界における独立した地位をいつまでたっても確立できないのです。

何もないキャンベラ⁉

日本語の「ソボク（素朴）」という言葉は、当時のキャンベラでの暮らしにおける主な特徴の、少なくとも一つを言い当てているように思えます。この素朴とは「失われていない純粋さ」、あるいは、「あか抜けていない」ということです。

オーストラリアのより大きな都市から国家公務員として派遣されてきたり、この国の首都にある大学で働くためにやってきた人々の多くは、キャンベラは「つくりもの」の都市だと不満そうに言います。自宅がシドニーにある人は、金曜の夕方に迷わずノースボーン・アベニューを車ですっ飛ばし、当時なら四時間半から五時間かけて（今ではどの高速道路でも三時間で着く）自宅に帰ってしまったものです。

しかしメルボルンか、さらに遠くのどこかに自宅がある不運な一時的居住者は、「キャンベラでのあまりにもひどい週末」と呼ばれるものを甘んじて受け入れねばなりませんでした。キャンベラの週末は何もすることがなかった。なにしろ「つくりもの」の都市だから。広告掲示板は皆無で、ネオンサインもないに等しく、レストランや店舗の看板も、あの国立首都発展委員会（National Capital Development Commission〔NCDC〕）が認める大きさまでと決められていた。NCDCは彼らの目から見れば、自由な楽しみの抑圧者でした。

キャンベラが、綿密な計画のもとに作られたオーストラリア屈指の美しい都市であり、すぐそばに山があるという点一つとっても、つくりものではない、という事実も、彼らには通じませんでした。まるで、汚れた空気や渋滞した道路、そして犯罪に巻き込まれないためのしたたかさを身につける必要性がなければ、その場所は「自然な」ものにはならないのだ、とでも言わんばかりに。ぼくにとってキャンベラは、オーストラリアの文化への、手に入りうる最高の入り口でした。なぜなら、オーストラリアの文化は、日本の文化同様、その土地の地勢や景色、雰囲気と密接につながっていたから。

一九七〇年代初頭のキャンベラは、ある意味でオーストラリアの詩の都でした。クイーンズランド州の反動的な首相ヨハネス・ビエルケ・ピーターセンと、彼の指示を受けてグレートバリアリーフで石油を掘っていた掘削業者らと闘っていた詩人のジュディス・ライトが、キャンベラから車で一時間ばかりの所に移り住んできたのです。彼女のオーストラリア育ちの急進主義と先住民族アボリジニの権利擁護運動への積極的な関わりを知って、ぼくは東欧で暮らしていた昔に戻ったような気がしました。東欧の作家たちは、俗物的な官僚主義や差別的な国の政策、社会の偏った思考・行動様式についての論争で、自分の意見を述べなくてはならないという強い使命感を抱いていました。

「状況が今より悪くなったらオーストラリアを去ることも考えているのですか?」。ジュディスが亡くなるまで暮らしていたその土地の田舎家を何度目かに訪ねたときに聞いてみました。「ときどき、もうオーストラリアを離れるべきだと感じます」と彼女は答えました。「ニュージーランドへの移住を考えたこともあります」。

ゴフ・ホイットラム首相による広範囲に及ぶ改革が終わった後に行われた反動的な政策に絶望していたとはいえ、彼女がオーストラリアを捨てるとは思えませんでした。なぜなら、彼女はオーストラリアの赤土と透き通るように青い空に、ロシアの詩人アンナ・アフマートヴァが愛したロシア北部の都市サンクトペテルブルクをうねりながら流れる川と、夏の美しい白夜に抱いていたのと同じくらい、深い愛着をもっていたから。

一九七五年一一月の、オーストラリア総督による突然のホイットラム首相罷免《ひめん》の後ジュディスは、意気消沈していたかと思えば、オーストラリアの政治的・社会的状況のために無我夢中で闘う、ということを繰り返していました。環境を大切にしたいというジュディスの思いは、彼女がオーストラリアで環境保護運動を始めるよりずっと前からのものでした。彼女の家に一晩泊めてもらったときも、ぼくが初めて見る野生の植物の名前を教えてくれました。

二人でいたときに偶然見つけたカンガルーの死骸に、彼女は激怒しました。明らかに不法侵入のハンターによって撃たれたものだったから。また、引き抜かれたユーカリの木の周りの泥の中をあさっていると、やんわりとぼくをたしなめました——金塊を探していたのかって？彼女の所有地には、一九世紀に使われていた陶器や瓶のかけらが、あちらこちら埋まっていたのです。

ぼくたちは服を脱いで生まれたままの姿となって、ジュディスの所有地を横切る川に入り、二匹のカモノハシと並んで泳ぎました。「ぼくたち」とは、ぼくの最初の妻のスールンとジュディス、ジュディスの娘でぼくの教え子だった（今では彼女は受賞歴のある翻訳家だ）メレディス、そしてメレディスの当時のパートナーのことです。素っ裸になった五人の白人の侵入者に気づいたカモノハシは、ぎくっとした様子でたちまち姿を消してしまいました。

ジュディスの田舎家での日々はとても素晴らしかった。温かいもてなしを受け、会話からは学ぶことがたくさんありました。ロシアやポーランド、そして日本での日々と同じように。

オーストラリアの自然の神秘

ぼくはそのようなキャンベラの日々に酔いしれ、ささやかながらも、ここでは自分の「舞台」を作り上げる一人になりたいと、最初から思っていました。

葉を丸めて巣を作ることで知られるオーストラリア固有のクモであるリーフカーリングスパイダーを見つけるたびにその不思議さに驚嘆し、夜にはキャンベラ郊外の自宅の庭で湿った草の上に寝転んで、子どもの頃にも見たことがない、星座の中を流れる流星の数を数えました。風に飛ばされて裏庭の草の上空にかかるクモの巣は、実は白鳥座の網状星雲の一部なのだと本気で考えて、空へと伸び上がってそれをつかもうとさえしました。

オーストラリアは、以前住んでいた日本と同じようなやり方で——つまり、ぼくの心になんらかの感情を呼び覚ます、というやり方で、想像力をかき立てました。人生でまるで初めて、身の回りの自然の五大元素に目を向けるようになっていたかのようでした。それが、自分のことをオーストラリア人だと考えるようになった理由の一つで、自然の神秘を理解するようになるにつれて、そう思うようになったのです。これは、詩人の宮沢賢治が「心の情景」と呼んだものです（日本語には「情景」というすてきな言葉がある。思いやりや優しさ、共感を意味する「情」という文字と、景色を意味する「景」という文字から成る。二つを合わせると景色とか景観を指す言葉となるが、内面的感情、要するに心境と外的な風景が心の内で融合することを暗に意味している）。

けれども、ぼくが自分のことをオーストラリア人だと考えるようになったのには、もう一つのより明確で痛切な理由がありました。それは政治に関するものでした。

オーストラリア首相の罷免

一九七二年一二月に着任したホイットラム首相の最初の英断の一つは、ベトナムでの従軍を拒否して徴兵を逃れた若者の勾留を解くことでした。また、その年のクリスマスに行われた、米軍によるハノイとハイフォンでの残虐な空爆について、副首相のジム・ケアンズは、「殺人者の精神構造をもつ」リチャード・ニクソンによる「狂気の沙汰」であると、最も強い言葉で公然と非難しました。

ぼくの母国アメリカは、一〇〇機のB-52戦闘爆撃機を配備して、第二次世界大戦中に匹敵する四〇〇〇回もの空爆を実施し、ヘンリー・キッシンジャーの言葉を借りると「ハノイのすべての窓を破壊」しようとしました。爆撃で窓は破壊できたかもしれないけれど、北ベトナムの人々の決意を破壊することはできなかった。ぼくは、自宅のキッチンのラジオから流れ出したジム・ケアンズの言葉を聞きながら感激の涙で頰を濡らしました。これが、ほんの四カ月半前に足を踏み入れた国と同じ国なのか？　国の精神がいかに移ろいやすいものであるかを、このとき実感しました。

一九七二年に、それまで二三年間、野党にとどまり続けた労働党が政権を取ると、キャンベラのあちこちの公園で勝利のピクニックが行われました。市の中心部に近い公園のすぐそばに住んでいたぼくは、そこに集まった高い政治的意識をもつ人々の様子を眺めていました。キャンベラのコミュニティでは、大学関係者や公務員など、普通は社会的無気力の中核グループとなりやすい人々が、公園の高くそびえる松林の下に集まっていました。松の木は、その六〇年ほど前にキャンベラ市が設立されたときに防風林として植樹されたものでした。

松林の下に所狭しと集まったピクニック参加者たちは、キッシュを持った手でハエを追い払いながら、安価なワインをプラスチックのコップに注いで飲み、自分たちの国の新たな始まりについて、恍惚として語り合っていました。ぼくはその様子を、すぐそばの自宅の窓から見ていた。外に出て、彼らのところまで歩いて行き、近くに立って、彼らの言葉が何を指すのかは完全には理解できなかったけれど、その興奮を共に味わっていました。

その三年後の一九七五年一一月一一日に、ホイットラム首相がジョン・カー総督のアッパーカットを食らって罷免されると（選挙で民主的に選ばれた首相を罷免するという傲慢さがたたって、総督自身もやがて落ちぶれ、忘れ去られた存在となるのだけれど）、ぼくは怒りに震えました。そして、自分がそこまで激怒することに正直驚きました。三年の間に、オーストラリアの未来はぼくにとってそれほど重要な意味をもつようになったのか、と。

それから何週間か、ぼくは自作のプラカードを掲げてオーストラリア連邦議会前のデモに参加し続けました。これはいわば、およそ一〇年前に母国アメリカで、若すぎたせいで、あるいは臆病すぎたためにできなかった個人的な政治参加の代わりだったのでしょうか？　失われた時間と、考えないようにしてきた自分の怠惰さの埋め合わせをしようとしていたのでしょうか？

首相罷免の衝撃

ゴフ・ホイットラム首相の罷免のニュースを聞いたのは、インドネシアと日本への旅行に備えてコレラの予防接種を受けたあと、体調が悪くてベッドで横になっていたときでした。ぼくは、オーストラリア一進歩的な首相を攻撃した愚か者たちをののしり、ベッドの上に起き上がると、腫れて痛む腕を押さえながら、拳でマットレスを殴りつけました。そして、そのときその場でオーストラリア国民になろうと決めたのです。

一九七五年一二月一三日、選挙が強行されてホイットラムの退陣が可決されたとき、ぼくは千葉県市川市の、親友で作家の井上ひさし宅にいました。テーブルを囲んでいたのは数人の俳優で、その中に小沢昭一もいました。小沢は、ショーマンであり作家として著作も多くあり、映画の世界では素晴らしい性格俳優でした。部屋の隅に置かれたテレビはつけっぱなしでしたが、それは当時は日本のどの家でも見られる光景でした。そのとき夜のバラエティ番組がニュース速報で中断され、ホイットラムの顔が画面に現れました。

「これ、オーストラリアのニュースじゃない？」。俳優の一人が言いました。

「ちょっと待った！」とぼくは大声を上げました。

ニュース速報が声に出して読まれる間、全員がぼくをじっと見つめていました。ホイットラムの完全な敗北で、アナウンサーによると「保守の自由党」が新たな政権を担うことになる……。ぼくは、両手で口を覆い、うなだれたまましばらくじっとしていたに違いありません。顔を上げてみると、まだみんなはぼくを見ていました。

「信じられないな」と小沢が言いました。「選挙の結果ぐらいで、がっくりくる人もいるんだね」。

当時の日本の芸術に携わる人々の多くは、政治のような「下らない」問題について話し合うなんて時間の無駄だと考えていました。政治家には政治家の世界があり、我々には我々の世界がある。わざわざ政治の話をすれば、汚職まみれの男たちをつけあがらせることになる、と。たった三年の間に、オーストラリアに住むすべての人のための、国が助成する手頃な医療制度と大学教育の無償化、それに弁護士を雇う余裕のない人のための法律扶助を実現し、オーストラリアの対アジア外交方針を固めたホイットラム首相への敬意を、いったいどうすれば彼らに伝えられたのでしょう。

オーストラリア政府が、一九七三年に、キャンベラに新設されたナショナル・ギャラリーに展示する目的で、ジャクソン・ポロックの「ブルー・ポールズ」の購入を決めたとき、案の定、芸術を理解しない実利主義的なメディア関係者から、「そんなエリート主義のガラクタ」のために納税者の血税を無駄遣いしたとして、首相に対する大バッシングが起きました（オーストラリア人の「エリート主義」という言葉の使い方を、ずっとまったく理解できない。彼らが「エリート主義」というとき、そこには、大衆の好みに迎合する無教養な自称識者による知的かつ芸術的なあらゆるものに対する、彼らの根深い懐疑が込められています）。

この集中砲火に対して、ホイットラム首相は、オフィシャルなクリスマスカードの表紙をこの絵で飾るという対応策を講じました。ついでに言っておくと、この時支払った一三〇万ドルは、納税者にとってそう悪い買値ではありませんでした。今ではその絵画の見積もり額は二億ドルを超えているのですから。

オーストラリア人として認められたい

オーストラリアでの最初の四年間、ぼくはずっとアメリカ人のままで、バスの運転手にアクセントをからかわれたり、戦争体験のある精肉店の従業員たちにアメリカン・ポップスのセレナーデを歌ってもらったりしていました。ぼくのためにジュディ・ガーランドの一九四六年のヒット曲、『アチソン・トピーカ・サンタフェ鉄道』を歌ってくれる者もいました（今でも彼が、ぼくが注文したポークチョップの皮を切り取りながら、小声で「遠くの汽笛が聞こえるかい？」と歌う声が聞こえるようだ。けれども、ぼくの心は自分の生まれた国からすでに離れていて、いつかオーストラリア人の劇作家と呼ばれたいと考えていました）。

ぼくは最新流行の演劇や文学を応援するようになり、やがて全国紙の『オーストラリアン』に劇評を書いたり『キャンベラタイムズ』に書評を書いたりするようになりました。その後『シドニー・モーニング・ヘラルド』紙や『ナショナルタイムズ』『エイジ』『ヴォーグ・オーストラリア』や『シアター・オーストラリア』などの多くの出版物にも寄稿するようになりました。

ぼくは、オーストラリア人は「自分たちはアメリカやイギリスの芝居を、ニューヨークやロンドンの芝居に負けないくらいうまく演じられる」ということに満足してはいけないと励ましました。それが、当時のオーストラリアのクリエイティブな人々の大半にとって究極の野望だったからです。つまり、ニューヨークやロンドンとは一味違うものや、それらを超えるものではなく、ただ「同じくらいうまくやること」、つまり、「アズ・グッド・アズ」を目指していたのです。

オーストラリア国立大学での日本の喜劇についてのセミナーで、オーストラリアの喜劇と比較するためにジョージ・ウォレスの名を挙げると、学生たちは一人の例外もなく、それがアラバマ州知事の名だと知っていましたが、同じ名前の有名なコメディ映画俳優がオーストラリアにいたことは誰一人知りませんでした。ここまで自己認識が欠けている国は、国外にばかり強い関心をもち、自分の国にあるものを知ろうともしない国は、初めてでした。

全豪演劇大会で、アメリカやイギリスばかりでなく、他の国の演劇も上演すべきだと提案したときには、有名な演出家から「しかしね、ロジャー、君の好みはあまりにも特殊じゃないの？」と言われました。そんなイメージが、こっそりは無理でも、必死で溶け込もうとしていた国によってぼくに与えられていました。一九七五年頃のぼくが、その演出家のような「本物のオーストラリア人」として認めてもらえなかったのは、そのイメージのせいだったのです。

人はどちらか一つしか選べません。芸術の世界におけるニューナショナリズムの信奉者となって、まだオーストラリアに紹介されていなかった日本や東欧を含む、外部からの影響を拒否するか、あるいは、不愉快なアメリカ人だとみなされる危険を冒すのか。実のところ、ぼくはそのどちらも望んでいませんでした。ただ、自分と同国人となる男性たちや女性たちに仲間の一人として認められたかっただけなのです。

アボリジニたちの苦難

一九七三年の八月、ポーランドの劇作家スタニスワフ・イグナツィ・ヴィトキェーヴィチが一九一四年にオーストラリアを旅した体験をもとに書いた戯曲、『双頭の仔牛の形而上学』が、ぼくの翻訳によってアリススプリングスのトーテム・シアターで上演されることになり、オーストラリア芸術協議会から支給された補助金で、その舞台を観るためにオーストラリア中央部のレッド・センターにぼくは赴きました。

地元の人たちが、ただ「ジ・アリス」と呼ぶその街は、どうやらいろいろな意味で、このポーランド人劇作家がオーストラリアを訪れた年であり、ぼくの大切なオーストラリアのオフィシャルガイドブックが出版された年でもある、一九一四年当時のままではなさそうでした。

一九七三年八月、アリススプリングス。冬の間に降った大量の雨の恵みを受けて、たくさんの花が、何年間も太陽の光を待ちわびてきたかのように、地表に顔を出す。オーストラリア内陸部に差すその光は、それまで訪れたどの場所の光よりも強く、どこよりも澄んだ空気は、まるで砂漠の果ての赤い水平線まですっきりと見通せるレンズのようでした。

けれども、この赤土に囲まれた小さな街の雰囲気はちっとも透明ではありませんでした。ぼくはパイオニアバスの地元観光ツアーに参加しました。パイオニアバスは、当時のオーストラリアの輸送業界を牛耳っていたアンセット社の子会社でした。街中をバスで観光して回っていたとき、バス会社の制服——ショートパンツに白のハイソックス、黒の革靴、袖なしアンダーシャツとぴったりしたキャップ——に身を包んだ運転手は、一台の車の横に立つアボリジニの男性の集団の脇を通り越すさいに、ピンマイクで自説を披露しました。「おそらくあれは盗んだ車でしょう」と。さらに新設された病院について「アボリジニの子どもを優先的に診《み》る病院で……みなさんの息子さんや娘さんは診てもらえない。そもそも私やみなさんの血税でできた病院だっていうのにね」と続けたのです。

当時、オーストラリアの先住民の乳児死亡率は世界最悪でした。彼らの多くはジ・アリスの街を流れるトッドリバーの干上がった川床周辺で暮らしていて、地元の留置所はアボリジニがたくさんいて、看守が留置されているアボリジニに絵を描かせ、白人の仲介人を通して、ジ・アリスの街の小さなギャラリーで売ったりもしていた。ぼくは、ジ・アリスの大手ラジオ局で、上演中の芝居とこの街を訪れた感想を聞かれ、シドニーから派遣されていたその若い女性インタビュアーに、あのバスの運転手が言っていたことを話しました。

「あなたが放送でその話をしたら」と女性は、本番前にイヤホンをつけながらぼくに釘をさしました。「私は職を失うことになりますからね」。

もちろん、そうとわかっていてその話をすることなどできませんでした。

黒く塗りつぶされた劇作家

ぼくの書いた戯曲が上演されるようになりました。そのうちの二作品、『ボーンズ』(*Bones*)

と『氷』（Ice）は、メルボルンのラ・ママ劇場で、また『虹の誓約』（*The Covenant of the Rainbow*）や『ジョーの百科事典』（*Joe's Encyclopedia*）などの作品が、オーストラリアのいくつかの都市で上演されました。『ジョーの百科事典』は、さらにシンガポールや東京でも上演されました。とはいえ、そのおかげで有名になったり、経済的に潤ったりしたわけでは決してありません。

例によって、芸術家への「逆遠近法」という偉大なるオージールールが働いていました。首都に近づけば近づくほど、過小評価されることになる、というものです。「灯台下暗し」という日本のことわざは、日本よりもオーストラリアにこそふさわしい。

一九七八年、その二年前にオーストラリアの国籍を取得したぼくには、アメリカのツーリストビザが必要だったのですが、父の七五歳の誕生日を祝うためにロサンゼルスに帰省しました。父の親しい友人の一人であるシド・ブラウンから、「向こうで」芝居を書いてどのぐらい儲かるのかと尋ねられたので、「えっと、だいたい、二〇か三〇かな」と答えると、シドは歯笛を吹いて頭を左右に振りました。

「ほう、おめでとう、ぼうや。すごいじゃないか。二〇万か三〇万とは……ガッポリ儲けてるんだな」

「違うよ、シド。二〇ドルか三〇ドルってこと。オーストラリアドルは米ドルより価値は高いんだけど」

「オーストラリアドルのほうが米ドルより価値がある？　そんなわけはなかろう」

両親は、ユダヤ人の親の常で息子を自慢にしていました。ぼくが五年ほど前から両親に送り続けてきた新聞の切り抜きや劇評をまとめて冊子にしていたほどです。でもその切り抜き帳には一つおかしな点がありました。記事のところどころが黒く塗りつぶされていて、文字が読めなくなっていたのです。

ロジャー・パルバース。実験的（黒塗り）劇作家」。あるいは「（黒塗り）劇作家であり翻訳家のパルバース」という具合。

両親は、芝居への酷評を少しでも和らげたくて「二流の」とか「大部分の観客には理解しがたい」などの語句を勝手に黒く塗りつぶしたのでしょうか？　いや、もっと単純な話でした。どの黒塗りにも、「オーストラリア人の」という言葉が隠れていたのです。

「ところで、この大きな黒塗りは何？」とシドの奥さんのドリスが尋ねました。

「ああ、いえ、なんでもないのよ。ドリス、チョップトレバーをもう少しいかが？」と母。

「オーストラリア人と書いてあるんだ」とぼくは口を滑らせました。「ぼくはオーストラリア人になったんだ」。

あとに続いた沈黙は、ユダヤ系アメリカ人の会話の歴史に残るほどの、長く、緊張をはらんだ「沈黙」だったに違いありません。うっかり口にしたひと言が、ニール・サイモンのコメディ風だった実家の雰囲気を、ユダヤ版『ゴドーを待ちながら』に変えてしまったのです。この場合ゴドーは、パスポートの色を当時アメリカのパスポートの色だったオリーブグリーンから、オーストラリアの紺色に変えてしまうという、究極の罪を犯した放蕩《ほうとう》息子として現れたわけですが。

沈黙はさらに続きました。サミュエル・ベケットでさえ、「いいかげんにしてくれ。で次はどうなるんだ？」と叫んだだろうと思われるほどに。

この責め苦から救ってくれたのは母でした。

「ロジャーは向こうで家を買ったのよ」

「ほう」とシド・ブラウンはうなずきました。「向こうで家を買ったのなら、話は別だ。なぜそう言わなかった？　家を買ったなら、もう彼は立派なオーストラリア人だ」。

我が家では結局、ゴドーは演劇のGod、すなわち神様ではなく、不動産の神様でした。

「オーストラリアでは記事にするようなことは何も起こらないだろう」

一九七七年の研究休暇は、のちにノーベル文学賞を受賞したナイジェリアの作家ウォレ・ショインカからの、彼が教鞭をとるイフェ大学（現・オバフェミ・アウォロウォ大学）に籍を置いてナイジェリアで過ごさないかという親切な誘いに応じるつもりでした。彼と一緒に演劇の仕事をする予定だったのです。けれども、大学からの招聘《しょうへい》が間に合わなかったため、ぼくは五月にキャンベラを発ってストックホルムに向かい、さらにオスロ、ワルシャワ、東京を経て沖縄県の八重山諸島まで足を延ばし、オーストラリアには翌年の一月まで戻りませんでした。

一九七七年の秋に、ぼくは初めての小説 *The Death of Urashima Taro*（『ウラシマ・タロウの死』新潮社）を執筆しました。まず日本語の翻訳版が出版されてからもとの英語版が出版されました。ぼくの小説は、その後も多くがこれと同じパターンを踏襲することになります。

当時ぼくは軽いノイローゼ気味で、居候させてもらっていた井上ひさしと奥さんにたいへんな苦労をかけました。それにもかかわらず、後になってひさしは、当時のぼくのふるまいになんの違和感も覚えなかったと優しい言葉をかけてくれました(あの頃は、井上夫妻も辛い時期にさしかかっていて、やがて、ぼく同様、彼らも離婚することになった)。

一九七七年の暮れ頃に、井上宅にある男性から一本の電話がかかってきました。『ニューズウィーク』国際版の編集長からでした。

「実は今東京にいるのですが、あなたがお書きになった『エクウス』東京公演の劇評を読みました。ニューズウィークに記事を書いていただきたいのですが、一度会ってお話しできませんか?」

ぼくは、『エクウス』(ピーター・シェーファー作)の公演を東京、シドニー、ワルシャワ、オスロの四カ所で観ていました。その四つを比較する記事を(実質的にはどれも似たようなものだった)、毎日デイリーニューズ紙に書いていたのです。

ぼくたちは、東京・有楽町のアメリカンファーマシー近くにあった外国人記者クラブで、お昼に会いました。

「日本の演劇や映画の評をニューズウィークに書いていただきたいのですが、いかがですか?」と、彼はウェイターを手招きしながら言いました。

ちょうど、日本文化の存在感が、戦後再び世界中に知れ渡るようになってきた頃で、それは明治時代以来のことでした。

「ええ、喜んで。ありがとうございます。ただ、ぼくはずっと日本に住んでいるわけではないんですがね」

「日本に住んでいない？」

「オーストラリアで暮らしています。実はオーストラリア人なんです。アメリカ人の発音に聞こえるでしょうけど」

ウェイターはすでにテーブルの脇にいて、注文を聞きたそうにしていました。

ぼくが「オーストラリア人」という言葉を口にしたとたんに、そこは間違いなく屋内だったにもかかわらず、まるで不吉な予感のする灰色の積雲がかかったように、その国際版編集長の表情が曇り、彼もまたウェイター同様ソワソワと辺りを見回し始めました。編集長が何を考えているかは、手に取るようにわかりました。なんだってこんな奴のために時間を無駄にしてしまったんだ？　当時、「日本」という単語はアメリカ人ジャーナリストのタイプライターが打ち出す記事における魔法の言葉となりつつありました。しかし「オーストラリア」がインクリボンまで届くことはめったになかった。

「しかし、オーストラリアでは記事にするようなことは何も起こらないだろう」とまるで何もかも知り尽くしているかのように彼は言いました。

「いや、それがあるんですよ！　オーストラリアでは今も素晴らしい文化が生まれ続けています。過去五年間に、少なくと二度の映画の復興期がありました。それに革新的な文学や啓発的演劇も生まれています。本当です。面白い記事を書いてみせますよ」

「本当に？　たとえばどんな？」

ウェイターはすでに姿を消し、昼食にありつけるチャンスは少しずつ失われつつありました。

「今度の三月にはアデレード芸術祭が予定されています」

「アデレード？　それはいったい何？　アデレードって」

そのとき、シンシナティやミルウォーキー、リトルロックなら世界中のほとんどの人が知っているのに、文化と庭園、極上のワインを楽しめる最高にすてきな都市、アデレードの名を知る人がほとんどいないこの世の理不尽さを、つくづく痛感したのを覚えています（その後、オーストラリアの文化もアデレードの名も、世界により知られるようになりましたが）。

「アデレード芸術祭は、エディンバラ芸術祭やヨーロッパの芸術祭に引けを取らないほど大規模なものです」

編集長は席を立ちました。でも、少なくとも、アデレード芸術祭の規模の大きさについてはわかってもらえたはずです。

「いいでしょう。では五〇ドルでその芸術祭の記事を書いてもらいましょう」

著書の中で過去のなんらかの金額について述べるとき、作家はしばしば、当時のその金額が現在の価値に換算するとずっと高いものであることを言い添えます。大おじのシドニーが盗まれた宝石の価値について、ぼくが注釈をつけたように。でも今回は違います。『ニューズウィーク』のような雑誌に掲載される長い記事の報酬として五〇ドルは、一九七〇年代後半のその当時、誰の銀行口座にとっても少なすぎる金額でした。

「五〇ドルというのはアメリカドルで？　それともオーストラリアドルで？」

とぼくは質問しました。

「ああ、もちろんアメリカドルですよ」

シド・ブラウンに告げたように、ここでもまた、オーストラリアの五〇ドルはアメリカの五〇ドルより価値が高いと言うべきだろうか？　でも、編集長が気を悪くするようなことを言うつもりはありませんでした。

ぼくは立ち上がり、編集長と握手して「一〇〇アメリカドルで」と言いました。それは、毎日デイリーニュースに記事を書いてもらっていた報酬と同額でした。

編集長は承知したというふうにうなずき、他の外国人特派員の視線を浴びながらニッコリ笑って立ち去り、氷の浮かんだ水のグラスが置かれたテーブルにぼくは一人取り残されました。

ぼくは、一九七八年三月に開催されたアデレード芸術祭についての記事を書きました。その記事が掲載された雑誌を一部（パティ・ハーストが表紙を飾っていた）とアメリカドルで一〇〇ドルを受け取りましたが、あの編集長からはひと言の連絡もありませんでした。

オーストラリア人として怒る

一九七八年一月半ば、九カ月の海外滞在を終えて、沖縄からオーストラリアに帰国しました。身分が保障された大学での仕事を辞めて、フルタイムの大黒塗り劇作家になると覚悟を決め、オーストラリアは、多民族的な特徴をもつ急速に成長している国である、というメッセージを伝えるための何かを、どんなに些細なものであっても成し遂げたいと考えていました。ぼくはオーストラリア文化を世界へ発信しているのだ、と。

要するに、ぼくは多くの移民たちと同じことをしていました。過度に感情移入していたのです。オーストラリアの安全保障をアメリカが牛耳り、砂漠地帯に秘密基地を作っていることを題材とする戯曲を書いたりもしました。その戯曲、*Cedoona*（セデューナ）はアデレードで上演され、当時無名だったコリン・フリールズやジュディ・デイビス、メル・ギブソンが出演しました。三人とも一九八〇年代から世界を一世風靡《ふうび》していきました。

オーストラリア人とアメリカ人の衝突を描いたぼくの戯曲 *Australia Majestic*（オーストラリア・マジェスティック）の舞台となった、目を瞠《みは》るほど素晴らしいブルーマウンテンズ・ハイドロ・マジェスティックホテルは、戦時中はアメリカ陸軍病院として利用されていたものです。そして、ミュージカル作品 *Bertolt Brecht Leaves Los Angeles*（ブレヒト、ロサンゼルスを去る）と、ぼくの翻訳・翻案によるアウグスト・ストリンドベリの『令嬢ジュリー』が、メルボルンのプレイボックス・シアターで上演されると、ぼくは大学をすっぱり辞めて南へ下り、「南半球のブダペスト」との愛称で面白半分に呼ばれることもある都市へ、つまりメルボルンへ向かったのです。

その頃は、大学からもらっていた高給は過去の栄光となり、オーストラリアの日刊新聞『ジ・エイジ』に書くレストラン評の報酬と、ロイヤル・メルボルン・ホスピタルで看護実習生として働くパートナーのスーザンの給料で食いつなぎ、病院の職員住宅で暮らす生活でした。

大島渚からの手紙

そんなときに、映画監督の大島渚から手紙が届いたのです。『戦場のメリークリスマス』と題する映画撮影の準備を進めている。ついては助監督をやらないか?と書かれていました。

ぼくは、スーザンと二人で暮らす狭いアパートの部屋の真ん中で、フェルメールの絵の中の人物のように、手紙を手に立ち尽くしていました。手紙はもちろん日本語で書かれていましたが、信じられないほどうれしい知らせや、残酷すぎて信じたくない知らせが届いたときによくあるように、しばらく身動きできずに、何度も手紙を読み返していました。

おそらく内容を理解するのが恐ろしかったのです。実は大島監督は、誰か助監督をやれそうな人を紹介してもらいたいだけだったらどうしよう……。そのときスーザンが隣にやってきて、一気に現実に引き戻されました。

ぼくはかつてアメリカ人の異郷生活者だったけれど、今回はオーストラリア人の異郷生活者とならずにすみそうでした。ぼくには幸いにも「帰ることのできる」国が、日本があった。このままオーストラリアにいても、この国の枠に収まることはできないだろうと感じ始めていました。それは、植民地時代を代表するオーストラリアの小説家ヘンリー・ローソンの作品を読んでもピンとこないとか、二〇世紀前半の有名な画家ノーマン・リンゼイが描く裸婦やメルボルンカップのレースにドキドキしないといった些細な問題ではありませんでした。どんな文化にもその主流である、人気の文化があって、そこに属する多くのものが、純粋にドラマチックなものとされ、ちゃんとした価値をもちうるのです。

しかし、オーストラリア文化の主流は、特に演劇界の主流は、当時もそして今も、自然主義的で、事実にもとづく精神性に乏しく、茫漠《ぼうばく》たる人間の内面への驚嘆に欠けるものでした。ぼくたちオーストラリア人が、自分たちの「自国の」文化に先住民の文化を融合させていれば、どちらの世界においても最高の文化を築くことができただろうに。

一九八二年にぼくが日本に戻る決意をしたのは、映画一本でやっていくためではなく、もちろん輝かしい未来が約束されているわけでもありませんでした。わかっていたのは、またもやゼロからのスタートを切ろうとしていることと、自分がもうすぐ四〇歳になろうとしていて、もはや何度もやり直せる年齢ではないということでした。それでもぼくは自分の力を試したかった。

日本の美は、永遠性と儚《はかな》さの両方を併《あわ》せもっています。その例として思い浮かぶのが、石川啄木の汽車についての次の短歌です。

遠くより　笛《ふえ》ながながとひびかせて
汽車今とある森林に入《い》る
I hear a distant whistle.
It lingers in the air before vanishing

Into woods.

一九八二年のオーストラリアでの最後の夜に、夜空を見上げたぼくの心の目には、ながながと響く日本の汽笛の音が見えていました。空には薄膜のような白い雲がかかっていて、ぼくは高く手を伸ばし、世界に名を馳せる自分の姿を夜空いっぱいに描こうとしていました。それまでオーストラリアで一〇年間、物書きとして暮らしてきて、ぼくはしっかりとした足跡を残してきたかもしれません。しかし、それはぼくにしか見えなかったのです。

第三章

ぼくの中の日本人

日本は常に発展途上国の指針だった

強制的な開国によって、日本の長きにわたる国際的な孤立状態が終焉《しゅうえん》を迎えてから一〇〇年の間に、大勢の西欧人が日本にやってきました。ぼくが日本に来た翌年の一九六八年には、日本の近代化への道のりを祝う重要な式典である明治百年祭が催されました。あの頃のぼくは、ヨーロッパで暮らしたあと、アメリカを発って日本へやってきたばかりで、のちにオーストラリアに向かうことになるとは想像もしていません。二三歳のときのことです。

西欧の人々は、日本についての、さまざまな種類の矛盾した思いや、迷信的な偏見を身にまとってやってきました。やがて、それらの矛盾した思いや偏見にもとづく、西欧の言語で書かれた日本についての本が数えきれないほど生まれましたが、それは先入観と異国趣味の百科事典としか呼びようのないものでした。日本人がいかに「自分たちとは違っているか」「古風で風情があるか」、あるいは「威張っていて好戦的か」という、彼らの視点から生まれた本は、日本ではなくむしろ西欧に関する優れた研究書といえるでしょう。

第二次世界大戦が勃発する前までは、西欧からやってきた多くの人々が、自分たちの国には欠けていると感じていた精神性を日本に見出そうとしていましたから、そこでそれを「発見」したのも当然のことでしょう。しかし、尊敬するヨーロッパの国々のように、自分たちもアジアの中で強い存在感を示したいという日本の野望を、西欧の国々が理解することはありませんでした。西欧の国々は、白人の国でもクリスチャンの国でもない国が、アジアの中で、さらにいえば、世界のどんな場所でも、自分たちと同じ立場に立つことなど絶対に許さなかったからです。

やがて、極東の端っこに位置する閉鎖された貧しい国であった日本が、優れた軍事力を誇る主要な産業国へと変貌を遂げると、西欧人たちは、日本に好感をもっていた人々でさえも、とても戸惑いました。竹籠《たけかご》を編み、漆塗《うるし》りや焼き物などの精巧な職人芸に秀でた人々が住むあの素晴らしい国が、世界で最も優しく控えめな女性たちが暮らすあの国が、誰よりも礼儀正しく、出しゃばらない男たちが住むあの国が、なぜ我々と同じ世界の覇者となりたがるのか？

その答えは西欧諸国の場合と同じでした。「経済成長を維持するために必要な天然資源を手に入れ、富を増やし、領土を拡大して、国の長期的安定を確かなものにするため」です。いや違う、と西欧人は慌てました。それは「我々が知っている愛すべき」日本ではない、と。

しかし、歴史を振り返ってみると、西欧の国々にしてみれば、日本の領土拡大が、当時衰退しつつあり消えゆく運命だとみなされていたロシア帝国の犠牲のもとに成り立つものであるのなら、喜ばしいことだったのです。一八九五年から一九一〇年にかけて日本が、欧米人がフォルモサと呼んでいた台湾と韓国を植民地支配していたことは、歓迎すべきことでした。

ぼくは、明治天皇が軍服姿で馬に跨《また》がり、馬の前脚の蹄《ひづめ》は韓国とフォルモサを強く踏みつけているという構図の、一九〇四年に作られたリトグラフを所有しています。リトグラフの上部には「極東におけるイギリスの友」というあからさまなタイトルがつけられています。

けれども、その「友情」は長続きしませんでした。日本の馬の蹄が、大英帝国の領土まで踏み荒らすようになったからです。

一方、一九〇五年に日本が日露戦争に勝利すると、日本を公式に褒め称える声が、当時南アフリカで弁護士業をしていたモハンダス・カラムチャンド・ガンディー（マハトマ・ガンディーの正式名）や、インドの詩人ラビンドラナート・タゴール、トルコの将軍ムスタファ・ケマル・アタチュルク、中国の政治家の孫文、アメリカ合衆国の黒人解放運動家であるW・E・B・デュボイスなど、さまざまな人々から上がりました。彼らには一つ共通点がありました。全員が非白人で、西欧以外の国または民族のリーダーであるか、リーダーを目指しているかのどちらかだ、ということでした。

未来の歴史家が世界の歴史を振り返ったとき、彼らは日本のことを、近代化は白人のクリスチャン国家の専売特許ではないと主張し、それを実証してみせた最初の国だと間違いなく認めるだろう、とぼくは思います。その意味で、日本は今日までずっと、すべての発展途上国にとっての進歩の指針でありつづけています。

明治時代後半から大正時代にかけて（一八九〇年頃から一九二五年頃までの期間）、数多くの留学生が日本で勉強するために中国からやってきました。今現在の中国の近代化は、目指すべき輝かしい発展を遂げた日本の存在なしには、あり得なかったでしょう。だから今の中国政権が、明治時代に日本が国の発展のためにとった政策と酷似した手法を用いていることは、特に驚くものではありません。天然資源を確保し、それを安全に本国に輸送するため軍事活動と並行して行われる、国が支援する経済発展計画……。このように中国が描くロードマップが、一九三〇年代に日本がたどり着いたのとは異なる場所に彼らを導いてくれることを祈るばかりです。

「消えゆく日本」の文化と美しさ？

明治時代、西欧の人々から見た日本は、能面や扇の後ろ、あるいは美しい装飾を施された屏《びょう》風《ぶ》の陰に永久に潜んでいる国でした。西欧の人々は、どこかに「本当の日本」と呼べるものが存在するはずで、それが隠されているだけだと考えていました。運よく、能面や扇、または屏風の向こうを覗き見することさえできれば、「隠された日本を知る数少ない幸運な外国人」の一人になれる。そうすれば、出版社を見つけて、「本物」の日本の姿を「初めて」西欧諸国に紹介する本を簡単に出すことができ、その深い霧に閉ざされた土地で起きているあらゆる出来事について解説する資格を手に入れられる、と。

過去一世紀以上にわたり、「本当の日本の姿」を外の世界に紹介する本が次から次へと出版されてきました。日本を舞台とする西欧の小説はすべて「日本人の心」の研究書となりました。外国人が日本人に囲まれて暮らした年月について美化された日誌には、「この国ならでは」のさまざまな体験が綴《つづ》られていました。この、西欧社会に長年にわたって浸透してきた、何度も焼き直しされた異国情緒が、西欧の人々の日本人観と本当の日本人の姿の間に隔たりを生み、日本軍が、西欧の帝国軍にも匹敵する、天皇が統帥する権力となったことによって、その隔たりは埋めることのできない危険な溝となりました。

こうして「消えゆく日本」という概念が生まれたのです。「本来の」日本が、驚くべき速さで消え去ろうとしている。日本という国の、称賛すべき点や素晴らしさのすべてが、そして古風な趣が、「きっと失敗に終わるだろう」粗雑で柄《がら》に合わない産業化の名のもとに捨て去られようとしているように見えました。一九八〇年代半ばには、日本文化と日本の美しい暮らしが「消えゆこうとしている」ことは、西欧社会では誰もが知るところでした。それらが本当に過去一世紀の間に消え失せかけていたのなら、その文化が少しでも残っていたことは、それこそ奇跡そのものだったのですが。

古風な日本、好戦的な日本、管理社会日本

けれども、ぼくの場合は日本の文化が失われてしまったと考える必要などありませんでした。一九六七年に日本に着いたとき、日本のことも、そこで暮らす人々のことも何も知らなかったのだから。それなのに、日本での暮らしの思い出を書いた著書『もし、日本という国がなかったら』で述べたように、ぼくは日本という国に一歩足を踏み入れたとたんに、まるで自分の国にいるような気がしたのです。

自分の習慣や社会的慣例、生き方を基準に考えれば、日本が「異質」に思えるのは当然のことです。でも、生まれ育った家や学校で、母国アメリカは民主主義の世界基準と、模範とすべき自由、そして人が目指すべきよい生活への唯一のロードマップを作った国であるとずっと教えられてきたにもかかわらず、ありがたいことに、ぼくはそんなふうに考えたことがなかった。おそらくこうした世界観をもっていることが、つまり、文化的偏見をまったくもち合わせてい

ないことが、行く先々で、見知らぬ国の人々の懐に飛び込むことができた理由だったのかもしれません。

一九四五年に日本がアメリカとその連合国に敗れると、それまでの古風な日本、消えゆく日本、好戦的な日本に次ぐいくつもの別の日本の「素顔」が現れました。日本は先進国の真似をし、粗悪品を製造する国である、という最初は明治時代に世界に広まった過去のイメージが、一時的によみがえったのです。ぼくがまだ子どもだった一九五〇年代、「メイド・イン・ジャパン」は安くて信頼できないB級品を意味していたと言うと、今では世界中の若者がまさかと驚くけれど。

その後に生まれたのが「管理社会日本」像です。西欧で暮らす人はみんな、日本人は組織に管理され、「我々」全員がもっている個人の自由がなく、家族よりも会社を大切にしていると考えていました。

西欧人は、日本人が個人の意思を全面的に主張したりしない、という固定観念をもっていました（日本人は、個人の意思を心に秘め、ごく親しい人々にだけ明かす）。また、確かに当時の日本人の会社への忠誠心は、西欧社会ではほとんど見られないものでした。しかしだからといって、日本人は「我々」のように一人ひとりが個性をもった特別な存在などではなく、配偶者や子ども、両親よりも会社を愛していたと言えるのでしょうか？　もちろん、当時も、今も、そんなことはありません。

アメリカの海兵隊員がアメリカ軍に永遠の忠誠を誓ったからといって、彼らが配偶者や家族よりも自分の職務や国家を愛しているというわけではないでしょう。アメリカではその二つは両立し得るものであり、それは日本でも同じことです。日本人も自分の人生を自分で決めることができます。日本人には本当の自分と世間に見せる建前の自分があって、その点が西欧の大多数の人々とは違っている。つまりこういうことです——何を心に秘め、何を他人に見せるか、を日本人は考えているのです。

　ぼくは、これまで説明してきたどんな日本人像も知らなかったし、実際の日本人がどういう人たちなのかについても無知でした。一八九〇年四月に、ぼくと同じように日本人の暮らしを何も知らないまま日本にやってきた、ギリシャ系アイルランド人ジャーナリストで作家、翻訳家のラフカディオ・ハーンに自分を重ねていました。ハーンが日本にやってきたのは三九歳のときで、ぼくが初めて日本に来た年齢よりずっと年上で、彼は日本語の読み書きはまったくできず、当時世界を幻惑していた異国情緒あふれる日本像を撒《ま》き散らした張本人の一人ではあったのだけれど。

　その後ぼくは、ハーンの日本での暮らしを描いた『旅する帽子——小説ラフカディオ・ハーン』（講談社／英語版は *The Dream of Lafcadio Hearn*）という小説を書きました。興味をそそられたのは、日本に足を踏み入れたその日から、まるで皮膚の毛穴から吸収するかのように、日本文化を理解できたハーンの能力でした。お荷物となる西洋的な、あるいは宗教的な固定観念をもたず、つば広ハットにスーツケース一つ、それに日本文化の深層に潜むあらゆる事柄への飽くなき探究心だけを携えて日本にやってきたこのアウトサイダーに、ぼくは親近感を覚えていたのです。

一九六〇年代の京都

一九六七年一一月、ぼくは京都産業大学での講師の仕事を得て、東京から京都に引っ越しました。一九六七年の京都はどんなふうだったのか？

東京では、病人めいた全身白の衣装を身にまとい、寺院や神社の境内に立ったり座り込んだりしている帰還兵をよく見かけました。なかには腕や脚がない人もいました。コンサルティーナ（鍵盤の代わりにボタンを配置したアコーディオンの一種）を奏でる人や、通行人の同情を買おうとして小さな犬を連れている人もいた。人目を引くために、犬にビーニー帽をかぶせたり、プラスチックの派手な安物のサングラスをかけさせていることもよくありました。

彼らは第二次世界大戦で身体が不自由になった帰還兵で、同胞である日本の人々を相手に物乞いをしていました。日本人はといえば、帰還兵たちを戦場に送った罪に苛《さいな》まれ続けたくないので、何よりも彼らの存在を忘れたがっていたのです。京都ではそういう光景を見ることはあまりなく、やがて東京でも他のどの都市でも、彼らの姿は見られなくなりました。

同じ年の春、ぼくは貧しい大学院生としてフランスにいて、パリの街で愛情のこもった食事を一番安く食べられる場所を探していました。ぼくが見つけたのは、「ポーランド退役軍人クラブ」でした。ぼくはポーランド語を話せたから、故郷に帰ったような気分でした。深い心の傷を負った退役軍人たちの中で、手足の長い、陽気な若いアメリカ人はぼくだけだったけれど。

なにしろ、戦争が終わってから二二年しか経っていません。退役軍人クラブでは、美味しいポーランド料理を五フランで食べることができました。当時の一ドル程度です。多くは四〇代だったけれど何十歳も年老いて見えた貧しい退役軍人たちが、身をかがめるようにして食事をしている姿が、今も目に浮かびます。手の震えがひどすぎて、スプーンですくったスープを、口元まで運ぶ前にすべてこぼしてしまう人もいました。

京都にいる人はみな、そしてよそから来た日本人や外国人は特に、京都も昔は素晴らしかったのに、今は見る影もない、と言っていました。しかし実は、今日までずっと同じことが言われ続けています。これは昔の「消えゆく日本」像の特別版で、今度は永遠に「消えゆく京都」へと変わっただけのことです。実際には、京都の寺院や庭園は、何百年間も変わらぬ姿でそこに存在しています。京都の住人が話す愛すべき京都弁も、東京や東京中心のメディアが押しつける標準語に侵食されることなく残っています。そして京都の人々は、今も昔も変わらず、そう簡単にはよそものを身内として受け入れません。

京都の心は、よくも悪くも一九六七年当時と変わっておらず、ぼくは京都を訪れるといつも、昔通りの京都のリズムと社会規範にすぐに溶け込んでしまいます。

ぼくはミスター・ヒギンズ

日本中のどこでもそうだったように、アメリカの存在感は京都でもとても大きいものでした。それは目に見えない感覚で、日本の非伝統的文化のすべてに浸透していました。日本以外の国との比較が行われる場合は、気軽なものであれ研究であれ、比較対象となるのはほとんどの場合アメリカとその社会規範でした。すれ違った京都の子どもが、「アメリカ人だ!」と声を上げることもよくありました。外国人はみんなアメリカ人だと思われていたのです。

当時のぼくはまだアメリカ国籍だったけれど、気持ちの上ではアメリカ人であることをやめていました。でも自分が何者なのか、アメリカ人をやめて何者になろうとしているのか、まるでわからなかった。とはいえ、職業的な意味で、自分が何に「なろうとしている」のかわからなかったことと同様に、この国籍のない感覚も、ぼくを悩ませることはありませんでした。ぼくには、五里霧中の状況を楽しむ癖があるからです(低迷する状態があまりにも長すぎる場合は別だが)。

それでも、一九七二年の春頃には、不安で落ち着かない気分になっていました。すでに短編小説集を一冊と戯曲を発表していたけれど、このまま京都にいても小説家兼劇作家となるという野心が達成できるとは思えなかった。主要な出版社はみな東京にあったからです。京都にはプロの劇団もなかった。

そんなとき、降って湧いたように届いたのが、オーストラリアのキャンベラにあるオーストラリア国立大学で、日本語と日本文学の専任講師にならないかという誘いでした。たぶん、オーストラリアにも劇場はあるだろう、とぼくは考えました。出版社もあるはずだ。大好きな京都を離れて、オーストラリアで小説家と劇作家を目指してみよう。うまくいかなければ、いつでも「古巣」の京都に戻って講師の仕事をしながら物書きをすればいい、と。

同じ頃に、ＮＨＫのディレクターからも一通の手紙を受け取りました。野坂昭如《のさかあきゆき》の短編「アメリカひじき」のラジオドラマを制作することになり、ついては重要な登場人物であるアメリカ人役を演じてもらえないか、という内容でした。

作品のタイトルにある「ひじき」とは、食用になる海藻の一種で、小さく刻んで干したものは紅茶の葉に似ています。小説は、戦後間もない、日本が占領軍の支配下にあった時代を舞台としたものでした。アメリカで詰められた食材の箱を開けた日本の住民たちが、紅茶の葉をひじきと間違えた、ということからこのタイトルがつけられたのです。

一九六七年に発表されたこの野坂の短編は、連合国軍による占領時代に見受けられた、第二次世界大戦で日本を打ち負かした主要国に対する日本人のある種の追従ぶりを、克明に描写しています。そしてこの精神的な追従は、その頃よりずっと和らげられた形で今なお続いています。当時、日本人の多くは外国人と言葉を交わしたことがありませんでした。外国人を意味する「ガイジン」という言葉は、当時はヨーロッパに起源をもつ人々だけを指していました。アジア人やそれ以外の非白人は「ガイコクジン」という、「ガイジン」より改まった呼び名で呼ばれていました。「ガイジン」とはつまり「白色人種」のことでした（現在では、日本人以外のあらゆる国籍の人々がガイジン、またはガイコクジンと呼ばれている）。

ぼくは、偉そうで自信たっぷりのアメリカの男で、俊夫という若い日本人男性と親しくつき合うようになるヒギンズ氏を演じました。俊夫はヒギンズ氏を喜ばせようと、このアメリカ人のあらゆる望みを聞き入れ、媚《こ》びへつらい、卑屈なほど尽くし続けます。そして俊夫は、自分の中にアメリカ人がいるのだ、と一人つぶやきます。ぼくには、その言葉の意味がよくわかりました。京都で暮らした五年間に、多くの日本人の中にアメリカ人がいるのを見てきたからです。そしてこの台詞は、ぼくの中にある似たようなコンプレックスのことも言い当てていました。

自分の中に日本人がいることに、気づき始めていました。

ふるさとの山に向かひて――言うことなし

日本で暮らすようになる前に、日本の文化や歴史を学んでいなかったことは、ぼくにとって奇妙な幸運だった、と言えるのかもしれません。長年、さまざまな国の文化や文学を人に教えてきたぼくがこんなことを言うのは、たぶん適切ではないのだろうけれど。日本に到着したとき、日本人がどういう人たちであるかについて、なんの先入観ももたず、どんな間違った思い込みも抱いていませんでした。

子どもの頃に観たハリウッドの戦争映画の、日本人の民族性についての解釈を信じ込んでもいなかった。その種の先入観には、日本人は暗く、卑屈で、個人の意見をもたない、極めて「残虐な民族」であるという、非常に否定的なものから、しとやかでつつましく、ほどよく控えめな日本人像を掲げる肯定的なものまで、さまざまなものがあったかもしれません。しかし先入観をもたないぼくは、日本人が「本当は」どんな人たちで、日本のどんな文化が称賛に値するのかについて、自分で考えざるを得なかったのです。

最初はまず日本語の習得に熱中し、その後は、最も伝統的なものから、非常に実験的なものに至るまで、数えきれないほどの文化を熱心に学んでいく中で、自分の文化的感性や美的な好みに最も合ったものに、ごく自然に惹《ひ》かれていきました。

たとえば、人里離れた村で何百年も昔から村人たちの前で演じることを目的に行われてきた「祭り」――山形県の黒川能や岐阜県の能郷猿楽（一種の踊りでのちに能へと発展した）から、唐十郎《からじゅうろう》の荒っぽいテント芝居や、淡々としたユーモアが感じられる別役実《べつやくみのる》の芝居に至るまで。

日本語を使いこなせるようになると、明治・大正の作家、泉鏡花の不気味で抒情詩的な小説から坂口安吾《さかぐちあんご》のブラックユーモアに満ちた戦後文学や井上ひさしの現代文学まで、あらゆる本を読み漁《あさ》りました。またぼくは、「浪花節《なにわぶし》（浪曲）」の筑波武蔵師匠の「弟子」にもなりました。浪花節とは、三味線の伴奏に合わせて、独特の甲高い調子で物語のすべてを一人で演じるパフォーマンス・アートです。浪花節は江戸時代末期に発祥し、その人気は急速に高まって第二次世界大戦の終わり頃まで続きましたが、その後は衰退の一途をたどっています。ぼくは「ロジャー武蔵」と名乗り、初めて本格的に浪曲に取り組む外国人となりました。

そして、日本の美術工芸品の魅力にとりつかれ、特に陶磁器に魅了され、日本中の辺鄙《へんぴ》な片田舎にある窯《かま》を訪ねて回り、窯元で作品を買い集めました。窯元とは焼物師が仕事をしている場所と焼物師その人の両方を指す言葉です。日本の映画も、古いものも新しいものも、できる限り観ました。つまり、ありとあらゆる日本の暮らしと文化に没頭し、子どものように曇りのない情熱ですすべてを吸収していったのです。

明治の歌人、石川啄木の短歌をぼくは英訳し、二〇一五年に『英語で読む啄木：自己の幻想』（河出書房新社）として本にまとめましたが、その啄木が、故郷の岩手県渋民村に高くそびえる雄大な山々を詠んだ短歌があります。

I face the mountains
Speechless.
I owe those mountains everything.
ふるさとの山に向かひて
言うことなし
ふるさとの山はありがたきかな

この歌は、日本という国とその奥深い文化に対する当時のぼくの思いそのものでした。ぼくはいつしか、何もかも日本のおかげだと感じるようになっていた。日本にやってきてここで暮らしていなければ、小説家、劇作家、映画監督としての今の自分はなかったかもしれない、とさえ思います。つまり、人生で最も辛かった挫折——ＮＳＡのスパイスキャンダルで結果的に東欧での研究生活の道を閉ざされ、ベトナムでの殺戮に加わりたくなくて生まれた国を捨てたこと——がぼくに生涯最良のチャンスを与えてくれたのです。

多くの著名な研究者が、偶発的なものであるかどうかにかかわらず、失敗が自分を成功へと導いてくれたと言っています。なるほど、そうかもしれません。芸術に携わる者にとっても、少なくとも同じくらいそれは真実です。

時代が変わっても変わらない国民性なんてあるのか?

「日本人になる」とは、あるいは日本に惚れ込んでしまった外国人についてよくいわれる、「日本人ぶる」とは、どういうことなのでしょう。

日本の小説を読み、日本各地を旅して歩き、さまざまな職業の日本人とつき合ってみてわかったのは、日本人の行動や国民性を作り上げている要素があるとしても、それはとても流動的なものだということでした――つまり、明治以前の日本人の国民性を作り上げていた諸々は、明治時代の日本人のそれとは大きく異なっていたし……大正、昭和、平成、令和時代の日本人についても同様です。

言うまでもなく、そんなことはわかりきったことです。日本のようなダイナミズムを示している国は、同じ場所で走り続けたり、堂々巡りをしたりはしません。それにもかかわらず、西欧の多くの作家が、この何十年もの間、あらゆる時代のすべての日本人に共通する不変の特性を見出してきました。まるで、日本は、今現在もこれから先もずっと、見た目も行動も似通った人たちが暮らす国であり続けると言わんばかりに。

ラフカディオ・ハーンの作品は今も読みつがれていて、読者は、実ははるか昔にすっかり様変わりしてしまった日本人の思考様式への洞察を目にすることになっています。日本研究に熱心だったあのギリシャ系アイルランド人は、きっと今、薄暗い日陰に積み上げられたほこりの下の、隔絶されたノスタルジックな過去という、彼自身が最も幸せでいられた場所で安らかに眠っていることでしょう。

あるときぼくは、親しい友人で、優れた出版人であり編集者だった新潮社の宮脇修と一緒に、数日がかりで初めての長編小説 *The Death of Urashima Taro*（『ウラシマ・タロウの死』）の邦訳作業に取り組んでいました。その一九八〇年の東京の夏は蒸し暑く、ぼくは、東京のおしゃれな街、神楽坂の矢来町にあるこの大手出版社が、社屋のすぐ近くに所有するゲストハウスである「新潮クラブ」に滞在していました。ぼくと宮脇は、二一世紀を迎えるまでの今後二〇年間に、日本はどう変わるかについてあれこれ議論していました。

「間違いなく変わっていくだろうけど」と宮脇が言いました。「一つだけ、何があっても変わらない『日本人らしさ』があるだろうね」。

「変わらない日本人らしさなんて本当にある？」

「いくつあるかはわからないが、でもこれだけは絶対変わらないと思う」

あれから四〇年も過ぎましたが、ぼくは日本での講演でたびたびこの話を持ち出し、会場の人々に、永遠に変わらないと思うものを一つ挙げるとしたら何か、と尋ねてきました。もちろん、なかなかいい答えを出してくれる人もいました。たとえば、玄関で靴を脱ぐ習慣（その習慣をもつ国は他にもあって、特に「日本的な」習慣だとは思わないが）、お辞儀や丁寧な話し言葉（この二つの習慣は変わっていない。昔ほど目につかなくなっているが）等々。しかし、宮脇修が言った「永遠に変わるはずのない」日本人の国民性を言い当てた人はこれまで一人もいませんでした。

一九八〇年のそのとき、彼はこう言ったのです。「何があっても、人前でいちゃいちゃすることへの我々の抵抗感は変わらないだろうな。空港や公園みたいに人が見ているところで、日本人が抱き合ったりキスしたりする姿を目にすることはこの先も絶対にないだろうし、日本人がフランス人かなんかのように愛情を示し合うこともないだろうね」。

確かに、身体的な触れ合いに対する控えめさは、今でも一般的な多くの日本人に見られる特徴ではあるけれど、東京でぼくたちが語り合ったあの頃以降、若者の多くはその特徴を失いつつあるように見えます。日本人も、高齢の人々でさえよく手をつなぐし、人前でハグしたりもする。若いカップルがキスしている姿はしょっちゅう見かけるし、二〇〇〇年の夏には、かなり混みあった公園の芝生の上で、若い女性がパートナーの男性にマスターベーションを施しているのを目撃しました。一応ズボンの上からではあったけれど。

宮脇が言っていた絶対変わらない日本人の国民性を取り囲んでいた壁が、若い世代によって少しずつ削《そ》ぎ落とされてきたのです（今は亡き大切な友人宮脇修が生きていたら、昔の日本人ではなく、中国や韓国、ベトナム、オーストラリアの人々によく似た二一世紀の若い日本人と、うまく話が通じず困惑したかもしれません）。

新人類の出現とバブルの崩壊

一九八〇年代になると、戦争も戦後の困窮も知らない若者世代の在り方に、社会が大きく変わったことが見て取れるようになりました。初めて、多くの若者が自由に買い物できるだけのお金を所有するようになり、それまで大勢を占めていた、倹約と超がつくほどの真面目さを尊ぶ日本人の嗜好が、軽薄短小へと変わっていきました。彼らの親世代は、すべてを犠牲にして、戦後経済の繁栄を支えてきた人たちで、子ども世代はその恩恵を確かに受けていました。しかしどうして親世代と同じことをする必要がある？……だいたいなんのために？と彼らは考えたのです。

新人類と呼ばれた彼ら若者世代は、ぼくの世代の若かりし頃を思い出させました。その頃のぼくたちにとって、真面目なものはすべて「シンドク（heavy）」「タイクツ（dullsville）」で、関心があるのはファッションと音楽、そして車だけ。世界大戦や大恐慌については話に聞いたことがあるだけでした。

一九八〇年代に日本が繁栄し、誰かが予告したようにナンバーワンとなる途上にあった一方で、アメリカ合衆国はS&L（貯蓄貸付組合）の大規模破綻《はたん》問題で泥沼に沈みかけていました。ソビエト連邦は、腐敗と環境破壊で停滞していました。一九八六年に起きたチェルノブイリ原子力発電所事故の悲劇は、恐ろしい環境破壊や健康被害のうちの、最も劇的な事例に過ぎず、ほとんどの問題は国内で内密に処理されていました。中国は、一九八九年六月四日の天安門事件が起きるまでずっと眠れる龍で（目を覚ましていたかもしれないが）、増大する国政への不同意や反対意見への適切な対処法を知らなかったし、今もあまり変わりはないでしょう。

一九八九年一月七日の、天皇の崩御は、昭和という歴史的な時代の終焉を決定づけ、そのおよそ一年後に見えてきたバブル崩壊の兆しは、アメリカの経済的なライバルとしての日本の地位が失われたことを示していました。さらに追い打ちをかけるように、一九九五年一月一七日の阪神・淡路大震災と、それから間もなく起きた、オウム真理教と名乗る国内の一種宗教的なテロリストグループによる東京の地下鉄へのサリン攻撃が、日本を大きく揺るがしました。

メディアに登場する人々は、自然災害や人災への備えのある社会や、二一世紀が突きつける難題に立ち向かえる、回復力に優れた経済が実現できなかったのだとしたら、我々はこの五〇年間いったいなんのために頑張ってきたのか、と問いかけました。

一九九七年一月、ぼくは『日本ひとめぼれ――ユダヤ系作家の生活と意見』と題するエッセイ集を岩波書店から刊行しました。日本の人種差別、性差別、そして多文化主義の欠如について、そして「日本の品質神話」を取り上げた本でした。確かに当時の日本は落ち目になっているように見え、ある意味現在もそう見えます。はたして日本は、国家が指揮する領土拡大という明治のモデルにも、会社への忠誠、過度の勤勉さ、貿易拡大という戦後の昭和のモデルにも似ていない新たなモデルを掲げて自らを再定義し、再出発できるのか？

これはこの先、日本の若い世代の男女が取り組むべき重要な課題です。そしてこの問いの答えを探るには、ソーシャルメディアという単に人を集合させる技術的ツールとは別の、独自の社会的モデルを考案する必要があります。ツールがあっても、構想や計画の青写真、そして注目すべき何かがなければ、社会を作り上げることはできないのだから。

巨大地震と神経ガス攻撃

日本の港町、神戸に甚大な被害を与えた阪神・淡路大震災の話をしましょう。あの地震が起きた一九九五年の一月半ばは、ぼくとスーザンが、「小さな子どもを育てるには、やっぱり日本が一番安全だから」と友人たちに説明して、四人の子どもを連れてシドニーから日本へ戻ってから、ひと月も経っていないときでした。神戸とはおよそ四二五キロも離れた東京の揺れは大したことはなかったけれど、それでも朝の五時四七分のベッドの揺れは、「いつかこの東京を巨大地震が襲う日が来るはずだ。過去にも一〇〇年に一、二回は起きているのだから」ということを再認識するのには十分すぎるほどでした。いつの日か、直下型と呼ばれる「大きな地震」が、およそ三六〇〇万人が暮らすこの大都市圏を襲うと、ずっと以前からいわれ続けているのです。

その朝、神戸と周辺の都市を襲った地震が人々の心に与えた本当の衝撃は、日本人は自然災害への心の準備ができているからうまく対処できると喧伝されていたにもかかわらず、現実にはこの大災害に対するなんの備えもできておらず、直後に生じたさまざまな問題にどう対処すべきかわからなかった、という事実を突きつけられたことでした。日本は、本当に子どもたちにとって最も安全な場所だったのだろうか？とぼくたちは疑い始めました。

それから約二カ月後の一九九五年三月二〇日（月曜日）の朝、東京はテロに見舞われました。

宗教団体を自称するオウム真理教の信者らが、神経ガス・サリンを詰めたビニール袋に穴をあけ、三つの路線の地下鉄車両内に致命的な毒ガスを撒き散らしたのです。事件は東京の地下鉄が通勤客でごった返している八時過ぎに起こり、その通勤客の中に、妻のスーザンがいました。

ぼくたち一家は一九九二年に、子どもたちにオーストラリアで英語の基礎知識と英会話を習得させる目的で、日本からオーストラリアに移り住み、港に近い郊外の美しい町モスマンに住居を得ました。そこで暮らしていたときに、スーザンがオーストラリアの医療技術とノウハウを日本に輸出するビジネスを立ち上げました。彼女はシドニーと東京を行き来するようになり、その間ぼくが四人の子どもたち——三歳から一〇歳ぐらいだった——の世話をしながら短編小説を書いていました。その短編をまとめたものが、のちに『ライス』というタイトルで講談社から出版されました。

一九九四年の一二月末にぼくたちは日本に戻り、スーザンは小田急線の代々木八幡駅近くにオフィスを構えました。代々木八幡駅は、地下鉄千代田線の代々木公園駅から歩いてすぐで、千代田線はサリンによるテロ攻撃を受けた三つの路線のうちの一つでした。

その朝スーザンは、小田急線の成城学園前の自宅を七時半頃出ていきました。その朝は都心で会議があり、会社に立ち寄ってから、千代田線に乗る予定でした。

学校に通う子どもたちがあたふたと出ていくと、ぼくは末っ子のルーシーを自転車に乗せて、祖師ヶ谷大蔵駅近くの祖師谷わかば保育園に送っていきました。片道一五分ほどの距離です。いつもなら、祖師谷の長い商店街をぶらついて帰るところでした。ぼくとスーザンは、一九八二年の一一月に、その近くにあった小さなアパートに越してから、上の二人が生まれるまでそこで暮らしていたのです（二〇一七年に公開となったぼくが監督した映画『ＳＴＡＲ　ＳＡＮＤ――星砂物語』の最後のシーンは、思い出深いこの場所の近くで撮影しました）。

でもその日は、急いで家に帰って服を着替えたかった。オーストラリアのテレビ局ＳＢＳが、日本での暮らしについてぼくにインタビューするために、九時に来ることになっていたからです。

撮影チームは時間通りやってきて、インタビュー収録には午前中いっぱいかかりました。言うまでもありませんが、携帯電話やインターネットが普及する以前の時代には、成城学園前から電車で三〇分の都市で何が起きているかを知るすべはまったくありませんでした。一一時半頃に昼食休憩を取ることになり、ぼくは一行を駅前の蕎麦屋に案内しました。長いテーブルに着席したとき、カメラマンがレストランの隅にある棚のテレビを指差しました。

「なんだろう？　大きな事故か何かが起きたんじゃないか」

テレビには、地下鉄駅への入り口付近の道路が映っていました。大勢の人々が地面に倒れ込み、救急隊員や医師の手当てを受けています。

「音がよく聞こえないな」と言いながらぼくは立ち上がりました。「でも、重大な問題じゃないだろう。だってほら、ここは世界で一番安全な街なんだから！」。

ぼくはテレビの下まで行き、通勤客がなんらかの攻撃にあったというアナウンスを聞きました。「サリン」という単語も耳に入ってきたけれど、きっと自分が知らない日本語に違いない、と考えてしまった。あれ以前にサリンという言葉を聞いたことがある人がいただろうか？　おそらく、化学兵器の専門家と、第三帝国の歴史の研究者だけだったでしょう（サリンは一九三八年に、当時世界最大の化学薬品会社だったI・G・ファルベンの科学者らによって開発された。サリン「Sarin」という名称は、開発者の名前、Schrader, Ambros, Ritter, Van der Lindeから取った頭辞語で、最後の二文字はLinde のinだ）。

テロ攻撃についての自分のはなはだしい誤解を思い出すと、恐ろしさにぞっとしてしまう。自分が日本通であることをSBSの撮影隊に見せつけようとして平静を装ったりせず、テレビニュースにちゃんと耳を傾けていたら、ぼくはきっとパニックになって、その後の成城の街や店舗でのインタビューをキャンセルしていたことでしょう。

攻撃された三つの路線の一つが千代田線だったというニュースを聞いていれば、急いで公衆電話に走ってスーザンと連絡を取ろうとしたでしょう。あとになって、スーザンはあのとき、サリンが撒かれた駅より何駅か手前の代々木公園駅にいて、都心へ向かう電車に乗ろうとしていたとわかりました。しかしそのときには、すべての地下鉄がすでに運行を停止していたのです。

撮影が無事に終わり、撮影隊がレンタルしたワゴン車に乗り込んで行ってしまうと、ぼくはテレビをつけ、人生最大の衝撃を受けました。これが一回限りのものなのか、連続テロ攻撃のようなものなのかわかりませんでした。すでに上の三人の子どもは学校から無事に帰宅していました。ぼくは自転車で幼稚園に行って、ルーシーを連れ帰りました。スーザンは夕方早くに地上を走る小田急線で帰宅しました。ぼくたちは、テレビに映る、首都東京における戦後初めての暴力的大量攻撃の様子を、怯えながら見ていました。

ぼくはその程度の日本の「専門家」だったのです。

小津安二郎の墓前で

一九七八年の一二月に、父の七五回目の誕生日を祝うためにロサンゼルスに帰ったとき、実は本当の誕生日は、出生証明書にある一二月二五日ではない、と父から打ち明けられました。

「あの頃のニューヨークのスラム街では、赤ん坊を出産したばかりの女性が役所に届けを出しに行くのは難しかった」と父は言いました。「だから役所のほうからときどき職員がやってきて、最近生まれた子どもはいないか聞いて回っていたんだ。みんな生まれた日にそれほどこだわらなかったから、ユダヤ系の貧しい家の子どもの多くの誕生日はクリスマスかメーデーだった。みんなまとめてその日に登録されたというわけだ」。

本当の誕生日はクリスマスの二週間前だった、とそのとき父は言いました。二週間前というと、一九〇三年の一二月一一日です。そして一九〇三年一二月一二日（アメリカでは一二月一一日）は、偶然にも日本の偉大な映画監督の一人である小津安二郎の生まれた日にあたります。それからずっと、父はぼくが尊敬する映画監督と同じ日の同じ時間に生まれたのではないか、と考えています。

父は、一九九三年の四月二五日に亡くなりました。公式の誕生日から数えて九〇歳になる八カ月前のことでした。小津は六〇歳の誕生日を迎えた一九六三年の一二月一二日に亡くなっています。常に構図の完璧さを求める監督だった小津は、自分は六〇歳で死ぬと友人たちに予告していた、ともいわれています。

小津の生誕百十周年と没後五〇年を記念する式典が、二〇一三年の一二月に小津が埋葬されている鎌倉の円覚寺《えんがくじ》で行われました。ぼくは幸運にも、山内静夫《やまのうちしずお》、司葉子《つかさようこ》と共に、その式典で話をすることになりました。八八歳になる山内は、小津の映画数本のプロデューサーを務めた人物で、ぼくの好きな『秋刀魚の味』と『お早よう』も彼が手掛けたものでした。日本の銀幕を飾った美しい女優の一人である司は、小津映画だけでなく、豊田四郎監督、岡本喜八監督、成瀬巳喜男監督、市川崑監督などによる数多くの作品に出演しています。

その日、北鎌倉の朝は空気が澄んで冷たかった。まず、司葉子とぼくが小津の墓の前に進み、手を合わせて拝みました。一〇〇人近い見物人が見守るなか、ぼくたちが、忘却を意味する「無」の一文字が刻まれた小津の大きな墓石に手を合わせる姿を、取材に来たテレビの撮影隊が撮っていました。その後三人で、シンポジウムの会場となる寺の一角にある畳敷きの部屋に移動しました。

山内静夫と司葉子は、小津の要求の厳しさを象徴するいくつもの出来事や逸話を披露し、二人とも、小津の精密さへのこだわりを指摘しました。小津が求めた精密さとは、俳優が監督の指示通りに台詞を言い、身体を動かすことだった。グラスは、決められた高さまで決められたやり方で持ち上げられなくてはならなかった。台詞は、まったく感情がこもっていないかのよように言うことが求められた。このため、特に日本人以外の観客には、小津の映画は淡々としており、抑圧された痛切な思いがあったとしても、静かな郷愁が表現されていて、まるで「禅のようだ」という印象を与えました。

風俗喜劇だった小津映画

でも実は、小津の作品は風俗喜劇だとぼくはずっと考えています。別役実の戯曲に描かれる対話と同じように、一見淡々とした、感情のこもらない演技の裏にちょっと意地の悪い、巧妙なユーモアが隠されているのです。もしもチェーホフが日本人で映画監督だったとしたら、小津のような映画を撮ったかもしれない。その証拠に、戦後に撮影された小津の映画の多くは、昔羽振りがよかった裕福な人々の姿を描いたチェーホフ風の哀愁を含んだ喜劇です。

山内はプロデューサーの立場から、司は俳優の立場から見た監督の思い出を、うまく補い合いながら語りました。ところがある一点については意見が対立しました。それはあの有名な、小津がいつもかぶっていたトラヤ帽子店の白いピケ帽のことでした。司は、撮影セットに入るときにいつでもかぶれるように、監督は白いピケ広帽をたくさん持っていたと言い張りました。「いやそうじゃない」とベテランプロデューサーは否定しました。「あれは一つきりしかなかった。ロケにはいつも監督のお母さんがついてきて、毎晩あの帽子を洗っていたんだ」。

小津の映画はその多くが「mundane（俗世界の）」を描いたものです。この語の語源であるラテン語が意味するのは「世界、俗世間」ですが、小津映画もまさに日常的な「なんでもなさ」(些細でごく普通のこと)を芸術にしています。これは、メロドラマや大げさな感情表現があふれがちなこの映画という芸術における素晴らしい功績です。小津映画では、家族の日常に焦点が当てられています。三世代同居家族がときに互いに苛立《いらだ》ちながら暮らす様子や、昔の友人や新しい恋が与える小さな幸せが描かれます。

小津の母親は女手一つで五人の子どもたちを育て、一三歳で寄宿学校に入れられた小津は生涯独身を通しました。彼には、永遠に続く恋愛を求める理由があったはずです。小津は自身の戦争体験を映画にはしなかったけれど、戦争体験が人間の残虐さや優しさについての彼の考え方に、大きな影響を与えたのは間違いありません。

小津は兵士としてシンガポールに配属され、イギリスの捕虜となったあと、一九四六年の二月に日本に復員しました。彼が撮った五四本の映画の半分以上が無声映画です。この映画界の頑固な天才、昔気質《かたぎ》のやかまし屋が、初めて発声映画(一九三六年)とカラー映画(一九五八年)を作ったのは、監督としては比較的遅いものでした。映画『秋刀魚の味』の中で、東野英治郎演じる年老いた教師が酒に酔い、成人したかつての教え子たちに「おれは寂しいんだよ。人生は結局とっても寂しいものなんだ」と言う台詞は、小津監督の思いを代弁するものです。しかしそのとき、元生徒を演じる眼鏡の中村伸郎が、酒瓶を抱えてやってきて、「だからって、それがなんです? もう一杯いきましょう」と声をかける。

小津は底なしの酒豪で、夜中でも構わずスタッフに電話をかけて、翌日の撮影の打ち合わせと称してバーによく引っ張り出したようです。小津映画の奥底に感傷的な孤独が隠れていたとしても、それはいつも、機知に富んださりげない台詞の奥に抑え込まれているのです。

初期のサイレント映画の頃から最後の作品まで、小津映画に一貫して描かれているのが、子どもの自由奔放な無邪気さです。小津作品では、子どもたちが大人の問題に巻き込まれ、たらい回しにされて自活を余儀なくされることがよくあります。

多くの人が『東京物語』こそ小津の代表作だと考えていて、『東京物語』はイギリスの映画評論誌*Sight & Sound*による映画監督が選ぶ二〇一二年のオールタイム・ベスト50で第一位に選出されました。

ぼくは小津監督の『お早よう』に票を投じています。東京郊外で暮らす家族の日常が、ちくりと胸を刺す哀感と痛烈なユーモアを交えて描かれている作品です。「Good morning」「I love you」と英語で挨拶する幼いやんちゃな兄弟の姿は、子ども時代の小津自身がもち得なかった無邪気さを、小津は素晴らしいと感じ憧れていたのだろうと、楽しい推測をさせてくれます。

映画『スパイ・ゾルゲ』への出演

二〇〇二年三月、古いつき合いの東京在住の芸能エージェントから手紙が届きました。大島渚や山田洋次と同世代の映画監督、篠田正浩が、次回作の映画『スパイ・ゾルゲ』への出演をぼくに打診したいと言ってきたというのです。

スーザンとぼくは、二〇〇一年のはじめに子どもたちを連れてシドニーに戻っていました。当時住んでいた京都を離れるのは胸が張り裂けるほど辛かった。京都にすっかりなじんでいたからです。京都の北部で借りていたのは、昭和初期に建てられた、いかにも古めかしい建物でした（日本人が借りたがらなかったのはそのせいだ）。大の字に寝そべることができる畳敷きの部屋があり、中庭にはイロハモミジの木と大きな石灯籠《いしどうろう》が配置され、その周囲を磨き上げられた板張りの廊下が取り囲んでいました。

伝統的な京都の家での暮らしを体験できるのは、子どもたちにとって素晴らしいことでした。でも当時、一番上の息子は大学進学を目前にしており、下の三人の娘たちも英語教育を受ける必要があった。四人の子どもたちは自分たちの間では京都弁を話していました。

東京からのエージェントの手紙は、ぼくたちにとって絶好のタイミングで届きました。ちょうど、東京工業大学で再び教壇に立つことを決めたところだったからです。一八八一年に創設された東京工業大学は日本有数の理工系大学で、日本国内では東京大学に次ぐ歴史をもつ国立大学です。ぼくは二〇〇二年から二〇一二年にかけて、シドニーの自宅と東京の職場の間を年に一〇回程度遠距離通勤することになりました。

二〇〇二年の四月一日に東京に着いたぼくは、親しい友人で、優れた翻訳家であり作家でもある柴田元幸が、東京の南西部の蒲田駅からそう遠くない仲六郷に所有する家に向かいました。古い家を取り壊して建て直す予定で、柴田さんと奥さんはすでに家を出ていたので、取り壊しまでその家を使っていいと、親切にも言ってくれたのです。

その三日後、ぼくは『スパイ・ゾルゲ』の撮影のために、飛行機で北九州の港町、門司《もじ》に向かいました。現在は北九州市の一つの区となっている門司の街には、明治時代に建てられたレンガ造りや石造りの美しい建物がたくさんあって、映画のロケ地としてうってつけだったのです。

ついに本物のスパイの仲間入り

一八九五年、ドイツ人の父親とロシア人の母親の子どもとしてロシア帝国のバクー県で生まれたリヒャルト・ゾルゲは、幼少期をベルリンで過ごしました。第一次世界大戦はドイツ兵として戦い、負傷して鉄十字章を授与されます。その後政治学を学んだこと——一九二〇年にハンブルク大学で政治学の博士号を取得した——そして、戦後ヨーロッパ社会の大きな不平等に対する民主主義の無力さへの絶望感の高まりが、ゾルゲを共産主義へと向かわせました。

ゾルゲは共産党に入党し、一九二四年に初めてモスクワへ向かうと、すぐにコミンテルンのスパイ要員となって訓練を受けました。一九三〇年には、ソ連赤軍の諜報部門に配属され、上海勤務を命じられます。ゾルゲが、マルクス主義に傾倒するあの有名なアメリカ人ジャーナリスト、アグネス・スメドレーと出会ったのもこの上海で、スメドレーはゾルゲを朝日新聞記者の尾崎《おざき》秀実《ほつみ》と引き合わせたのです。

尾崎はゾルゲの重要な情報源となり、上海の過激な地下組織との連絡を何度も仲介したことがわかっています。一九三二年一月の上海事変で日本が上海に侵攻した際には、ゾルゲが書いた戦況に関する詳細な報告記事が、モスクワにとっては、入手可能で最も正確な情報でした。

一九三三年、ゾルゲは短期間ベルリンに戻ってナチス党員となり、さらに強固な隠れ蓑《みの》とします。それから間もなく、ゾルゲは日本へ向かい、再びコミンテルンのスパイとして活動しました。非の打ちどころのない経歴と素晴らしく端正な容姿をもつこの優れたジャーナリストは、たちまち駐日ドイツ大使オイゲン・オットの信頼を勝ち取り、さらには大使の妻ヘルマにも大いに気に入られます。夫婦揃ってなんの疑いも抱いていなかったオットは、ベルリンへの報告書までゾルゲの手を借りて書くようになり、ゾルゲはその報告書をこっそりモスクワにも送っていました。

ゾルゲと尾崎は一九四一年一〇月に東京で逮捕され、巣鴨拘置所に留置。そこで尋問・拷問を受けたのち、一九四四年の一一月に死刑が執行されました。日本の執行官が、リヒャルト・ゾルゲの死刑執行を一一月七日に決めたのは、その日がロシアの革命記念日だったからです。映画『スパイ・ゾルゲ』は、イアン・フレミングが「歴史史上最も侮《あなど》りがたいスパイ」と呼んだ男が、ついには拘置所で死刑に処せられるまでの、人目を忍ぶ華麗な活動の記録です。ぼくが演じたのは、ゾルゲを尾崎に紹介したジャーナリスト役で、物語には欠かせない場面だから、演技がどんなにまずくてもカットされることはない、とわかっていました。ぼくはワクワクしました。一九六〇年代に、CIAとその支配下にあった（CIAに雇われていたわけではないとしても）記者たちに陥れられたとき、ぼくは本物のスパイと何食わぬ顔でやり取りするチャンスをふいにしてしまった。この映画でやっと実現したわけです。

尾崎秀実はもっと讃えられるべきだ

尾崎とは、二〇〇八年に新国立劇場で上演された、彼をモデルとする木下順二の戯曲『オットーと呼ばれる日本人』でもちょっとした関わりをもつことになりました。オットーとは、尾崎が諜報活動をしていたときのコードネームです。ぼくのよき友人で、井上ひさしの戯曲を多数演出していた演出家の鵜《う》山《やま》仁《ひとし》から、脚本の中の英語の台詞を作ってくれないかと依頼されたのです。脚本のかなりの部分を尾崎による英語の台詞が占めているのだが、木下はそれを日本語で書いているから、とのことでした。

『オットーと呼ばれる日本人』の初演は一九六二年で、このことはこの戯曲が書かれた背景を理解するための重要な鍵です。木下は、戦前の東京大学（当時は東京帝国大学）在学中から、左翼系の主張に共鳴していました。しかし、アメリカの命令に黙従し、漸進的な再軍備の道を進む日本政府に対する木下の憤りを呼び覚ますきっかけとなったのは、日米間の安全保障条約に対する世間の反発に触発された一九六〇年代の反米運動でした。

日本政府のこの方針は一九六〇年代から変わらず今も続いていて、今世紀に入ってからのこの二〇年間、特に安倍晋三前首相によって加速されました。木下はこの作品で、国を愛すればこそ、誰かがこれをやらねばならない、という信念のもとに祖国を「裏切った」とされる尾崎への、深い共感を示しています。

リヒャルト・ゾルゲを描いた篠田の映画が、興行的にはさんざんな結果に終わったのは、とても残念なことでした。ジェームズ・ボンドなんて、スパイの中のスパイ、根っからの女好き、大酒飲みのギャンブラーでバイクオタクのゾルゲの足下にも及ばないというのに。

とはいえ、二〇〇二年の四月のはじめに映画の脚本を初めて見せてもらったときに、困惑を感じたのも事実でした。監督のシナリオは、日本が戦争へと進んでいく様子を歴史的に記録しようとするもので、この驚くべき一人の人物の功績と心の葛藤を劇的に描いたものではなかったから。

一九三〇年代の終わり頃、ゾルゲはモスクワに戻ることを拒否しています。被害妄想的になっていたスターリンから疑惑の目を向けられ、消されると知っていたからですが、それでもゾルゲは、自身が理想とする共産主義革命のために、たゆまず、変わらずその身を捧げました。この心と知性の葛藤こそが、あの残酷な時代を舞台とするドラマにおいて、彼の魅力を引き立てる唯一のものです。

リヒャルト・ゾルゲと尾崎秀実の真の姿を描き出す物語は、国家の犯した罪と個人的な裏切りをテーマとするべきです。この二人の人物が、自分自身の信念とお互いへの信頼をどのように保ち続けたのかに焦点を当てることによって、物語は悲劇をはらんだ英雄の物語となるのです。

尾崎が、拘置所から妻や娘に宛てて書いた二〇〇通あまりの手紙は、彼の死後『愛情はふる星のごとく』と題する本にまとめられ、出版されました。読む者の心を打つこれらの手紙は、日本の戦時中に書かれたことが判明している個人的な文書の中で、最も注目すべきものだとぼくは考えています。

本来なら、尾崎秀実は、祖国を愛するあまり、祖国がアジア太平洋地域で無数の人々を犠牲にするのを許せなかった英雄として、現代の日本人から讃えられるべき人物なのです。

映画『明日への遺言』

大島監督、篠田監督との仕事のあとも、戦争つながりで別の日本映画に関わることになりました。

『明日への遺言』は二〇〇七年の春の終わりから夏にかけて撮影された作品で、監督の小泉堯史《こいずみたかし》は、黒澤明監督の後期の作品のいくつかで助監督を務め、巨匠の死後は監督として独立した人物です。『明日への遺言』は小泉監督にとって四作目の映画でした。ぼくは、監督と一緒に映画の脚本を書かないかと誘われたのです。それだけではなく、一カ月近く、毎日映画の現場に通う機会まで得ました。セットは成城学園前駅近くの東宝スタジオに組まれていたから、ぼくは毎日、自宅に帰るような気分で、小田急線でスタジオに通いました（東京の最も美しい郊外の一つに数えられる成城では、同じ家ではなかったが、一九八〇年代中頃と、一九九〇年代中頃の二度、家族で暮らしました）。

『明日への遺言』は東海軍司令官として本州中部の守備にあたっていた岡《おか》田《だ》資《たすく》中将についての、実話に基づく作品です。一九四五年の八月一五日に第二次世界大戦が終戦を迎える数週間前に、岡田は捕虜としたアメリカの戦闘機の搭乗員たちを、適切な軍律会議にかけることなく死刑に処するよう命じました。岡田と部下たちは、無差別に日本を爆撃し、罪のない一般市民を殺害したアメリカ兵は戦犯だと考えていたのです。

終戦後、岡田と彼の一九人の部下らは、アメリカの軍事裁判にかけられました。岡田は戦犯として有罪判決を受け、死刑を宣告されます。この裁判は、一九四八年まで続いた横浜軍事法廷で行われました。

岡田は、戦争中の自らの行いの責任をすべて認めた――そしておそらく、有罪判決さえも自らの罪の贖《あがな》いとして甘んじて受け入れた――数少ない日本軍司令官の一人でした。岡田が自身の死を日本とアメリカが友情で結ばれる時代の始まりだと考えていたことを示す十分な証拠が、歴史的記録に残されています（脚本の執筆にあたり、ぼくは一〇〇〇ページを超える裁判記録を読み込んだ）。岡田はいつの日か、自分自身や、アメリカの爆撃機搭乗員たちに行きすぎた行動を取らせたものの考え方がこの世から消え失せることを願っていた。だから「明日への遺言」なのです。

映画はほとんどが岡田の法廷シーンで、日本では刑事役でよく知られているベテラン俳優の藤田まことが見事に岡田を演じました（残念なことに、映画公開から二年も経たないうちに、藤田は亡くなってしまった）。映画の中で富司純子が演じる岡田の妻、温子《はるこ》は、傍聴席でずっと裁判の行方を見守っています。二人は言葉を交わすことを許されていない。二人の無言の絆は、岡田に絞首刑による死刑の判決が下されたそのとき、微笑み、うなずきあう二人の表情から、はっきりと、痛いほど伝わってきます（偶然ながら、その一〇年後、ぼくは自分の作品『星砂物語』に、富司純子の娘、寺島しのぶを起用することになります）。

『明日への遺言』の真のヒーローは、軍事裁判それ自体です。米軍の軍事法廷における裁判はまったく公正に行われ、岡田中将が死刑を免れることになりかねない証言をすることさえ許可したという事実は、アメリカ軍の公正さを象徴する画期的な出来事です。映画の公開期間中、この映画のそうしたメッセージは、アメリカ人の観客の好感を呼ぶに違いないと確信していました。しかし結局のところ、アメリカの配給会社から声がかかることはありませんでした。

岡田の軍事裁判は、ぼくが知る限りでは、広島と長崎への原爆投下が戦争犯罪に当たるとはっきり述べた証言が、アメリカの法廷において証拠として認められた唯一の事例です。裁判記録に忠実に記されているとはいえ、法廷問答の中に残るこの証拠が、アメリカの配給会社が米国内での公開を渋る理由となったのでしょう。

岡田中将の信念は世界に届くべきだ

法廷シーンの多い映画は、冗長なものになりがちです。登場人物の内面的動機をスクリーン上で表現することによって、ドラマの緊張感を維持しなくてはならない。岡田はなぜ、アメリカ兵を処刑したのか？　自らの行為の責任を一身に引き受けたときの気持ちは？　ロバート・レッサーが見事に演じたアメリカ人の被告側弁護人が、同じアメリカ人に対して、戦争犯罪を犯していると糾弾したとき、彼の心の中でどんな葛藤が起きていたのか？

それらを表現するために、三台のカメラが効果的に使われています。これは贅沢な撮影方法で、というのも、一つのシーンを撮る際に、ほぼすべてのアングルから撮影が行われているため、法廷シーンに出演する俳優は、いつでも全員がその場にいなくてはならないからです。

カメラAが、検察官が岡田を厳しく尋問する様子を撮影しているとき、傍聴席の妻や息子は、どんなふうに不安や希望を感じているのか、カメラBがそれを拾っています。そのときカメラCは、岡田と共に裁判にかけられている一九人の部下たちに向けられていたことでしょう。はたして彼らは、上官の命令に従った罪で死刑判決を受けることになるのか？　尋問シーンを編集する際にこれらの映像を挿入することによって、岡田の大切な家族や、元部下たちが味わっている苦悩を観客に推し量らせることができるのです。

映画撮影中のぼくの役割の一つは、英語の台詞が正しく発音されているかどうかをチェックし、日本人以外の俳優と監督の意思の疎通を助けることでした。もう一つの役割は、連合軍による占領期間中、戦争犯罪が疑われる者やすでに戦犯として有罪判決を受けたものを拘置していた巣鴨拘置所の所長を、俳優として演じることでした。

拘置所の所長役のぼくは、人生で初めてアメリカ陸軍の軍服を身につけ（もちろんただの衣装だったけれど）、ハリー・S・トルーマン大統領とダグラス・マッカーサー元帥の写真の前に掲げられた星条旗の隣に立って姿勢を正しました。両親がまだ生きていたら、ようやく自分の息子を「うちの大尉！」と呼ぶことができたのですが。

戦後の優れた作家の一人である大岡昇平の『ながい旅』を原作とする映画、『明日への遺言』は、指揮命令系統のトップに立つものが、自分たちの決断の責任を取らなくてはならない、との考えを貫いた一人の男の人生を描いています。岡田のこの信念が、世界中の人々の心に響き、その後、戦争犯罪を犯したあらゆる部署のリーダーたちを軍事法廷に引き出すことができたなら、よりよい未来を願う岡田の遺言は無駄にはならなかったのでしょうが。

映画の中の岡田は、現実の裁判のときと同じように、この裁判が公正に行われたことを褒め称え、一九四八年三月八日から五月一九日に及ぶ審理を行った軍事法廷に対して「やがて我が同胞もこの寛大なる法廷の様子を耳にすることでありましょう。そして感謝の気持ちを抱くことでありましょう。その感謝の気持ちこそが、米国を兄とし日本を弟とした民族の心からの結合に大いに役立つであろうと信じております」と述べました。

ヤマシタ裁判が作った先例

戦争犯罪をテーマとする作品は、ぼくにとって目新しいものではありませんでした。京都の北部にある深泥池《みぞろがいけ》近くの小さな借家で暮らしていた一九七〇年に、ぼくは『山下』(*Yamashita*)と題する戯曲を書きました。タイトルの山下とは、山下奉文《とも ゆき》大将から取りました。

マレーの虎と呼ばれた山下は、司令官として部隊を率いて(中には自転車で侵攻した者もいた)マレー半島を攻略し、一九四二年の二月一五日にシンガポールを陥落させます。戦況が進み、マニラが連合軍に支配された際、山下はマニラにいました。

戦後、山下大将は、「自らが指揮する部隊の参戦行動を制御できなかった」としてマニラの軍事法廷にかけられ、戦犯として有罪判決を受けて、一九四六年の二月二三日、午前三時を数分過ぎた時刻に絞首刑に処せられました。実際には、山下は自身が率いる部隊に対して、国際法の取り決めを逸脱してはならないと明確な司令を出しており、それにもかかわらず、当時日本が絶望的状況に置かれていたことや、指揮系統が機能していなかったことが原因で、部下たちの凶行を食い止められなかった、というのが事の真相だったのですが。

しかし、連合国軍最高司令官のダグラス・マッカーサー元帥は、山下大将の死刑判決の減刑を認めず、有罪とされた山下について、非難すべきは、何よりも、「人類の文明に汚点を残し、人々の心に決して忘れ得ない不名誉で恥辱に満ちた記憶を残した点である」とする短い声明文を発表しました。

山下の裁判は、それから何年も過ぎてから、ベトナムでアメリカ軍が犯したとされる罪との関連で、アメリカのメディアによって取り上げられました。山下の裁判が先例を作ったのです。それは、軍隊を指揮する司令官は、たとえそうした行動を防ぐ命令を出していたとしても、部隊の兵士らの行動について責任を取らなくてはならない、ということです。

ニュルンベルク裁判でアメリカ人として主席検事を務めたテルフォード・テイラーは、一九七〇年の末に発表した文章の中で、ベトナムの司令官と山下を容赦なく比較しました。「ウェストモーランド大将（米陸軍参謀総長。ベトナム戦争で指揮をとった）やその他のアメリカ軍司令官に、山下大将に適用されたのと同じ基準を適用すれば、彼らも山下と同じ最期を迎えることになる可能性は非常に高いだろう」と。

長崎で考えた戦争犯罪

一九七〇年に『山下』を書いていたときには、彼の裁判とベトナム戦争におけるアメリカの戦争犯罪との関連性に気づいていませんでした。ぼくが戦争犯罪について考えるようになったのは、一九六八年の一二月に旅行で長崎に行ってからです。長崎では原爆資料館を訪れました。一九四五年八月九日の原子爆弾投下による、破壊の過酷さを物語るさまざまな遺品の中にある一枚の写真を見て、ぼくは立ちすくみました。

写真には、ボーイング社の爆撃戦闘機B－29スーパーフォートレスの前に立つ、数人のアメリカ人搭乗員が写っていました。男たちは肩を組み、歯を見せて笑っていた。背後の爆撃機の機体には、天使の羽をつけたかわいらしい汽車の絵が描かれています。汽車の線路の片側には、西欧で「東洋的」な文字を書くときによく見かける竹を模した飾り文字で「Nagasaki」とあり、反対側にはユタ州の街ソルトレイクを表す「Salt Lake」と書かれていました。原爆の悲劇を象徴するこのロゴマークの下には、太い丸文字で「Bockscar」の文字。この爆撃機の通常のパイロットだったFrederick. C. Bock（フレデリック・C・ボック）の名をもじったものです。

これらはすべて、爆撃機が任務を終えて基地に戻ってきたあとに描かれたものに違いありません。原爆投下の当初の目標地は北九州にある小倉の街だったのですが、曇天のため小倉への投下は断念され、それがそこから一五〇キロほど離れた長崎の運命を決めたのですから。長崎原爆資料館にあるその写真の傍らの小さな掲示板には、一九四五年に長崎に原子爆弾を投下して七万人を超える市民の命を奪ったこの爆撃機は、米国のオハイオ州デイトンのアメリカ空軍博物館に展示されている、と書かれていました。そしてこの爆撃機は、今もなお「ファットマン」と名づけられた原子爆弾そのもののレプリカと並んで、空軍博物館に展示され続けています。

あの写真は、一九六八年のあの日にぼくが長崎で見たものの中で、最も恐ろしい、衝撃的なものでした。写真は、広島への原爆投下と並んで、一回の行為による大量虐殺としては世界に類を見ない規模の攻撃が残した「傷跡（scar）」について、無遠慮な言葉遊びをするぼくの母国の、勝利に酔いしれた傲慢さと軽薄なはしゃぎっぷりを示していました。広島と長崎は日本で行われたホロコーストです。世界は、当の日本も含めて、その事実を受け入れたがっていないようだけれど。この写真が、ぼくが戯曲『山下』を書こうと思い立ったきっかけでした。

この戯曲は、日本の山下大将の裁判を直接描いたものではありません。たとえば、物語の舞台は一九四六年のマニラではなく、一九五九年のハワイで、日本語教師で中国系アメリカ人のチャウが、偶然ヤマシタという生徒と教室で二人きりになる、という設定です。「ヤマシタ」という名は、チャウに、戦争中に自身が日本人に痛めつけられた記憶を呼び起こさせます。そこへ、一人の年老いた管理人が、その日の授業は終わったと思って教室に入ってくる。すると、場所と時間が一転して、教室は法廷に変わり、管理人は、窓にかかっていた黒いカーテンを法衣のように身にまとって、裁判官となる。こうして再現された「裁判」は、舞台上での原子爆弾投下の再現で終わります。裁判官はもとの管理人に戻って教室を出ていき、ヤマシタという名の生徒の運命は、元捕虜である教師に握られている。

『山下』は、一九八一年にオーストラリアのCurrency Pressから刊行され、いくつか舞台公演が行われましたが、そのうちの一つが一九七九年一一月のキャンベラの舞台でした。キャンベラからメルボルンに拠点を移すにあたり、お別れ公演としてぼく自身が演出しました。さらにまた、この戯曲をきっかけとして、ぼくはアメリカのある注目すべき俳優と出会うことになります。

マコ岩松からの手紙

一九七八年の秋、日系アメリカ人俳優のマコ岩松から連絡をもらいました。オーストラリアでの『山下』の公演の噂を聞き、なぜかその内容も知っていた彼は、一九六五年に彼が仲間と一緒に立ち上げたロサンゼルスの劇団による作品の上演の可能性について、ぼくと会って話したい、と手紙に書いてきたのです。うまい具合に、ちょうど「元」の母国へ父の誕生日を祝うために帰る予定がありました。

ぼくは、カリフォルニア州カルバー・シティのセパルベダ通り沿いにある両親のマンションにマコを招待しました。母はマコのことは知らなかったけれど、彼が脱いだ革のジャケットを受け取ってハンガーに掛ける前に、そっとそのラベルを盗み見ると、驚いたように眉を上げ、感服したかのようにうなずきました。マコの革のジャケットがどこのブランドだったのかは知る由もないけれど、母の上げられた眉から判断すれば、きっと相当な高級品だったに違いありません。ハリウッドでのマコの業績は母を感心させられなかったかもしれませんが、少なくとも革のジャケットにはそれができたのです。

マコはアジアをテーマとした演劇を上演することにとても乗り気でした。『山下』を彼のイースト・ウェスト・プレイヤーズが上演してくれるならうれしい、とぼくは伝えました。およそ一時間後にマコは両親のマンションから帰っていきましたが、そのときも母は再び彼が革のジャケットを着るのを手伝うと言い張り、そのラベルをもう一度さりげなく盗み見しました。

結局のところ、イースト・ウェスト・プレイヤーズが『山下』を上演したのは一九八三年の一月で、ぼくはそのとき東京にいて、残念ながらその舞台を見逃しました（ハワイでも上演されたが、そのときも観に行けなかった）。けれども、この芝居のおかげで、穏やかな話し方をする俳優、マコと出会うことができたのです。マコは、早川雪洲（欧米ではSessue Hayakawaとして知られている）以来の、アメリカの舞台や映画での活躍が期待される最も優れた日本人俳優でした。マコは、成人して以来ずっと、ハリウッドの人種的偏見と闘い続けました。

ブルース・リーと共演した日系人

マスクで正体を隠した正義のヒーローが登場するラジオやコミックの人気シリーズ、『グリーン・ホーネット』が、一九六六年から六七年にかけてテレビドラマ化されると、中国人のローン・シン役をマコが演じ、中国人のブルース・リーが日本人のカトー役を演じました。

さすがハリウッド！　まやかしを得意とする大立者《おおだてもの》たちにとっては、「その俳優がアジアのどの国の出身か」なんてどうでもいいことなのです（早川雪洲は、無声映画時代、アジアのさまざまな国の人物を演じたことで知られていた。戦後になって、本物の日本人が演じるタフガイや軍司令官が必要とされるようになり、彼は日本人の役だけを演じるようになった）。

映画の世界では、黒人に対する人種差別の壁は、もう何年も昔に取り払われています。それは、ドロシー・ダンドリッジやシドニー・ポワチエをはじめとする優れた先駆者たちの功績のおかげです。黒人俳優が演じる役柄に、もはや人種特有のものは存在しない。黒人俳優が有能なスパイや大統領を演じてきました。モーガン・フリーマンは神様を演じたこともある。しかし、ハリウッドで最後まで崩れなかった、最も頑強な人種の壁はアジア人に対するものでした。

マコのフルネームは岩松信《まこと》です。一九三三年一二月一〇日に、岩松淳と笹子智江の息子として神戸で生まれました。両親は一九三九年に日本を発ってニューヨークに渡りましたが、戦争が終わるまで息子をアメリカに呼び寄せることができなかった。呼び寄せたときには、両親はすでに八島太郎、八《や》島《しま》光《みつ》に改名していました。

渡米してから間もなく、マコは米国陸軍に入隊します。アメリカでは南北戦争のとき以来、外国人でも米軍で兵役に従事したものには国籍取得を許可する規定がありますが、マコがアメリカ人になったのは一九五六年になってからでした。兵役中に仲間の前で芝居を演じた経験を通して、マコは自らの俳優としての才能に気づいていきます。

陸軍を除隊後、マコは家族が暮らすロサンゼルスにある、優秀な才能を長年にわたり輩出してきた舞台芸術学校であるパサデナ・プレイハウスで演技の勉強を始めました。アーネスト・ボーグナインやチャールズ・ブロンソン、ジーン・ハックマンやダスティン・ホフマンらは、俳優業の頂点を極めるべくパサデナプレイハウスから巣立っていきましたが、マコに与えられたのは「その生い立ち」にふさわしい役柄ばかりでした。やがてマコは、竹のカーテンを打ち破り、何がなんでも一人の俳優として認められるようになる、と決意します。

一九六二年から一九六四年にかけてマコは、第二次世界大戦時代のアメリカ海軍の高速魚雷艇ＰＴボートの乗組員を描いた人気テレビドラマシリーズ『マクヘイルズ・ネイビー』(McHale's Navy) に出演します。彼は、パサデナ・プレイハウス時代の友人であるアーネスト・ボーグナインと共演して、様々なタイプの日本兵を演じました。しかし、マコに大ブレイクが訪れたのは、『砲艦サンパブロ』(一九六六年) に、スティーブ・マックイーン、リチャード・アッテンボロー、キャンディス・バーゲンらと出演したときです。

『砲艦サンパブロ』は一九二〇年代半ばに、中国の揚子江に出動していたアメリカの砲艦を舞台とする映画です。マコは、機関室で働く屈強な中国人乗組員、ポー・ハンを演じます。この役で、マコはアカデミー賞助演男優賞にノミネートされたのです。その後は、テレビドラマでも多様な役柄を演じるようになり、一九七〇年代のテレビドラマ『M＊A＊S＊H (マッシュ)』では、非武装地帯を挟んで暮らす北朝鮮人と韓国人、さらには中国人も演じています。

けれども、おそらくマコにとっても居心地のいい場所は舞台だったのでしょう。一九七六年上演の、スティーヴン・ソンドハイムが音楽を担当するブロードウェイ・ミュージカル『太平洋序曲』では、努力の末に狂言回しの役を勝ち取りました。一八五三年のマシュー・ペリー提督の日本遠征についての物語です (「アジア系アメリカ人俳優は芝居が下手だ、なんて言わせない」とマコは言った）。

マイノリティのために演じ続けたマコ

マコは日本でも俳優として活躍しました。日本に初めてお目見えしたのは、一九六七年のTBSのテレビドラマ『泣いてたまるか』で、のちに山田洋次監督の寅さんシリーズに主演する名優、渥美清と共演しました。それ以降も出演は続き、一九七一年の『天皇の世紀』に登場する、江戸末期・明治初期の通訳ジョン万次郎（中浜万次郎）役もその一つです。三池崇史監督は、一九九八年の作品『中国の鳥人』で、マコを人里離れた中国の村に住む中国人シェン役に起用し、篠田正浩監督の一九九九年の映画『梟《ふくろう》の城』では豊臣秀吉役に抜擢されました。『梟の城』は日本の直木賞作家、司馬遼太郎の小説をもとにした作品です。

しかしいろいろな意味で、マコはアメリカでもそうだったように、日本でも異国の人間でした。これは、日本を離れてよその国で仕事をしようとした日本の俳優を待ち受ける皮肉な運命で、早川雪洲のようなスター俳優も例外ではありませんでした。幸運にも、こうした偏見は現在では消え失せ、外国映画に出演した多くの日本人俳優が称賛されています（海外で仕事をする日本人俳優が出演する映画が国辱映画、つまり祖国を侮辱する映画、と呼ばれた時代さえあったが、うれしいことにそんな言葉も廃れてしまった）。

マコは、二〇〇一年の超大作戦争映画『パール・ハーバー』に山本《やまもと》五十六《いそろく》大将役で出演しました。映画の中で、マコは部下たちに向かって「戦うしかない！」と言い、日本軍はアメリカを攻撃すると告げます。しかしそれでも、彼が役者として渇望していた、民族性とは無関係な主役の座を、アメリカでつかむことはできなかったのです。

マコが演じた役でぼくが気に入っているものの一つが、二〇〇五年にシンガポールで製作された映画 *Cages* のタンという名の老人役です。この映画は、いつもにこにこしている目の不自由な少年の物語で、彼の祖父を演じるマコの思いやり深く、品のある演技に圧倒されました。率直に言って、彼は世界的な名優です。

「ぼくが一番興味があるのは、話の筋やアクション、特殊効果などではなく、その役をどう演じるかということなのです」とマコは *Cages* で演じた役柄について語り、さらに過去に演じたすべての役柄についても同様だとつけ足しました。

マコは二〇〇六年の七月二一日に、カリフォルニア州の小さな街ソミスで亡くなりました。遺されたのは、妻と二人の娘、三人の孫、それに妹で俳優のモモ・ヤシマ・ブラネンでした。

あるとき、トニー賞のミュージカル主演男優賞にノミネートされた（『太平洋序曲』で）マコは、セレモニー会場から帰宅途中に嫌がらせを受けました。歌舞伎風の衣装を来たままだったマコに向かって、路上を歩いていた誰かが「おい、中国へ帰れよ！」と大声で叫んだのです。

のちにマコは、主演男優賞を受賞したとしても辞退しただろうと言いました。「アジア系アメリカ人俳優がフルタイムの俳優扱いされたことは一度もない。ぼくたちはいつもパートタイマーとして、特定の人種の役柄のためだけに雇われている。俳優の世界でアジア系アメリカ人が平等に扱われるようになるまで、賞をもらう気にはなれないと思ったんだ」。

マコは、世界的な俳優・演劇プロデューサーとしてだけでなく、多数派による根深い人種差別的偏見にさらされている、すべてのマイノリティのための人権活動家としても歴史に名を刻んだのです。

アメリカの軍人になったマコの父・八島太郎

マコの父親である八島太郎もまた注目すべき人物です。まずは、ある物語を紹介しましょう。村の小学校で、一人の男の子の行方がわからなくなります。その子は教室の床下に隠れていました。名前は「ちび」。ちびは自分から友だちを誘えず、周りの子どもたちも、ちびと遊ぼうとしません。授業中は、何時間もずっと天井を眺めて過ごしています。ちびは気味悪い虫が大好きです。ちびの書く文字は誰にも読めません。友だちからは「ばか」とか「のろま」とか呼ばれていました。

ところがちびが六年生になったとき、新しくやってきたいそべ先生が、ちびの珍しい才能に気づきます。心の底から自然が好きなちびは、自然界の生き物と話をすることができたのです。ある日、ちびはいそべ先生やクラスの子どもたちの前で、隠れた才能を披露します。ちびは、生まれたてのカラスから、お父さんやお母さんのカラスに至るまで、その鳴き声をそっくり真似することができたのです。

これが、作家自身も作品の中のちびと同じような生い立ちをもつ、八島太郎作・絵の『からすたろう』のあらすじです。

八島太郎は一九〇八年九月二一日に、岩松淳として、佐多岬近くの小さな海沿いの村、根占《ねじめ》村に生まれました。ちょうど、南九州の鹿児島湾の水が大海へと流れ出すあたりにある村です（根占村は現在は合併によって南大隅町となっている）。太郎の父は村の医者で、アジアの美術品の熱心な蒐集《しゅうしゅう》家でした。絵本の中のいそべ先生は、太郎の神山小学校時代の恩師、磯長武雄と上田三芳をモデルとしています。

八島太郎は、子どものときから優れた芸術的才能を発揮していました。一三歳のときには、日刊紙である鹿児島新聞（現在の南日本新聞）に彼が描いた風刺漫画が掲載されました。一九歳で、上野の東京美術学校に入学を許可されます（東京美術学校は、一九四九年に東京音楽学校と統合され、東京藝術大学となった）。

当時は岩松姓を名乗っていた八島は、学校の軍事教練への参加を拒否し、不服従のかどで、一九二九年に退学となりました。その後は反ファシズム活動家となり、プロレタリア文学の代表的作家である小林多喜二が拘置所で死亡し、拷問の痕《あと》のある亡骸が返されてきたときには、彼の死に顔をスケッチしました。

八島自身も政治運動に関わっていたため、繰り返し投獄され、拷問を受けました。一九三〇年に結婚した妻の智江も同様でした。一九三九年、夫婦は六歳の息子信《まこと》（マコ）を日本の祖父母に預け、なんとか日本を離れてニューヨークへ逃れます。八島夫妻が息子のマコにようやく再会できたのは、一九四五年に八島が米国の戦略爆撃調査チームの一員として日本にやってきたときでした。

ニューヨークに着いた八島夫妻は、ウェスト五七ストリートの名門美術学校、アート・ステューデンツ・リーグで美術の勉強を続けました。しかし、一九四一年一二月七日（現地時間）の真珠湾攻撃によって米国軍と日本軍が戦闘状態に入ると、八島はアメリカ陸軍に入隊し、まず戦争情報局に、次にCIAの前身である戦略事務局（OSS）に配属されます。八島はこのとき、日本に残してきた息子や両親に災難が及ぶことを恐れて本姓である岩松を捨てました。戦前は新井光子というペンネームを使っていた智江も、母国による報復を恐れて光《みつ》と名乗ることにしました。

八島は一九四〇年代に、挿絵入りの自伝的著書を二冊出しています。一九四三年の *The New Sun*（『あたらしい太陽』）と四七年の *Horizon is Calling*（『水平線はまねく』）で、自身と妻が受けた日本の秘密警察、特高による拷問のことが詳細に書かれています。けれどもこれらの本には、当時のアメリカ人に対する彼のメッセージも込められていました。それは、すべての日本人が「野蛮なサル」ではないというものです。

その後の数十年間に、八島は *The Village Tree*（『村の樹』一九五三年）、*Crow Boy*（『からすたろう』一九五五年）、*Seashore Story*（『海浜物語』一九六七年）などの絵本も発表しています。『村の樹』に描かれている木は、「葉っぱの上で暮らすありとあらゆる虫」の家であり「遊び場」です。この本は――八島の本はどれもそうですが――自然が大切にされ、子どもたちが自然を友だちだと感じていた昔の日本を思い起こさせます。

一九四八年に、マコは再びアメリカの両親と暮らすようになり、母の光は女の子を出産してモモと名づけました。成長していくモモのために、両親は*Momo's Kitten*（『モモの子ねこ』）、*Umbrella*（『あまがさ』）などのとても美しい絵本を作ります。ぼくが特に好きなのは『あまがさ』で、初めて傘をもらった幼い女の子の純粋な喜びを描いたものです。傘を手にした女の子は、それまで握っていた親の手を離しますが、それにより少女が自立への一歩を踏み出したことがわかります。

一九五四年には、八島一家はロサンゼルスの、貧しいユダヤ系の人々が暮らすボイル・ハイツ地区に住んでいました。Yashima Art Instituteを設立して美術を教えていたのです。でも八島夫妻は別れてしまった。光はサンフランシスコに行き、カリフォルニア大学バークレー校で、「日本における大衆芸術」の授業を受け持ちました。

光は一九七〇年代に、市のコミュニティセンターであるKimochi（気持ち）でも美術を教えています。このKimochiは現在もなお、老若男女を問わず、日系アメリカ人が集う場所となっています。この頃、生来の政治的行動主義を捨てていなかった光は、核兵器やベトナム戦争に反対する抗議活動、「平和のための女性ストライキ」（Women Strike for Peace）に参加しています。

八島太郎は一九七七年に脳溢血《のういっけつ》で倒れ、一九九四年にロサンゼルスの病院で亡くなりました。彼の本作りのモットー、「子どもたちにこの地球上での暮らしを楽しませ、この地球上の悪に騙され搾取されないたくましさを身につけさせる」は、今の世界中の若者への刺激となるでしょう。光は、一九八三年にロサンゼルスに戻って、俳優になっていたモモと暮らしました。光が亡くなったのは、夫より六年早い一九八八年のことでした。

国賊といわれた男

八島太郎は戦争中の数カ月間、インドで諜報活動に携わっていました。アメリカに帰国すると、米軍が日本の戦地にばらまき投降を呼びかける日本語のビラを書くようになりますが、八島が書いたのは「死んではならぬ！」とか「父よ、生きよ」などの言葉でした。日本国内で彼を売国奴扱いする人がいたことについて、八島は自分はただ日本人の命を救いたくてやったのだと反論しました。

「あの頃は、みんながぼくを祖国を裏切った国賊だとののしった」と八島は当時を振り返って語りました。「でもそれはたまらなく辛いことだった。ぼくにしてみれば、あれは祖国を愛すればこその行動だったんだから」。

その祖国への純粋な愛——愛するがゆえに、祖国が間違った方向に向かうのを防ごうとした行為——が日本で褒め称えられることはめったになく、ついでに言えばそれは他の国でも同様でした。でもその種の愛国心は日本には確かに存在しました。ジャーナリスト、尾崎秀実の人生は、そのような本物の愛国心の存在を立証するものです。八島太郎と光の人生もまた、そうした立派な人々の物語の一つなのです。そしてそれが、ぼくが二人の人生を長々と紹介してきた理由です。

ぼくたち欧米人は、日本人からも外国人からも「日本人が外国人を心から受け入れることなどあり得ない」としょっちゅう言われますが、ぼくは絶対に同意しません。日本人の受け入れ方は、欧米人が母国で慣れ親しんできたものに比べると、より形式張っていることが多く、その特有の行動様式を身につけるためには時間をかけて努力する必要があるだけだ、とぼくは思っています。

しかし同じように、他のアジアの人たちにとっても、西欧で受け入れられるのは簡単なことではなく、そのためにはその国のしきたりや道徳観にすっかり染まっていることを証明する必要がありました。以前ぼくの日本人の教え子で、ポーランドに移住して何十年もそこで暮らしている人から、ポーランドでは異端視されていると打ち明けられたことがあります。彼はポーランド語が得意で、日本人の家族と同地で暮らしていますが、現地の人々は「自分たちと同じになれるはずがない」という密やかな思い込みをもっていて、礼儀正しいけれどよそよそしい態度で接してくることがよくある、と言うのです。

西欧でキャリアを積んできた日本のアーティストたちは、数々の偏見や固定観念による差別を耐え忍んできました。戦争による日米間の対立の煽《あお》りを受けて、そのうちの何人かは、八島のようにどちらかの国を選んで、その国への忠誠を言葉と行動で示すことを余儀なくされたのです。愛する二つの国の間で引き裂かれた彼らのような芸術家の生き方を詳しく知ることによって、日本で生きることを選んだぼくのような西欧人は、日本でどのように生きればいいのかをより理解できるようになるのです。

被爆地長崎をカラー写真で収めた男

アメリカで成功した日本人の芸術家には、他にハリー三村とミヨシ・ウメキの二人がいます。ぼくがこの二人のことを知る必要があると考えたのは、おこがましいけれど、ぼく自身が逆の立場で彼らと同じことをしようとしていると感じていたからです。

一九四六年、東京を出発したハリー三村、日本名、三村明は、三月と四月の二カ月間かけて、長崎と広島をはじめとして、戦争で破壊された日本の都市を二〇ほど回りました。ひどい状況にもかかわらず生き抜かねばならない罪のない市民の生活を、カメラマンとして記録するためでした。

出来上がった感動的なカラー写真の記録は、終戦後の一年間に、日本の人々が生き延びるためにどのように闘ってきたのかについて証言する貴重な資料となりました。ハリウッドで長年仕事をしてきた三村は、この仕事にうってつけの人材でした。ただ一つ、彼はカラー写真を撮影したことがなかった、という点を除いて。

カメラや機材一式をかついだ撮影隊が乗り込んだ特別列車は、最初の目的地である長崎を目指して東京駅を出発しました。長崎に着くまでの時間、三村は持参したアメリカの説明書と首っ引きで、カラー写真の撮影方法を頭に叩き込みました。

彼が撮影した写真は、ぼくたちが見慣れた破壊された都市の写真とはまるで異なる種類のものでした。写真には、生きるためにできる限りのことをしようとしている人々があふれていました。美しい色の着物を着て買い物に出かける女性たち。にっこり笑う子どもたち。高所からの全景的な撮影方法が、破壊された街や瓦礫の中で生きる人々の姿に、一種のスケール感を与えました（三村は、高い位置から撮影するために、消防署で消防車のハシゴを借りてきたこともあった）。アメリカと日本両方で、カメラマンとして成功を収めたこの男とは？

三村明は一九〇一年一月六日に、広島湾に浮かぶいくつかの島から成り、一八八八年からは日本で最も威信ある軍事教育施設、海軍兵学校（現在は海上自衛隊幹部候補生学校）を擁する、現在の広島県江田島《えだじま》市に生まれました。この海軍兵学校は数々の著名な軍人を輩出しており、特に有名なのが、太平洋戦争を指揮した連合艦隊司令官、山本五十六です。三村がこの地で生まれたのは偶然ではありませんでした。父の錦三郎は海軍少将で、一九一七年の一二月一日から一一カ月間、戦艦霧島の艦長を務めたのです。

神奈川県逗子の旧制中学を卒業後、三村はアメリカに留学。Nicholson School for Science and Mathという、シカゴのダウンタウンの、ミシガン湖に近いピオリアストリート沿いに今もある学校に入学します。当時の日本で最も立派だとされていた職業、つまり軍人を目指してほしいという父親の願いは、彼の耳にも間違いなく届いていたでしょう。しかし、アメリカで自ら選んだハリーという名ですでに世間に知られていた三村には、まったく別の夢がありました。

三村はシカゴを出てニューヨークに向かい、映画製作を学ぶと、アメリカ映画の中心地であるロサンゼルスへ。そこで、一九二九年に、グロリア・スワンソン主演の初のトーキー映画として知られる『トレスパッサー』（*Trespasser*）のアシスタントカメラマンの仕事を手に入れます。同じ年の末には『曳かれゆく男』（*Condemned*）の撮影スタッフとなり、主演のロナルド・コールマンはこの映画でアカデミー賞にノミネートされました。

一九三〇年には、三村はハワード・ヒューズ監督による『地獄の天使』（*Hell's Angels*）の撮影を担当。ジーン・ハーロウ主演の、イギリス王立陸軍航空隊のパイロットを務める双子の兄弟をめぐる物語です。これ以降、三村はハリウッドの映画撮影に関わる唯一の日本人として、およそ六〇本もの映画を撮影し、一九三四年に日本に帰国しました。

映画カメラマンとして活躍

帰国した三村は、その翌年からすぐに撮影監督として仕事を始め、『東京ラプソディ』（伏水修監督による人気歌手の藤山一郎主演の映画で、藤山一郎が歌う同名の楽曲は戦前最大のヒット曲の一つとなった）や、封建制が敷かれていた江戸時代を舞台とする山中貞雄監督による悲劇『人情紙風船』などの有名な映画の製作に関わるようになります。伏水監督とはその後も撮影監督として共同し、戦時中の代表的なプロパガンダ映画として知られる『支那の夜』を製作し、一九四二年には黒澤明監督の『姿三四郎』にも参加しました。

一九四四年に徴兵されると、その後は終戦までアメリカのラジオ放送の翻訳を担当。だから、戦争が終わったとき、英語のファーストネームをもつ日本人のベテランカメラマンは、占領軍にとって、自分たちの無差別爆撃が日本の市民に与えた被害の程度を記録する仕事を任せるのにうってつけの人材だったというわけです。

瓦礫となった日本の街をカラー写真に収めたその一九四六年、三村は、『東宝ショウボート』で映画カメラマンとしても戦後デビューを飾りました。この作品は、インドネシアの捕虜収容所から帰還したばかりのあの藤山一郎の出演を呼びものとするミュージカルでした。その意味で、この映画は、映像美術に関わる二人の優れたアーティストの復活を示す、記念すべき作品だったのです。

一九四七年、三村はその年の三月に新設された映画会社、新東宝に入社し、数多くの仕事の依頼を受けるようになりました（皮肉なことに、大勢の俳優が東宝を脱退して新東宝の立ち上げに参加したせいで、東宝は、のちに戦後日本における最も有名な俳優となる三船敏郎を採用するチャンスに恵まれた）。

新東宝に入社した三村は、その後日本で二八本の映画の撮影を担当しました。アメリカの大ヒット映画、『八十日間世界一周』の海外ロケのカメラマンも務めました。一九五五年には、自身が脚本の共同執筆、撮影、監督を務める『消えた中隊』を製作。一九四一年にソ連領に駐屯していた日本兵たちの物語です。

概して、ハリー三村の経歴は他に類を見ないものです。日本とアメリカの映画文化に多大な貢献をした点だけでなく、戦争が生んだ敵意や、終戦後も多くの社会に恨みがましい気分が長々とくすぶり続けていたにもかかわらず、彼の優れた芸術的才能が日米両国において認められた、という事実においても。

三村は一九八五年一二月二三日に亡くなり、ロサンゼルスのハリウッドヒルズにある、映画産業で活躍した多くの人々が安らかに眠る墓地、フォレストローン・メモリアルパークに埋葬されました。

ぼくは、雑誌『映画撮影』の一九六二年一月二〇日の創刊号に掲載された彼の言葉が特に好きです。その言葉は、映画芸術を最も簡潔かつ深遠な言葉で表していると言ってほぼ間違いないでしょう。

何があっても、映画の基本は常に光と影なんです……映画はスチール写真とは違って、被写体が常に動いている……映画カメラマンは、撮影されている物(被写体)と場面の連続性、場面の雰囲気等を考慮しながら、物語を作り上げますが、常に一番大切な条件を忘れないようにしています。それは観客の心に訴える映像を撮ることです。必要なのは観客にカメラを意識させずに、物語を映像で表現する技術なのです。

固定観念に閉じ込められた女優

そしてもう一人、女優で歌手、最高のコメディエンヌでもあるミヨシ・ウメキこと梅木美代志の話をしましょう。これまで活躍してきた俳優すべての中で、彼女はぜひ会ってみたかったと思う一人です。

梅木美代志は、アメリカの映画やテレビのアイドルでした。二〇〇七年に亡くなったとき、日本ではほとんど注目されませんでしたが、アメリカで流星のようにスターダムにのぼりつめ、アカデミー賞を受賞した東洋人俳優は、今でも彼女一人なのです。

では、梅木美代志は、あらゆる移民が強く望んでいるはずの、「受け入れられる」という目標を果たせたのでしょうか？　実際には、ほぼすべての移民が受け入れられています。問題は、それが、自分たちが思うような意味や目安においてなのか、それとも主流をなす大多数の人々が考える意味や標準においてなのか、ということです。梅木美代志はスターの座をつかみましたが、彼女が考える意味では「受け入れられ」ませんでした。

小柄でかわいらしく、控えめで上品な様子の梅木美代志は、あらゆる人の心をつかみました。でも彼女は、アメリカで暮らしていた間ずっと、人種差別意識が非常に強かった当時のハリウッドが作り上げたイメージ通りの存在、つまり、西欧人の目から見た、非の打ちどころのない、理想の日本人女性でなくてはなりませんでした。

梅木美代志は、一九二九年五月八日、北海道の小樽で、それぞれ二つずつ年の離れた九人きょうだいの末っ子として生まれました。父は製鉄所を経営していて、裕福な家庭でした。ほぼ放任状態で育った美代志は、子どもの頃から音楽に夢中になり、ハーモニカやマンドリン、ピアノなど、さまざまな楽器を習います。

終戦後、占領軍の通訳として働いていた兄が自宅に米軍のミュージシャンを連れてくると、彼らはすぐに、自宅にいた妹の歌の才能に気づきました。それから間もなく、彼女はナンシー梅木の名で、進駐軍のバンドで歌うようになったのです。ナンシーは、日本でも珍しい名である美代志（ミヨシ）よりもずっと発音しやすい名でした（しかし、発音の難しさにもかかわらず、彼女はその芸能生活ではミヨシと呼ばれることを一貫して希望し続けます)。

一九五三年、一九五四年と続けて、彼女は『青春ジャズ娘』『ジャズ・オン・パレード1954年 東京シンデレラ娘』と、日本のミュージカル映画に出演しました。また、一九四九年のアメリカのヒットソング「愚かなり我が心」("My Foolish Heart")での彼女の歌声はすばらしいものでした。やがて美代志はアメリカに照準を定めるようになり、一九五五年、そこで名を上げる決意でアメリカに向かったのです。

戦後、アメリカの人々は、彼らの目に映る、落ち着きがあって上品で、まるで「お人形さん」のような日本女性に魅力を感じ、美代志をその理想像に当てはめました。着物姿で、キラキラ光る安物の小さな髪飾りをつけた優しくでしゃばらない女性。エクボを見せてはにかむように微笑み、その声は蜜のように甘い。正確に言えば、梅木美代志はそんな女性を演じていた。そうするほかはなかったのです。そんなふうにして、彼女は決められたイメージを演じ、人々の固定観念にすんなりはまり込み、そうすることによって、自ら進んでその固定観念の中に閉じ込められてしまったのです。

映画『サヨナラ』での抜擢

一九五〇年代のアメリカのアマチュアタレントにとっての重要な舞台は、『アーサー・ゴドフリー・ショー』でした。歌手のパット・ブーンやコメディアンのウォリー・コックス、レニー・ブルースなどさまざまな才能を見出してきた、エンターテイナーの発掘を目的とするテレビのバラエティ番組です。デビューしてすぐの一九五六年に美代志は、この番組で一躍超人気者となりました。番組でのパフォーマンスが認められると、一九五七年の映画『サヨナラ』では、レッド・バトンズ演じる空軍パイロット、ジョー・ケリーの妻、カツミ役に抜擢されました。

映画『サヨナラ』で、寺院や神社が立ち並ぶ風景の中を、着物を着た女たちがとても「東洋的な」内股の歩き方で、小走りに行き交う姿を撮影したオープニングシーンはよく知られています。マーロン・ブランドとジェームズ・ガーナーを配したこの映画は、アメリカ人と日本人の、両国間の偏見に屈しない恋の物語です。

しかしカツミとジョーに関しては偏見が勝利してしまいます。カツミは妊娠していたにもかかわらず、二人は心中してしまい、ベッドに並んで横たわる亡骸を、遺されたグルーバー少佐（ブランド）が発見。アーヴィング・バーリンのバラード『サヨナラ』の歌詞がこの哀しいラブストーリーを盛り上げます――「サヨナラは日本のグッド・バイ。サヨナラとささやいて。でも泣かないで」。

この映画で、梅木美代志はスター街道を一気に駆け上がり、一九五八年のアカデミー助演女優賞を受賞しました。皮肉にも、同じ年の作品賞を受賞したのは、日本人の容赦のない残虐さを描いたデヴィッド・リーン監督の『戦場にかける橋』でした。プレゼンターのアンソニー・クインからオスカーを受け取る美代志は、全身ではにかんでいるように恥じらっていました。クインに向かって深々と頭を下げると、か細い声で「今すぐ誰か助けに来てくれないかしら」

と言い、そのあと「すべてのアメリカの方々に」感謝しますとつけ加えました。

一九五八年の一二月二二日には、美代志は『タイム』誌の表紙を飾りました。『マーヴ・グリフィン・ショー』『アンディ・ウィリアムス・ショー』『ダイナ・ショア・シェヴィ・ショー』など、テレビの主要なバラエティ番組のほとんどに出演。大人気番組『ホワッツ・マイ・ライン？』にもゲスト出演を果たしました。ぼくが特に素晴らしいと思ったのは、『ジゼル・マッケンジー・ショー』に出演したときの彼女で、切れのいいユーモアのセンスを発揮し、英語のちょっとした間違いさえも、うまく利用して自身のイメージアップに成功しました。

美代志は、遠慮がちな謙虚さを演じることによって、アメリカ人観客に愛されることに成功しました。たとえば彼女は、マッケンジーに、映画『サヨナラ』で彼女の夫を演じたレッド・バトンズと二人揃ってオスカーを受賞したことへの思いを質問されたとき、にっこり笑って、とても驚きましたと答え、「一つの家族に、二つのオスカーが与えられるなんて想像もしていなかったから」と続けています。

その後、英語と日本語を混ぜて歌うという、驚くべきやり方で、“How Deep is the Ocean?”を披露したのです。彼女は歌にもステージ上で話す言葉にも日本語を交え、それによって、アメリカ人にとっての典型的な日本人女性となっていきました。

一九五八年の、リチャード・ロジャース作曲、オスカー・ハマースタイン二世作詞のブロードウェイ・ミュージカル、『フラワー・ドラム・ソング』に出演し、“A Hundred Million Miracles”を美しい歌声で披露すると、『タイム』誌の劇評は「ミヨシ・ウメキが初めての出演となるブロードウェイ・ミュージカルの舞台に現れると、最初の四語で劇場中が彼女に魅了された。ミヨシは公式にはアメリカ人だが、今もなお、彼女の祖国である窮屈で小さな島国の、規律正しい伝統的な社会で生きている」と称賛しました。

しかし、美代志の華々しい活躍にも陰りが生じ始め、ローレンス・ハーヴェイ主演の一九六二年の作品『忘れえぬ慕情』が最後の映画出演作となりました。この作品もまた、寺院（奈良の東大寺）や神社（日光東照宮）と、小走りに行き交う着物姿の女性たちのシーンから始まります。

ハリウッド映画では、アジア人に与えられる役柄は限られていたため、美代志は、活動の場をテレビドラマへと移しました。代表作といえる役柄は、人気ホームコメディ『エディの素敵なパパ』に登場する家政婦ミセス・リヴィングストン役です。一九六九年のシリーズ第一回のタイトルは「ミセス・リヴィングストンでいらっしゃいますか？」でした。これは「リヴィングストン博士でいらっしゃいますか？」という有名な挨拶をもじったものです。イギリスの探検家ヘンリー・モートン・スタンリーが、一八七一年にアフリカのタンガニーカ湖畔で医師デヴィッド・リヴィングストンを発見しましたが、それ以来、初対面の相手に対して使われる慣用句となったほどの名文句です。

「普通」の人間を演じられなかった美代志

アメリカではアジア人は型にはめられ、決まりきった役しか回ってきませんでした。美代志は、その制約の中で自分に与えられた役柄を熟練の演技力で演じましたが、それでも彼女に、映画の中で「普通」に演じるチャンスが与えられなかったのはとても残念なことです。アメリカ国籍を取得した美代志はショービジネスの世界を引退し、その後は、ノース・ハリウッドでダンススタジオを経営しながら、二〇年ほどロサンゼルスで暮らしました。その後ハワイに移住。それからは表舞台に立つことはいっさいなくなり、やがてハリウッドでも、彼女がどこで暮らしているのか、また生きているのか死んでいるのかさえも、知る人はほとんどいなくなりました。晩年は、ミズーリ州のリッキングという小さな町で、息子や孫たちと一緒に暮らしていました。

アメリカ人にとって、第二次世界大戦後の数十年間は、ホワイトハウスが自画自賛のトランペットを吹き鳴らし、ペンタゴンがドラムを打ち鳴らすという、アメリカが一大帝国として意気揚々と世界に君臨した時代でした。自分たちは世界の頂点にあって、強い影響力をもつ指揮者であり、支配下にある他の国々はみな、喜んでアメリカが演奏する曲に合わせて踊るものだと考えていました。カンバスや絵の具、絵筆を所有し、画廊や批評家を支配するのはアメリカでした。その他の国はすべて、カンバスに残っているわずかな隙間に、少し奇抜な色をのせるためだけの存在でした。すべてを超越し、空をも焦がす熱気をもってアメリカが描く高遠な夢の陰の中で、すべての古いもの、そして異国趣味で風変わりとみなされているものは、消え去る運命にあるとされていました。

梅木美代志は、歌って踊れる素晴らしい俳優でした。しかし結局、彼女の「狭くて小さな島国である母国」にその才能を発揮する場所はなく（少なくとも彼女はそう考えていた）、自身が定住の地として選んだ開かれた広大な第二の故郷にも、その才能を伸ばし開花させる場所はなかったのです。美代志はただ、自分の民族性ではなく、才能にふさわしい役を演じたかっただけです。

美代志は二〇〇七年に七八歳でこの世を去り、ミズーリ州リッキングにあるブーン・クリーク墓地に、一九七六年に亡くなった二番目の夫ランダル・フッドと共に埋葬されました。墓石には「Miyoshi」という名だけが刻まれています。

日本の偉大な映画監督の一人である小津安二郎は、国籍を超え、世代を超えて人々の心に響くいくつかの言葉を残しています。それらの名言について考えるとき、生まれ育った国はアメリカで、国籍はオーストラリアであるにもかかわらず、ぼくは、自分は骨の髄まで日本人である、という気がますますしてきます。これは矛盾でしょうか？　文字にするときっと矛盾しているように見えるでしょうが、ぼくの心の中に矛盾はありません。人間は自分の豊かな民族性を活かし、自らの国民性が与えてくれた才能を発揮することができると思います。同時に、他の誰かに——他の何かに——なることは、自分が何者であるかについて、周囲の社会がなんと言おうとも、それが可能だと今もぼくは信じています。

自分が誰なのかを定義できるのは、自分だけなのです。

梅木美代志、三村明、八島太郎、マコ岩松。彼らはみな、たび重なる挫折にもかかわらず、定住の地と決めたアメリカで、日本人であることをやめずに、優れた才能を発揮し続けました。彼らの生き方はぼくのお手本です。

そして、芸術家としての役割を果たしながら個人としての責任を負うべきか、という問題についての結論は、日本を代表する二人の芸術家にその結論を預けたいと思います。

最初の一人である小津安二郎には、「どうでもいいことは流行に従い、重大なことは道徳に従い、芸術のことは自分に従う」という名言があります。

二つ目の金言は、著名な歌人である明石海人《あかしかいじん》が遺した言葉です。ぼくの解釈ですが、彼は、過去を現在と一続きのものだと捉えて、自分の未来に責任をもてるかどうかは自分次第だという意味の、こんな言葉を遺しました。

「深海に生きる魚族のように、自らが燃えなければ何処《どこ》にも光はない」

静岡県沼津市に生まれた明石海人は、二六歳のときにハンセン病と診断され、一九三九年に三七歳で亡くなりました。

第四章

対岸の火事

「あなたのおかげで人生が変わったのです」

戦争はまだぼくを解放してくれませんでした。

二〇一二年三月一一日、ぼくは東北の岩手県盛岡市にいました。それは、東日本大震災一周年記念式典で基調講演を行うためでした。マグニチュード九の地震が、所によっては高さ四〇メートル近い津波を引き起こし、いまだに行方がわからない人を含めて一万八四〇〇人を超える人々が犠牲となった、あの震災です。地震の結果生じた福島第一原子力発電所の事故は、広島や長崎への原爆投下が、街の中心部や周辺部に死の灰を降らせたとき以来の最悪の放射能汚染を日本にもたらしました。

式典の会場は岩手県公会堂で、一九二三年に当時皇太子だった裕仁《ひろひと》親王の成婚を記念して建築されることが決まり、一九二七年に完成した立派な建物です。早めに会場に到着したぼくは広々とした応接間に案内され、そこに一人きりでいました。高い天井、壁際に設置されたスチームヒーター、それに重厚なオーク材の家具が、日本風と西洋風の両方をうまく取り入れた、いかにも昭和初期の建物らしさを醸し出す部屋でした。隣の部屋では、この催しで挨拶の言葉を述べる予定の元総理大臣の鳩山由紀夫が待機していました。

式典開始の一時間前、応接間のドアをノックする音がして、式典を主催する役所の職員が入ってきました。ぼくと話がしたい、という人が来ているというのです。

「すみません。いつもなら誰とでもお会いするんですが、正直なところ今日は緊張していて。だから講演のために気持ちを落ち着けたいんです」

ぼくがそう言うと、その職員はお辞儀をし応接室を出ていきました。ぼくは日本各地で講演をしていました。大規模な大学で、学生と教授陣、それにスタッフ全員の前で話をしたことも何度かあるし、企業の経営者の団体や、それ以外の人々に向けて講演したこともあった。でも盛岡でのこの講演は、その多くが一年前の災害で親族や友人を失っている八〇〇人ほどに向かって行う特別なもので、ぼくにとっては不安な挑戦でした。しかし、またノックの音がして、さっきの職員が現れました。

「その男性の方はどうしても先生にお会いしたいとおっしゃっています。パルバース先生のおかげで人生が変わったとその人はおっしゃるんですが」

差し出された『戦メリ』のパンフレット

「勘弁してよ」と思いました。それが、人生で一番気後れする講演の一時間前の、ぼくの願いのすべてでした。でも、会えば気が紛れて不安を和らげることができるかもしれない、と思い直しました。

「では、その方にこちらへ来てもらってください」

しばらくして、七〇代半ばの大きな手提げ袋を持った男性が、部屋に入ってきました。

「会ってくださりありがとうございます」とその人は頭を下げました。

「来ていただいてありがとうございます」とぼくも頭を下げ、お掛けくださいというように手振りで合図しました。

男性は、袋から何かを取り出して、テーブルの上に並べました。ぼくはすぐに、それが『戦場のメリークリスマス』の初版パンフレットだとわかりました。表紙を、軍服を着た四人のメインキャスト、デヴィッド・ボウイ、坂本龍一、ビートたけし（当時は北野武ではなくこの名前で知られていた）、そしてトム・コンティが飾っているものです。

「すごい、このプログラムはなかなか手に入らない」とぼくは言いました。

「ええ、そしてパルバースさん、あなたが私の人生を変えたんです。この映画が私の人生を変えてくれました」

「いや、ぼくじゃありません。この映画には少ししか関わっていませんから。あれは大島渚監督の作品です」

その男性は、駒井修という名前でした。盛岡生まれで、ほぼその地で暮らしてきた人です。「あの映画で、坂本龍一が演じた大尉がいたでしょう。ヨノイ大尉という名の、捕虜収容所の冷酷な所長です」と彼は言いました。「私の実の父は、実際に指揮官として、彼と同じような体験をしているのです。タイのカンチャナブリの捕虜収容所にいました。泰緬鉄道建設の大部分を担った、あの悪名高い収容所です」。

駒井さんとぼくは、ぴったり一時間話をしましたが、結果的にそれはぼくにとっていい効果をもたらしました。講演への不安を忘れられたから。このときの講演でも、いつものようにジョークから始めると決めていました。このやり方は、ぼくがユダヤ系であることに関係しています。ジョークは、うまく笑いを取れれば、どんなときでも張り詰めた雰囲気をほぐしてくれます。

ただし日本の公的な催しでの空気の張り詰め方といったら、板ガラスみたいにカチカチなので、ジョークがスベれば、もちろんその場にいるすべての人が、背筋が凍るような感覚に襲われることになります。一方、日本人の講演者は、慣習的に、「立派な聴衆」の前で恐れ多くも話をさせてもらうことを一言断ってから、話し始めます。

幸いなことに、この日、大きな自然災害から一年を記念する式典に参加するために、盛岡市の岩手県公会堂に集まった人々は、ぼくの開口一番のジョークを笑いで受け止めてくれました。講演が終わり、一人の女性が近づいてきて「私は一年前のこの日、息子を亡くしました。そして今日、あれから初めて笑いました。ありがとう!」と言ってくれたとき、ぼくは深く感動して涙ぐんでしまいました。

もう一つの『戦場にかける橋』

二〇一二年のその講演のあと、ぼくは一〇回以上岩手を訪ね、駒井さんと温かい交流を続けてきました。あの日、彼は自分の父親のことをぼくに話しに来たのです。

彼の父、駒井光男は一九〇五年四月二八日に、宮城県仙台市に生まれました。三歳のときに、盛岡で靴店を営むおじに引き取られます。文学青年だった光男は若いときから本が好きで、高校時代からの恋人で、同じように本好きの八重子と結婚しました。

一九二九年、光男は大阪の物流会社、国際通運で職を得ます。国際通運は一九三七年に日本通運（通称・日通）と名を変え、今や国際的な大手物流会社となっています。一九三二年、光男は志願して日本陸軍に入隊し、会社を退職。その前年に日本軍は中国に侵攻し、一九三二年には日本の傀儡《かいらい》国家である満州国が設立されていました。会社勤めをしていた若い光男は、愛国的使命感に駆られて入隊志願したに違いありません。しかし一年間の訓練を経て少尉に昇格したところで除隊して一般市民となります。

その後一九三九年二月二六日に、光男は陸軍に再入隊して現在の北朝鮮に送られ、一九四一年に再び一般市民として家族と暮らすようになるまで、軍役にとどまりました。しかし一九四二年には再び予備兵として招集され、そのとき見送ったのが、四歳の修が見た父の最後の姿となったのです。

「父の顔は覚えていません」と駒井さんはぼくに言いました。「夢にさえ出てきたことがないんです」。

修の父は、一九四三年にオランダ領東インド諸島（現・インドネシア）に送られ、そこからタイに派遣され、大尉としてカンチャナブリ捕虜収容所の副所長を務めていました。同じ頃、妻の八重子は大阪から、故郷である盛岡に三人の子どもを連れて疎開する準備を進めていて、その子どもの一人が修でした。

一九四三年九月に起きたこの捕虜収容所での出来事が、駒井光男大尉の人生と、光男の家族の戦後の日本での暮らしを一変させました。当時、日本軍はバンコクとラングーン（現・ヤンゴン）を結ぶ鉄道（あの悪名高い泰緬鉄道）の建設を管理統括していました。建設の労働力として、奴隷同然に使われた二四万人のアジア人や連合国軍の捕虜たちのうち一〇万人以上が、病気や、残虐な看守や将校らによる容赦のない仕打ちが原因で亡くなりました。カンチャナブリの捕虜収容所は、鉄橋のそばにありました。デヴィッド・リーン監督の映画『戦場にかける橋』は、この鉄橋建設の実話をもとにしたものです。

戦後の刑事裁判に提出された証拠によると、収容所に駐在し当時特に恐れられていた憲兵隊が、イギリス人捕虜の数人がラジオと地図を所有しているのを発見しました。捕虜たちはラジオを分解し、部品を少しずつ分けて持っていました。部品のいくつかは、すでに看守が見咎《とが》めていましたが、捕虜たちが「お守り」だと笑ってごまかしたので、携帯を許されていたのです。「カナリーグラスの種」と表記されたバッテリーが入った箱は、外部から収容所内に持ち込まれたものでした。ラジオと地図の存在が、収容所内の日本人将校たちの耳に入ると、首謀者らは連行され尋問されました。全部で八人のイギリス人将校が暴行され、激しい拷問を受けました。上官から尋問の責任者を命じられた駒井大尉は、自ら進んでこの拷問に加わりました。

普通は、このような策略に関わったとみなされた捕虜は軍事裁判にかけられます。日本軍には、こうした裁判の手順についての細かい決まりがあり、戦場でもそれが適応されていました。ところが、この件については手順通りに処理されませんでした。ぞっとするほどひどい拷問の結果、ジャック・ホーリー大尉とスタンレー・アーミテージ中尉の二人が亡くなりました。地図を描いたエリック・ローマクス中尉は命は助かったものの、両腕の骨折と重度の打撲を負いました。

父は戦争犯罪人

一九四六年にシンガポールの軍事法廷で行われた戦犯裁判の記録には、六人の日本人兵が一九四三年の九月にカンチャナブリの捕虜収容所で犯したすべての罪が列記されています。その一人が駒井光男大尉で、六人はこの軍事法廷で裁判を受けました。駒井修さんの父の駒井大尉は、自分の行いが戦争犯罪に当たると知っていたのでしょうか？　それとも、イギリス兵たちが犯したスパイの罪を、「死をもって」償わせなくてはならない、という歪んだ愛国的使命感に駆られて暴走しただけなのでしょうか？

あるとき、駒井さんが葉書を見せてくれたことがあります。彼の父から母宛ての最後の葉書で、日付は一九四五年三月二七日、消印は九州のどこかになっています（戦争中のこの種の葉書では、部隊の駐屯地を隠すため差出人住所は書かないのが普通だった）。九州から葉書を書いた駒井大尉は、子どもたちが自分の顔を忘れてしまうのではないかと心配し、妻には自分のことは心配いらないと書いています。しかし生真面目な調子のこの文面からは、彼が戦況の先行きについても、自身の運命についても、何も知らなかったことがわかります。駒井大尉は、このあと九州から前線へと戻りました。

戦争が終わると、駒井大尉は逮捕され、シンガポールのチャンギ刑務所に収監されました。この刑務所は、一九三六年にイギリスが建設したもので、日本によるシンガポール侵攻後は、三〇〇〇人の民間人が日本の占領軍によって拘禁されていた場所でもあります（この刑務所の近辺に、主としてイギリス人とオーストラリア人から成る、およそ五万人の捕虜が収監されていた別の刑務所もあり、彼らもまた「チャンギに収容されていた」といわれることが多い）。

軍事裁判の起訴状は、六人の日本人について、八人のイギリス人将校に「重篤な苦痛と傷害」を負わせ、うち二人は「勾留中に死に至った」として告発しています。六人の日本人兵士のうち、罪状を認めたのは駒井大尉だけで、一九四六年二月七日、彼と共同被告人であるもう一人の元日本兵だけが死刑判決を受けました。残りの四人には、最も軽い一日の勾留から、最も重い終身刑に至る判決が言い渡されました。

一九四六年三月一四日、午前一〇時二分、駒井大尉の絞首刑が執行されました。ロンドンの帝国戦争博物館には、イギリス軍の撮影部隊が撮った映像が保管されており、ぼくはそれを見たことがあるのですが、そこには駒井大尉が促されて絞首台への階段を上っていく姿が映っています。

駒井光男大尉を戦争犯罪人として告訴したイギリス人将校の中には、拷問を受けた張本人であるエリック・ローマクス中尉も含まれていました。当時二四歳だったローマクス中尉は、エディンバラ出身のイギリス軍通信隊のエンジニアで、イギリス軍の「難攻不落の要塞」といわれていたシンガポールが、一九四二年二月に日本軍によって攻略された際に日本軍の捕虜となりました。その後タイに移送され、カンチャナブリ収容所に収監されたのです。

収容所で、ローマクス中尉は、仲間と共謀してラジオを隠そうとしました。さらに彼は収容所内の地図を作製し、もしもそれが日本の敵国である連合軍の手に渡っていれば、収容所への侵入を可能にする重要な情報が漏れていたところでした。ローマクス中尉が拷問を生き延びられたのは奇跡です。長時間にわたってむち打ちや水攻め、雨ざらしにされたりしたのですから。これらの「尋問」が、彼と共謀した他の二人の将校を死に至らしめたのです。

戦犯の子どもとして生きる

「父が軍事裁判にかけられ処刑されたことが、私たち遺された家族の終戦後の暮らしに大きな影響を与えました」。駒井さんと東京で会ったときに、彼はそう打ち明けました。「母は、父の身に何が起きたかを決して語ろうとしませんでした。だから、高校生になるまで、私は父が何をしたのか知らなかった」。

修は父が犯した罪のためにひどい目にあい続けます。企業の就職試験を受けても、面接のときに彼の父が何をしたかがわかると、すべて不採用となりました。修と家族はときどき、役所でも常習犯罪者のような扱いを受けました。そもそも彼の父親を戦争に行かせたのは、日本という国なのに。

修が、シンガポール軍事法廷にかけられた六人の共同被告人のうち、ただ一人自らの罪を認めた自分の父親についてもっと知りたいと考えるようになったのは、ずっとあとのことでした。どうやら一九八三年に、映画『戦場のメリークリスマス』を観たことが、父親のことをもっと知りたいという彼の思いに拍車をかけた、ということのようでした。

少なくとも、修の父は、「ただ命令に従っただけ」という言い逃れをしようとすることもなく、自分の行為の責任を認めました。一般市民、軍人の区別なく、戦争中に行った悪事を糾弾された戦後の日本人の多くに見受けられた、他人のせいにする姑息なやり口に走ることもありませんでした。その上、修の父は（命という）究極の代償を支払ったのです。修と家族を責めた日本人のうち、何人の父親が、自分もまた戦争中に行った残虐行為の罪を背負っていたでしょう？　そして、他人に罪を押しつけることによって罰を免れた人が何人いたのでしょう？

その後、修は『泰緬鉄道 癒される時を求めて』（*The Railway Man*）というタイトルの本があるという噂を聞きます。一九九五年（翻訳は翌年）に出版されたこの本は、エリック・ローマクス元中尉が戦争中の体験を語るもので、捕虜収容所での勾留生活や、収容所の責任者らから受けた拷問についての記述もありました。修は、著者のローマクスに会って父親の犯した罪について謝ろう、と心に誓いました。

ローマクスのほうは、拷問に立ち会い彼と収容所の所長らの通訳をしていた永瀬隆という人物と会うことによって、過去の苦い記憶とすでに折り合いをつけていました。永瀬は一九四六年の七月に日本に復員して英語教師となりましたが、自らの罪の償いにその後の生涯を費やし、日本軍の拷問を受けた過去の犠牲者のために力を尽くし続けました。一九九三年にようやくローマクスと会うことができた永瀬は、何度も謝罪の言葉を繰り返しました。

「彼と会ったあと、なんだか気持ちが楽になり、問題が解決した気がしました」と、ローマクスは永瀬との面会について語っています。「相手に謝罪を受け入れる心の準備ができたとき、謝罪は可能となります。憎しみは、どこかで心に収めなくてはならないのです」と。

父が尋問した兵士との対面

永瀬の尽力のおかげで、駒井修はかつての父の行為の犠牲者と連絡を取ることができました。しかしローマクスにとって、自分を拷問した人間の息子と面と向かって会うことは、そう簡単ではありませんでした。ローマクスが駒井の申し出を受け入れるまでには六年もかかったのです。どうやら彼は、自分が修の父親を告発したことについて、修からなじられることを恐れていたようです。修は、スコットランドとの境を流れる川沿いにあるイングランド最北端の町ベリック・アポン・ツイードにあるローマクスの自宅を訪ねました。二人はそこで二〇〇七年の六月三〇日に顔を合わせました。

「彼は何も言わずにじっと私の顔を見つめていましたが」と修はぼくにそのときのことを教えてくれました。「自分をひどい目にあわせた男の息子が、なぜ自分に謝罪しに来るのか、どうしても理解できない、と言いました。私は、父が犯した罪のせいでこれまでずっと苦しんできたことを話し、日本人の一人として、あなたに心の底から謝りたいと思っている、と説明すると、彼はそれを聞いて心を動かされ、理解してくれたように見えました」。

「彼の父のしたことに、息子である修は五〇年以上もの間がんじがらめにされてきたのです」とローマクスは、二〇〇七年七月四日付のベリック・アドバタイザー（The Berwick Advertiser）紙で語っています。「いつまでも人を憎み続けても、どこにもたどり着けません。自分自身が傷つくだけです。私たちは、過去に起きた出来事を客観的に見る必要があります。そうしなければ、一生憎しみに支配され続けることになり、苦しむのは自分だからです」。

収容所の通訳を務めた永瀬隆は、二〇一一年六月に九三歳でこの世を去りました。駒井修とエリック・ローマクスは、ローマクスが二〇一二年に亡くなるまで交流を続け、映画化された『レイルウェイ　運命の旅路』の東京での公開初日に、ローマクスの妻のパティが初めて日本を訪れたときには、修も彼女と並んで舞台に立ち、温かい言葉を交わしました。大島渚監督が、映画『戦場のメリークリスマス』についてぼくに言っていたように、虐《しいた》げる者と虐げられる者は「切っても切れない絆《きずな》」でつながっているのです。

戦時中、駒井大尉が息子の修宛てにカタカナで書いた葉書の中に、こんな文章があります。「ユウベ　オーチャンノゲンキナユメヲミテ　トテモウレシカッタ」。カタカナは戦前の子どもたちが最初に習った文字です。おそらく父は、幼い息子がその文字を自分で読んでくれることを期待したのでしょう。

ぼくの大切な友人である駒井修さんは、七五年以上も前に前線から届いた葉書に自分の名が書かれているのを見たときのことを、決して忘れられないのです。

二〇一一年三月一一日午後二時四六分一八・一秒

駒井さんと初めて会った一年前の同じ日、ぼくは東京にいました。二〇一一年の三月一一日はとても寒い日で、湿度は三四パーセントと東京にしては低かった。最低気温は摂氏二・九度、最高気温は一一・三度でした。

重要な会議に出席するためにぼくは正装していました。国政の中枢である内閣府から招聘されていたのです。内閣府の高級官僚たちに、文化外交に関する提言をすることになっていました。つまり、日本が、あらゆる形態の日本文化を、世界において、自国の利益になるように用いるにはどうすればいいか、ということについて、話をすることになっていたのです。ぼくは、小泉純一郎総理時代の文化外交特別委員会の委員として、会議のために永田町にある首相官邸に通った経験がありました。内閣府は、首相官邸の通りを隔てた向かい側にあったのだけれど、内閣府の建物を見た覚えがなかったので、約束の時間に遅れないよう早めに着くようにしました。

二時半には、すでに内閣府の建物の前にいました。入り口にある守衛室の守衛に用向きを伝えると、「どうぞお入りください」との返事。でもぼくは、ちょっと早すぎるのでと断り、辺りを散歩することにしました。

内閣府から一筋うしろの通り沿いに、岩手県の東京事務所（現在は銀座に移転している）がありました。建物の外側に取りつけられたガラス張りの展示用棚には、浄土ヶ浜の美しい風景を撮影したポスターが飾られています。浄土ヶ浜の海は、過去に二度訪れたことのある港町、宮古市から車ですぐの場所で、宮古には、一九八二年に妻のスーザンと訪れて以来行っていなかった。ぼくは、二人でまたあの美しい浜辺に行けたらどんなにいいだろう、と考えてため息をつきました。

二時四二分、ぼくは内閣府のビルの前に戻ってきました。

「お入りになりますか？」と女性の守衛が声をかけてきました。

「いえ、けっこうです。あと五分ここで待っています」

そして振り返って、当時の民主党の党首で、ぼくが教鞭をとっていた東京工業大学の卒業生でもある菅直人首相（当時）が暮らす首相公邸に目をやりました。と、そのとき——午後二時四六分一八・一秒（日本人はとても時間に正確だ）——地面が激しく揺れ始めました。ぼくは近くにあったコンクリートの柱につかまりました。まるで浮き桟橋の上に立っているかのようでした。

「ああ、これは大きいやつかも。来たかな」。近くの霞が関の高層ビル群を見上げながら考えました。ビルは大きく傾きながら揺れていました。それも、てんでばらばらの方向に。傾きすぎて、そのうちビル同士が衝突してしまいそうでした。まるで、四方八方に向かって伸びる高層ビルを描いたジョージ・グロスの絵画から抜け出してきたような光景——あれは、資本主義の崩壊を描いた映像だったのか？　グロスが彼の絵画で描こうとしたのと同じような？　地面はそのあと数分間波打ち、揺れ続け、ようやく動きを止めました。

「どうぞお入りください」と女性の守衛が落ち着き払って声をかけてきました。ぼくは、内閣府の二階のとても広い部屋に案内されました。片側の壁一面を覆い隠すように、たくさんの大きなテレビが並んでいます。部屋に入ると、ちょうど画面には上空から撮影した海の様子が映っていました。横一列につながった白い波頭が海岸に向かって進んでいます。三時数分過ぎでした。

津波は時速数百キロで近づいていました。空から撮影された映像からは、津波の高さがどのくらいあるのかは知りようがありませんでした。実際、政策決定を担う日本の最高レベルの官僚たちが集まっている部屋の中に、慌てたり、緊張感が高まったりする様子は、微塵《みじん》もありませんでした。

一つ驚いたのは、持っていた携帯電話がつながらないことでした。周りでもつながっている人はいませんでした。通信網に過度の負荷がかかって通信障害が起きたのです。皮肉な話です。携帯電話を買った一番の理由は、地震が起きたときのためだったのですから。しかし固定電話は問題なく使えるようでした。ぼくは課長にこう頼みました。

「電話をお借りして、シドニーの妻に国際電話をかけてもいいでしょうか?」

「もちろん、どうぞお使いください」と答えて、彼は電話を指差しました。

電話はスーザンの携帯につながりました。日本で地震が起きたと聞いて、スーザンは必死になってぼくの携帯に電話をかけ続けていたらしい。ぼくは状況を説明し、夜にまた電話をかけると伝えました。

内閣府の人々は、プレゼンテーションを続行すると決めました。振り返って考えると、この事実は、地震発生直後、地震の影響が過小評価されていたことを表しています。プレゼンテーションは、何度も大きな余震に襲われる中、一時間にわたって行われました。

黙々と家路につく人々

「これからどちらへ向かわれますか?」と女性職員が声をかけてくれました。

「四谷の国際交流基金で講演会に参加する予定があります。四時四五分から」

「電車は止まっていると思いますよ」と彼女。

「それは困ったな。タクシーは拾えるだろうか？」

すぐそばで聞いていた課長が言いました。

「いや、難しいでしょう。私の車を使ってください」

「本当ですか、ご親切にありがとうございます」

けれども、内閣府の正面玄関を出て、地震後初めて見た通りには、さまざまな方向を目指して歩く何百人もの人の群れがありました。あたりには、それまで東京で感じたことのない不気味さが漂っていました。車の後部座席のドアが自動で開き、片足を車内に差し入れたまま、玄関まで見送りにきてくれた課長のほうを振り返りました。

「実はお願いがあるんですが、この車で自宅まで帰ってもいいでしょうか？」

「お住いはどちらですか？」

「池上駅の近くです」

課長はちょっと考えてから「構いませんよ」と返事をし、運転手に向かって遅くとも六時半までには戻るように、と指示しました。時刻は四時一五分。普段なら大田区の池上までは四〇分ほどです。

車が交差点を曲がって幹線道路に出ると、文字通り何千人もの人々が歩道を歩いている光景が目に飛び込んできました。携帯電話を使っている人は誰もおらず、自分のもまだ使えないのだとわかりました。地下鉄の駅の入り口を通り過ぎたときには、何百人、もしかしたら何千人もの人々が、駅の入り口付近で右往左往する様子が見えました。電車は止まっていたのです。道路も激しい交通渋滞が起きていました。運転手の顔に次第に不安の影がさしてきました。そのとき彼の電話が鳴りました。

「これは衛星電話なんです」と言って電話に出ると「はい、はい、はい。わかりました」と答えました。

運転手は後部座席のぼくのほうを振り返り、「申し訳ありませんが、ここで降りていただかなくてはなりません」と謝りました。

「いえいえ、もちろんです。わかりました。今どのあたりですか?」

「あそこに駅があるでしょう? あれが五反田駅です」

八キロほど進んできたことになります。

「池上まであとどのくらいか、カーナビでちょっと調べてもらえませんか?」

運転手は、五反田駅へと続くカーブを曲がりながら、人差し指の先でカーナビの画面をつつきました。

「ちょうど五キロです」

ああ、あと五キロか。一時間一五分はかからないだろう、と考えました。

「課長さんに、くれぐれもよろしくお伝えください」

外はとても寒くなっていましたが、ぼくは運よく、一九九七年にダブリンで買った、丈の長い白のドニゴール・ツイードのコートを着ており、靴も一番いいものを履いていました。ぼくは幹線道路を進む大勢の人々に混じって歩き始めました。腕を振ることさえままならないほどのこみ合いようでした。ハイヒールの女性や身体が不自由だと思われる人たちが本当に気の毒でした。

日本人は「独特の精神的弾力がある」と言われてきたけれど、一九九五年の阪神・淡路大震災のときも、二〇一一年の東日本大震災と津波のときも、「精神的弾力がある」とは、具体的にはなんの準備もできていないことを意味する、ということが露呈しました。第二次世界大戦中に、同様の「不屈の精神」が盛んに唱えられたときもそうだったように。準備には、「精神」への妄信ではなく、不測の事態を想定した周到な計画が必要なのです。

ぼくは六時を数分回った時刻に池上駅にたどり着き、スーパーに直行してパンとチーズを買い、自宅に向かいました。スーパーでは、パニックに陥った人々による買い占めはまだ始まっていませんでした。買い占め行動は、翌日には東京中のスーパーで見られるようになり、パンや飲料水のペットボトルなど、生活必需品が売り切れてしまいました。

帰宅後テレビをつけてみて、途方もなく大規模な自然災害が起きているのだとわかってきました。その夜遅く、自宅前の公園にある公衆電話から妻のスーザンに電話しました。世界のどの国でもそうだったように、オーストラリアでも日本の地震と津波はトップニュースとして伝えられていました。

その翌日の夜、ぼくは家の前の小さな公園にいて、すでに使えるようになっていた携帯電話で大災害や社会状況について、オーストラリアの国営ラジオ放送で話していました。

東京を超え、未来を思い描け！

津波が東北の太平洋側に位置する各県の沿岸部を襲ってからちょうど七カ月後の二〇一一年一〇月一一日、ぼくは壊滅的被害を受けた街の一つである、陸前高田市の浜辺に立っていました。陸前高田は、およそ七万本の松林がなぎ倒される中、唯一流されずに残った一本の松のニュースで、世界中にその名が知られるようになりました。

ぼくは、NHKのディレクター、カメラマン、音響係からなる撮影隊と一緒に岩手に来ていました。岩手生まれの作家であり詩人でもある宮沢賢治についての、四部構成の番組を制作するためで、奥州市を起点に、賢治の故郷である花巻市へ向かい、素晴らしく美しい種山《たねやま》ヶ《が》原《はら》の高原から、無残に破壊されたこの沿岸部へ下ってきたのです。

番組のテーマの一つは、満ち足りた幸福な東北、という賢治の夢想でした。三月一一日に起きた悲惨な出来事が、日本の東北地域の多くを人が住めない場所にしてしまったあと、賢治の作品のメッセージである、他人の幸福のための同情的自己犠牲の精神が、災害を生き延び、たくましく生きている人々や、ボランティアの人々によって体現されていることが、日本だけでなく世界の人々を感動させました。賢治の詩「雨ニモマケズ」は、日本のすべての人々を勇気づける声となり、数多くの人々が犠牲になったこの悲劇を、なんとか受け入れて前に進む力を与えています。

岩手県南東部にある山間の町、住田町《すみたちょう》を出たぼくたちのヴァンは山道を下って沿岸部へと向かいましたが、被害の痕《あと》が見えてきたのは陸前高田の五キロほど手前になってからでした。陸前高田の約二万三〇〇〇人の住人のおよそ一〇パーセントが、地震後にこの街を襲った津波の犠牲になりました。まるで小枝のように折れ曲がった鉄道の線路が、街に流れ込む気仙川の上に垂れ下がっていました。街を走るJRの二つの駅に、一三メートルにも達する津波が押し寄せたのです。

竹駒町近辺では、大規模なコンクリート工場の、高さおよそ一二メートルのタンクが大津波によって横転し、川の上流へと流されて、野原の端っこに転がっていました。まるで、場違いな場所に放置された巨大なおもちゃのようでした。電柱が傾いて根っこが地面から出ていたり、津波が海へと戻るときの強い力で、どの電柱も海側へ向かって激しく折れ曲がっていたりしていました。津波に流され、傷つき、錆びついた車が、あちこちに散らばっていました。

住居を失った人のためのプレハブの仮設住宅が至るところに建っています。その当時、陸前高田市には二一四八棟の仮設住宅がありました。街の周辺部では、大勢のボランティアが活動しているのを目にしました。警察官が通りのあちこちに立って交通整理をしています。大阪府警の制服を着た何人かは、七〇〇キロ離れた大阪から、はるばる応援に駆けつけていたのです。

けれども、山を下って市の中心部に入ったぼくが見た光景は、予想をはるかに超える衝撃的なものでした。何もかもなくなっていました。三階建ての大きなスーパーマイヤが倒壊していました。四階建てだった市庁舎が無残に破壊され、最上階の、ガラスが割れて素通しになった窓から垂れ下がるベネチアン・ブラインドが、まるでつぶされた蜘蛛の巣のように見えました。警察署、子どもたちが避難して亡くなったスポーツセンター、黒い土砂に埋もれた大量の本が壁際に山積みになった図書館、瓦礫に混じって車椅子が打ち捨てられた病院、それらの一つひとつが、混沌と、想像を絶する喪失を表していました。あまりにも空っぽで、人の気配はどこにもありません。

そこに日常があったことをうかがわせる物、たとえばレンタルビデオ店の会員証や、ポケットアルバム、小さな青い水鉄砲までが、道路脇の泥に埋もれて散乱していました。流されずに残った数少ない建物の軒下の鳥の巣も、大半が空っぽだった。照りつける太陽の下、ぼくは涙ぐんで海のほうに目をやりました。

津波は、陸前高田の、入り江となった海岸線を越えて押し寄せ、高い波は七階建てのキャピタルホテルの壁に打ちつけました。ここは、広大な松林と美しい海の景観で知られる魅力的な観光地でした。それが今では、「奇跡の一本松」と名づけられた、たった一本の松が残っているだけです。千葉県の北部の二三〇キロにわたる沿岸部でも、全体の三分の二にあたる樹木が流されています。

東北で暮らす何十万人もの人々の暮らしも、津波によって流出してしまいました。カツオの中でも貴重とされる戻りガツオは、主として秋になると東日本沿岸を南下して来るカツオを捕獲したものです。陸前高田からほど近い気仙沼は、戻りガツオの水揚げ量においても、質においても日本一でした。しかし、津波によって破壊されたり流された漁船があまりにも多かったため、気仙沼の漁師の戻りガツオの年間水揚げ量は、一時はかつての約三分の一まで減少しました。これは、津波が原因で、漁師や農民をはじめとする、東北で仕事をする人々が直面することになった苦難のほんの一例です。

東北は半自治区になるべきだ

一八六八年の明治維新から始まる日本の近代を通して、東北の人々は、より南に住む富裕な同国人からずっと見下されてきました。「どんくさい」と「あか抜けない」の二語は、一五〇年に及ぶ日本の発展の歴史において、東北人を説明するためにしばしば用いられてきた侮辱的な形容詞です。この地域で暮らす人の多くが、東京に兵士として男を送り出し、娼婦として女を差し出し、農民は米を供出してきた戦前の東北の役割を、いやというほどよくわかっています。

二〇一一年一〇月に、五日間の日程で岩手を旅してみて、東北の未来は、この地が新たに生まれ変われるかどうかにかかっている、とぼくは確信しました。

東京からの金銭的援助だけに頼って、壊滅的被害を受けた地域を元通りにしても、それは、この忘れ去られた地域を、三月一一日以前の状態に戻すだけのことです。もちろん、辛い生活を強いられている人々の状況の改善は喫緊の課題です。けれども津波による被害の全般的な影響は、国全体で考えるとそれほど大きくはないのです。福島、宮城、岩手の三県が被った実質的損害を合わせても、日本のＧＤＰの四パーセントに過ぎず、これらの県への経済的打撃も、一部の範囲に限られていました。

考えるべきことは、復興を進めるかどうかではなく、日本人が東北にどうなってほしいか、何を体現してほしいかということだったのです。

この旅の最中に一つの合言葉を考えました。LBT＝Look Beyond Tokyo（東京を超えて未来を思い描け）です。それが東北が生き残れる唯一の道です。ぼくは、東北の人々を全面的に応援し、さらにLBJ（つまり、Look Beyond Japan）と声を上げたい。東北は半自治区として生まれ変わり、もう二度と、かつてのように、中央に奉仕することに自分たちの存在意義を見出すべきではありません。

東北は、既存のものとは異なる形のエネルギーを生み出す素晴らしいチャンスに満ちています。それに東北はアジアの中でも最高の景勝地です。中等教育を修了した人向けの第三期の教育機関の拡充によって、中国、韓国、ベトナムをはじめとするアジアや世界各国からより多くの学生を集めることができるでしょう。東北は、自らを、低成長期にある日本ではなく、急成長するアジアの一員だと考えるべきです。東北には素晴らしい人々——実は立ち直りが早く、勤勉で、故郷の自然の美しさを大切にする人々——とアジアのスコットランドになれるほどの文化的魅力があるのです。

賢治に学ぶ日本のターニングポイント

ゆるやかに起伏する草原がそのまま空まで届きそうな、広大な種山ヶ原高原に上って、ぼくは宮沢賢治のことを考えていました。彼はこの独特の景色に着想を得て、六つの作品を書いています。

賢治は生まれ故郷の岩手県にあるこの高原に、文学的インスピレーションやなぐさめ以上のものを見出していました。彼は、東北の人々が自然の力と、それがもつ可能性を認めさえすれば、よりよい暮らしを望めるとわかっていました。賢治が生きている間（一八九六～一九三三年）、東北はずっと忘れ去られた場所でした。岩手県は公然と「日本のチベット」と呼ばれており、この（チベットに失礼な）呼び名は一九八〇年代まで続いていたと記憶しています、岩手は遅れている場所だとみなされ、時代に取り残されていきました。

農学者である賢治と詩人の賢治、そして仏教哲学者の賢治が合わさって、彼は環境にやさしいソーシャルデザインと動物福祉の計画を立てましたが、それは世界中のどの国と比べても、時代を何十年も先取りしたものでした。ぼくたちは彼の作品から、東北を活気づける方法を読み取ることができます。日本の中枢は、これらの重要な問題への認識の点では、西欧の民主主義国家よりはるかに遅れをとっていました。

自然と協調する持続可能な成長を目指す二一世紀モデルの一つとして地域を作り直す自由裁量が、東北に与えられさえすれば、地震、津波、そして地面や海水の放射能汚染という、東北を襲った三つの災害は、東北のターニングポイントとなりえます。これは、岩手県が生んだ世界の詩人、宮沢賢治が、日本のその他の地域や全世界に向けて発信したメッセージです。彼は自然の恵みを破壊するどのような開発計画も採用するべきではなく、人間が他のあらゆる生物より上位に位置するという考えを抱くべきではない、とぼくたちに教えています。

「轢き殺してゆく」――日本人の無責任の原点

司馬遼太郎は、大阪外国語学校（のちの大阪外国語大学、現・大阪大学外国語学部）の蒙古語部の学生だった一九四三年の末に、日本陸軍に入隊しました。当時二〇歳だった彼は、学徒出陣によって大学から仮卒業証明書を受け取り（本物の卒業証書は翌年発行された）、満州に配属されました。当時満州には、日本の傀儡《かいらい》国家である満州国がありました。

四平市の陸軍戦車学校に入学した彼は、戦車隊に入隊しました。その頃早くも文学への嗜好を表し、兵隊仲間と俳句の会も結成しています。戦車《タンク》よりも短歌《タンカ》のほうが得意だったにもかかわらず、現在の中国北東部にある黒竜江省の牡丹江に送られ、戦車隊の小隊長を命ぜられました。後に彼は、自著の中で、当時の司令官にある質問をしたときのことを回想しています。

「敵が上陸してきた場合、戦車を南へと進めねばなりません。しかし道幅が非常に狭いのです。反対側から馬車が来たときはどうすればよろしいでしょうか?」と彼は尋ねました。「上官はしばらく無言で私を見つめていた」と司馬は書いています。「それから質問にこう答えた。『轢《ひ》き殺してゆく』」。

遠い昔の出来事を、今こうして取り上げたのは、それが第二次世界大戦中のこの国の軍隊に浸透していた態度を象徴しているからです。この態度は、現代の日本の政府や企業文化においても、不気味に幅をきかせています。

日本には、その一年を最も的確に言い表す言葉を選ぶ恒例の行事があります。あの二〇一一年以降、ぼくが「流行語大賞」に選び続けているのは、文句なしに「無責任」です。「無責任」は英語で言うとirresponsibilityです。けれども、日本語の無責任は、英語よりもやや強い意味合いを含んでいます。英語ではその単語は「だらしない、正確ではない」というニュアンスをもっています。

二〇一一年三月一一日に東北地方を襲った太平洋沖地震と津波が、複数の原子炉のメルトダウンを引き起こしたにもかかわらず、日本政府は原子力発電継続をまたもや公式の方針として掲げています。一九四五年に第二次世界大戦が終結するまでに行われた日本の侵攻により、何百万人ものアジアの人たちが犠牲になったときも、「事後」に採択された方針は、曖昧《あいまい》で誠意のない謝罪で犠牲者をなだめ、彼らのうちの最後の一人が亡くなるまで待つ、というものでした。これは、福島の原発事故という惨禍の被害者に対する日本政府の対応そのものです。

あの「轢き殺してゆく」態度が再び表れ、それは基本的に、原子力産業に携わる企業の管理職の態度に近いものです。あるいは、轢き殺さないなら追い出す——これは、彼らが福島県の放射能汚染地域の人々に対して、その人たちの快適な暮らしや将来についての適切な配慮もなしに行ったことです。

こんなふうにして、政治家や官僚、企業の管理職は、日本の経済計画におけるイノベーションの停滞と、国土、大気、水質の汚染、そしてその両方が国民の暮らしに与えてきた影響について、彼らが負うべき責任から逃れています。彼らは、指揮管理の誤りと原発事故の本当の原因のもみ消しという二つの大きな過ちについて、きちんとした形での謝罪をしていないし、本当の意味での責任感もいっさい示していません。

彼らが取った解決策は、旧態依然としたやり方に頼り、自分の考えに固執し、古びた武器——彼らが思うままに使える唯一の道具だ——を手に戦い続けること。まさに第二次世界大戦の再現で、戦場がアジア太平洋地域ではなく、東北の休閑地や汚染された地域になっただけのことです。二〇二〇年代に入り、この国がもはや後戻りできない段階に近づこうとしている今、この態度はまさに無責任そのものです。

しかしその後、二〇一七年にもう一つのキーワードが生まれました。それはソンタクです。

組織ぐるみの無責任——忖度

忖度《そんたく》とは「推察」を意味する古い言葉です。しかし最近は、上位の者が明確に指示しなくても、下の者が上位の者を喜ばせるために取る行動や態度を意味する言葉として使われています。ぼくはこれを「先制的へつらい」と呼んでいます。企業や官僚の世界では、またもちろんメディアの世界でも、上司を喜ばせるために真実とは違うことを言ったり、あるいは何も言わないという方法で自分の行動を修正する人々が増え続けています。

言うまでもなく、忖度は日本だけに見られる現象ではありません。いつの時代も、どの国の職場でも行われてきたことです。日本でその行為がより目につくのは、おそらくそれが、「言わぬが花」という日本の文化の重要な一部分だからでしょう。

原発事故の話を戦時中の出来事と結びつけて述べてきたのには理由があります。組織ぐるみの無責任、という戦時中の心的態度が今の日本にまだ生きていて、効力をもち始めているからです。

一九四六年、戦後の最も優れた政治学者の一人である丸山眞男は、雑誌『世界』の五月号に、日本の軍部の心的態度について、何をおいても「組織」を守ろうとするものだった、と書いています。現実の状況についての客観的分析に基づく論理や合理性を組織に求める意見はすべて、組織による決定を守るために退けられた、という意味です。その組織は、軍であれ政府機関であれ同様です。

新たな原発事故など、目の前に大きな災害が起こる可能性があるのに、日本の人々は、組織が作り上げた計画にとって不都合なデータを無視し続けるのです。戦争に負けたときには、犠牲者のことを無視し続け、「大義」のために不屈の精神で耐え抜いた人々を褒め称えるのです。

共産主義イデオロギーの破綻が、旧ソ連の合理的な経済、社会計画の失敗につながり、反共産主義的イデオロギーが、アメリカを東南アジアでの戦争犯罪（謝罪も補償もされていない）へと向かわせたように、企業ぐるみの無責任と偽善的責任回避というイデオロギーが、今の日本の、道徳的、経済的、社会的衰退を運命づけています。

今回ひどい目に遭わせられるのは、アジア太平洋地域の住人ではなく日本の市民たちで、それでも市民たちは、打ちのめされ気力を失っても従順であり続け、白い手袋をはめた次の選挙の候補者たちが目の前に現れるまで、じっと待つしかないのです。

無責任の根本にあるもの——「対岸の火事」でいいのか？

日本が戦争に負けてから何十年も経っているのに、組織ぐるみの無責任というこのマインドセット（心的態度）が根強く残っていることの、根本的理由はいろいろあるでしょう。本来なら、このマインドセットは戦争が終わったあとに跡形もなく葬り去られるべきものだったのだけれど。

無二の親友だった井上ひさしは、この無責任さの問題の根底にあるのは、天皇の戦争責任を問わなかったことだと考えていました。

「当時の命令系統のトップに位置していた天皇が、戦争に負けたことを謝罪し、アジア太平洋地域で日本が行った残虐な戦いの責任を取らないというのなら、一般の日本人が、何かが起きたときにその責任を取らないといけないと考えるはずがないだろう？」とひさしは一九七四年の一二月に、ぼくに言いました。

言い換えれば、アジア諸国を侵略したことはとんでもない失敗だったことは認めてもいい。何十万人もの人々の暮らしを破壊した放射能汚染の責任は、発電所を管理していた個々人ではなく、「日本特有の曖昧な文化」にある、ということを認めてもいい。けれども、これらの罪の最終責任を誰かに無理やり取らせるべきではない。我々はみな、過去の「悲劇」を忘れて、未来に向かって幸せを装いながら踏み出すべきだ——このような考えがこの「無責任」という問題の背後に潜んでいるのです。

問題は、自分が点火したのに無責任にもそこから立ち去ったのなら、その炎の中に戻り、黒焦げになった破片を拾うこと以外に、次の悲惨な火事が起きるのを防ぐ手立てなどどこにもない、ということです。拾い上げられた破片は、根気よく調べられ、検証される必要があります。消防署の専門家が、火事の原因を突き止めるときのように。

ぼくたち市民は、道端に立ち、戦車があらゆるものを踏みつぶして進むのを見守るほかないのでしょうか？　ちょっとした忖度を繰り返し、上の人たちの機嫌を損ねたり、彼らに迷惑をかけたりしないようにずっと黙っているしかないのでしょうか？　はたして人々は、立ち上がり、自分たちに命令を下した人に向かって、国土を荒されたことや多くの命が失われたことへの責任を認めさせられないのでしょうか？

これらの疑問は、日本が引き起こした不幸な出来事のその後だけでなく、他のどの国で起きた惨禍にも当てはまるものです。もしも自分の手で汚した汚染水の「たらい」を他人に――同時代の誰であれ、のちの世代の誰であれ――回し続けるのなら、統率者の導きで別の災難に直面することになったとき、ぼくたちはどうするのでしょう？　自分たちを包み込もうとしていた致命的な炎を、地平線の彼方の懐かしいキャンプファイヤーの輝きと勘違いしていた、とそのとき言えるのでしょうか？

いつ「ストップ！」と叫ぶのか？　なぜいつまでも、リーダーたちの積極果敢なポーズを、まるでそれが高潔で良心的な本物の強さであるかのように信じてしまうのか？　物書きとして、この二つの問いの答えがわかればどんなにいいだろう、といつも思います。

このことについて考えるとき、思い浮かぶ日本のことわざがあります。それは「対岸の火事」です。何かが自分とは関係がない、という場合に使う言葉です。火事が起きているのはいやでも目に入る。でもそれは自分がいる場所の火事ではないから、その原因も結果も気にならない。あるいは、さらにひどい場合は、その火の勢いをあおって、炎が向こう岸の人々を焼き尽くすままにしておくこともできる。そうすることによって、炎が川、または海を飛び越えて、自分たちの岸へ飛び火するのを防いでいるのだ、という独りよがりな妄想に浸りながら。

相互に密接につながりあっている今の世界では、すべての火事は、それが時間的、空間的にどれほど離れた場所のものであっても、自分たちと同じ岸辺の火事です。遠く離れた場所の誰かに災難が降りかかるように仕向ければ、二一世紀の今は、同じ不幸がこれでもかとばかりに自分の身にも降りかかることになります。

現代の世界には、一つの岸しかなく、すべての人がその同じ岸辺で生きているのです。

第五章

賢治の網

愛国主義と日本中心主義を超えていた賢治

一九三三年九月二一日に宮沢賢治が亡くなったとき、賢治は彼の作品の数少ない読者から、子ども向けの物語を自費出版していた無名のファンタジー作家だと思われていました。

一九二四年一二月に、彼の作品の一つから取った『注文の多い料理店』というタイトルの短編集が、盛岡の光原社から出版されました（光原社の風情ある素敵な社屋は、今も盛岡市内の、賢治が考えた想像上の国、イーハトーブにちなんだ名をもつ通りにある。イーハトーブとは、岩手をエスペラント語風に言い表したものだといわれている）。賢治の信念と執着は、当時の周囲の日本人とも、また世界中の人たちとも、これ以上ないほどかけ離れたものでした。

当時の日本は、狂信的な愛国主義と過剰なまでの自己監視の時代でした。一八九五年に日清戦争で勝利を収めた日本は、着々と帝国主義的拡張へと向かっていて、その野望を抑えることはできませんでした。なかでも陸軍は、日本を権力構造の頂点としたアジア諸国にまたがる帝国を作る、という壮大な野心を抱いていました。

賢治が亡くなる一年前の一九三二年三月一日、日本は中国北部に満州国という傀儡国家を正式に樹立し、同じ年の五月一五日には、犬《いぬ》養毅《かいつよし》首相が右翼の過激派活動家と陸・海軍の反動分子たちによって暗殺されました。このとき、暗殺を企てられていたもう一人の人物が、チャールズ・チャップリンでした。チャップリンはその日、犬養首相と一緒に行動するはずでしたが、予定を変更して相撲観戦に出かけて難を逃れたと伝えられています。

首相を殺害した青年将校たちの目的は明らかでした。武官が文官より権力をもっていることを示すためです。そして、武官が文官を抑えて権力を握ったことが、その後の日本のアジア侵攻、そして、日本の日付でいうと、一九四一年一二月八日のアメリカに対する真珠湾攻撃へとはずみをつけたのは、疑いようもないことです。

この妄信的愛国主義と日本中心主義がはびこる時代に、作家であり詩人、自然科学者であり仏教哲学者でもあった宮沢賢治は、「日本」とか「日本人」という言葉がまったくと言っていいほど出てこない作品を書いていました。賢治の強い関心は、我々現代人のそれと同じものに向かっていました。人間が動物や植物、そして無生物と協調的に暮らし、しかも、すべての人々に適切で満足できる暮らしを提供できるだけのエネルギーと生産性を生み出すにはどうすればいいのか、ということです。

「この世のすべての人が幸福にならないかぎり、個人の幸福などない」というのが、彼の座右の銘の一つでした。理想主義的。その通り。到達不可能な目標。確かに。しかし賢治は、生まれ育った岩手の農民のために自分の考えを実践し、精力的に働いて、ついには自らの健康を害してしまうほどでした。賢治は、今でもベジタリアンの数が極めて少ない国で、二一歳からベジタリアンとなりました。彼は、自分の作品の主人公のように、もしもそれで地球のエネルギー問題が解決できるのなら、まっすぐ太陽まで飛んでいき、黒点を盗んで地球に戻ってくる覚悟はできている、と感じていました。

この時代の日本人は、世界の帝国との対決へと高まる決意を胸に足並み揃えて行進していましたが、賢治の歩調は彼らとはまったくずれていました。彼の足が向かっていたのは、現代を生きるぼくたちがためらいながらも向かおうとしている方向と同じです。それは、ぼくたちを支える生物的、無生物的環境を破壊することなく人間が進歩していける世界を探ることなのです。

もしも今、人々がみな密接につながりあっていて、同じ空気を吸い、同じ水を飲み、同じ装置でコミュニケーションを取り、同じ人工衛星に頼っているのなら、どうすればそのつながりを汚染や破壊ではなく、同情や思いやりの道具にしていけるでしょうか？

ぼくはこのとても重要な問いへの答えを、宮沢賢治の作品と長年にわたる日本文化との関わりの中に見つけたのです。

賢治の網

今の世界は、間違いなくインターネットの網に結びつけられて成り立っています。賢治も彼の網をもっていて、それは現代人が使っている網とは比べものにならないほど大きな宇宙的規模の網でした。

短編「インドラの網」（一九二一九年）の中で、賢治はすべてのものは糸で結びつけられているとしています。その糸は人と人だけでなく、生物、無生物を問わずすべてを結び合わせます。宇宙そのものに、相互に依存し合う糸が縦横に張りめぐらされているのです。そのうちの一本が切れれば、それがどの糸であっても、他のすべてのものがその影響を受けます。

網に落ちた露が鏡となって、ぼくたちの姿を映し出します。その姿は、ぼくたちの後ろや横、前にある露に次々と、繰り返し映し出されていきます。目の前にある露の鏡に映った自分の姿を見ることができ、その鏡に映る後ろの露に映る姿も見ることができます。そこには、自分の目の前のものすべてが映っています。露の球面の中に、自分の上や下、左や右のものを見ることができます。

賢治が言うさまざまな糸が織りなす網と露の鏡は、空間だけでなく時間を超えて存在します。露の鏡の中に、人は遠い過去もはるかな未来も見通すことができます。賢治の詩の根底にあるのは、その場所で遠い昔に何が起きたのか、また未来に何が起きそうなのかを知らなければ、その場所を正しく描写することはできない、という考えです。賢治の「今」は、すべての時間、すべての空間を含みます。ぼくが知る限り、彼のような詩人は他にはいません。

盛岡市材木町いーはとーぶアベニューにある賢治像と。

賢治の網の概念は、インドの思想から借りてきたものです。インドラの網は、少なくとも二二〇〇年前に生まれた仏教のメタファーです。賢治はそのメタファーを物語の中で個人の体験として描き、そうすることによって――道徳的指針のように――ぼくたち一人ひとりが進むべき道を指し示しています。賢治は、彼の他の物語のいくつかと同じように、自分自身を見つける苦しい旅に疲れ果てた孤独な旅人のことから「インドラの網」を始めます。

そのとき私は大へんひどく疲れていてたしか風と草穂《くさぼ》との底に倒れていたのだとおもいます。

その秋風の昏倒の中で私は私の錫《すず》いろの影法師にずいぶん馬鹿ていねいな別れの挨拶をやっていました。

そしてただひとり暗いこけももの敷物《カアペット》を踏んでツェラ高原をあるいて行きました。

物語は、インド北部のツェラ高原から見る天空の様子を描写していきます。賢治は禁欲（世俗的欲望を抑制すること）を信条とする修行者になりたいと切望していました。自作の散文や詩の中で、彼はしばしば自身の境遇を身体的、精神的に極度に追い詰め、そうした状況の中で本当の自分を発見し、それについて考察します。

ツェラ高原の湖畔（「天の銀河の一部」と形容されている）にたどり着いたとき、賢治は天人が「一瞬に一〇〇〇キロのスピードで」空をまっすぐに翔けているのを見ました。しかもその天人は少しも動いていなかったのです。それを「少しも動いていない。少しも動かずに移らずに変らずにたしかに一瞬百由旬《ゆじゅん》ずつ翔けている」と賢治は描写します（由旬は古代インドの距離の単位。一由旬は、七マイル〈約一一キロ〉、九マイル〈約一四・五キロ〉など諸説ある）。

そのあと語り手は、自分の外部にあると感じていた目の前の景色が、自分の空想の一部であることに気づきます。「こいつはやっぱりおかしいぞ。天の空間は私の感覚のすぐ隣りに居るらしい」と。

ここで、彼はインドラの網と出会います。

私は空を見ました。いまはすっかり青ぞらに変ったその天頂から四方の青白い天末までいちめんはられたインドラのスペクトル製の網、その繊維は蜘蛛のより細く、その組織は菌糸《きんし》より緻密に、透明清澄で黄金でまた青く幾億互に交錯し光って顫《ふる》えて燃えました。

〈中略〉

却《かえ》って私は草穂と風の中に白く倒れている私のかたちをぼんやり思い出しました。

この物語は、いつでも自分がどこにいるのかはわかるのに、それが自分にとって何を意味するのかはまるでわからない、そんな宇宙についての、精巧に作り上げられた素晴らしい抒情詩的メタファーです。

賢治は、ぼくたちが今ようやく自分たちに問いかけ始めた、そしておそらくその答えがわかり始めた問いを、人々に投げかけていたのです。それは、宇宙におけるぼくたちの居場所はどこなのか？ということです。

人間は一単位にすぎない

彼は間違いなく、自分を一つの「照明」にたとえた唯一の作家であるに違いありません。実際、彼の詩集『春と修羅』の序として掲げられた詩の冒頭でも、彼は自らを電燈の光だとしています。

わたくしといふ現象は
仮定された有機交流電燈の
ひとつの青い照明です
（あらゆる透明な幽霊の複合体）
風景やみんなといつしよに
せはしくせはしく明滅しながら
いかにもたしかにともりつづける
因果交流電燈の
ひとつの青い照明です

（ひかりはたもち　その電燈は失はれ）

賢治の詩の中でも、『春と修羅』の序にあるこの詩が、命についての彼の考え方をおそらく最も的確に表現しています。彼は命にすべてを含めていました。彼は人間の命を、ついでに言えば他のどんな命も、岩や山、川、光、風などと区別しませんでした。彼の詩の「風景やみんなといつしよに」とはそういうことなのです。

賢治の考え方は詩的で、おそらく理解し難いものですが、彼が伝えたいことは明白です。それは、人間は生命という大きな枠組みの中の小さな一単位にすぎず、人間は他のすべてのものの頂点に立っているのではなく、みな同じ平面に立っているのだ、ということです。生命という大きな枠組みのどこか一部を破壊すれば、網を織りなす糸がほつれて千切れ、ぼくたち人間は他のすべてのものとともに落下してしまうのです。

「人類は同じ船に乗り合わせている」

井上ひさしは、賢治が亡くなった翌年に、岩手県と同じ東北地方の山形県に生まれましたが、その井上は『水の手紙』と題する群読のための戯曲を二〇〇三年に発表しました。ぼくは、二〇一〇年九月に開催された国際ペン東京大会での公演のために、その朗読劇を翻訳する機会に恵まれました。残念ながら、ひさしはその年の四月に亡くなっていましたが。この作品を通して、彼は、人類はみな同じ船に乗り合わせているという考え——一蓮托生——を明らかにしました。

ひさしは、賢治のように自然に魅了されたり、人間にとっての自然の重要性を熱心に説いたりはしませんでした。彼は出不精の本の虫で、彼ほど貪欲な読書家をぼくは他に知りません。けれども年をとるに従って、日本の米の生産と、米農家が置かれている苦境に強い関心をもつようになった（この点は賢治と同じ）ことをきっかけに、世界中の人々の生命と暮らしに影響を及ぼす自然環境に目を向けるようになったのです。

『水の手紙』は山形の人々へ宛てたさまざまな手紙を読み上げる、という形式の劇です。地元を流れる最上川の水の運命が、世界の水とつながっている、それを観客に考えさせることを目的としています。

朗読劇の中で登場人物は、水が自分たちの生活にどんな影響を与えているかを記した手紙を読みます。それはこんなふうです。ウズベキスタンで暮らす兄と妹は、アラル海の水が減ってしまったせいで村を出ていかなければならなくなります。アメリカのある老人は、愛するコロラド川が「どろどろの泥地がどこまでも広がり、かぼそい流れがちょろちょろと情けない音を立てているだけ」になったことを嘆きます。

一二歳の中国の少年は、黄河が海に近づくほど水がなくなっていき、おしまいには川そのものが消えてしまう、と言って怖がっている。メキシコシティのある少女の学校は傾いています。市が二〇〇〇万人の市民のために、ポンプで地下水を汲み上げすぎてしまったからです。さらに観客は、インド洋に浮かぶ島々から成る国、モルディブの男性の、海面水位の上昇に怯《おび》える訴えを聞きます。イタリアのヴェネツィアに住む女性は、地盤沈下の研究をしている。チャドで暮らす幼い兄と妹は、バケツ二杯の水を汲むために、一日に二二キロも離れた井戸まで歩いて行かなければなりません。パリの女子高生は、酸性雨が市内の銅像を溶かしてしまったと警鐘を鳴らします。

「日本はいかがですか?」とその女子高生は観客に問いかけます。「やまがたでは銅像が溶けたりしていませんか」と。この群像劇で、ひさしは、日本の人々を世界の人々と結びつけたのです。

「地球が水惑星だということを考えよう」とひさしはこの群像劇に書いています。「水に恵まれた地球……その力によって　わたしたちは生かされている　というよりも　水から生まれたのだから　わたしたちは水そのもの」だと。

江戸時代中期の経世家、林子平《はやししへい》は「隅田川の水はテムズ川に通じる」と著書に記し、日本が鎖国によって世界に扉を閉ざしていた時代に、人々がどこにいても、水が人々を結びつけているということを簡潔に表現しました。井上ひさしと林子平が伝えたかったのはこういうことです。世界中の人々と相互に密接なつながりがあり、自分たちだけが離れるという道はない。『水の手紙』によって、ひさしは彼が愛してやまない作家である宮沢賢治に心から共感することができたのです。

日本には、生まれ育った土地にしっかりと足をつけ、しかしその目は世界を見渡している創造的な人々がたくさんいます。ヘンリック・イプセンの戯曲は、ノルウェーの田舎を舞台とするものが多いにもかかわらず、世界中の人々の気持ちを代弁しています。チェーホフの戯曲の極めてロシア的な登場人物に、ぼくたちは自分を見る気がします。

それと同じように、自分の身の回りの場所や人間を描く日本の芸術家による多くの作品も、普遍的な意味をもっているのです。日本の芸術や文学が見せる露のしずくの映し鏡は、すべての人の目の前にあるのです。

大島渚の考える戦争責任

一九八二年に大島渚監督の助監督として『戦場のメリークリスマス』の製作に関わり、その後も監督と親しくつき合うことができたのは、ぼくにとって無上の喜びでした。監督はよく、「映画共和国」という言い方をしました。まるで映画は一つの独立国で、彼はそこの住人であるかのようでした。大島渚は、日本人特有の高い倫理観と率直で急進的な国際的視野の両方を併せもっていました。

監督と知り合ったのは、一九八一年に行われたオーストラリア映画協会主催の大島渚作品回顧展のために、監督がオーストラリアを訪れたときのことでした。通訳兼ガイドとして、メルボルンからキャンベラ、そしてシドニーへ向かう監督の旅に同行しました。そしてキャンベラからシドニーへ向かう飛行機の中で、監督から『戦場のメリークリスマス』の脚本を手渡されたのです。

大島監督はオーストラリアに愛着を感じていました。というのも、彼の作品がいち早く世界に紹介されたのが、アデレード映画祭だったからです。それは『少年』という題名の映画でした。

大島監督は、子どもの無邪気さと、子ども特有の感性を描き出す優れた才能の持ち主です。その才能は、韓国で撮影したスチル写真を編集して三〇分の作品に仕上げた初期の映画作品、『ユンボギの日記』にも表れています。監督は、兄弟姉妹を食べさせるために働かざるを得なかった、韓国のスラム街で暮らすこの幼い少年を、できれば実際に撮影したかった。しかし、撮影器機を手に大島監督が韓国に向かったとき、日本と韓国の間にはまだ敵意が渦巻いていて、日本の撮影隊が映画を撮影することは許されませんでした。ちょうど一九六五年、日韓国交正常化の年でしたが、韓国では日本の映画や音楽、書籍はすべて禁止されていました（韓国政府が、それらの禁止のいくつかを解き始めたのは、一九九〇年代の終わりになってからだった）。

大島監督は小津安二郎と同じように、少年たちの悲しみに共感を覚えていたのだろうと思います。監督の母親は長生きして、愛情深く献身的に息子を育てたけれど、彼は六歳のときに父親を亡くしているから。監督の父方の親族は、ちょうど韓国と日本の中間に位置する長崎県の対馬出身で、彼の姓は、長崎県の対馬に由来するものなのです。

「『少年』に出てくる当たり屋のような、日本の不愉快な犯罪を映画で描いたことに批判的な日本人も多かった」と大島監督は一九八一年のオーストラリアへの旅の途中でぼくに言いました。「でも、国を愛する気持ちは複雑なものでね。祖国への誇りに胸を張り、自分の国がいかに素晴らしいかを吹聴することだけが国を愛することではない、とぼくは思うんだ」。

大島監督を支え続けた小山明子

しかし大島映画の製作は簡単ではありませんでした。一九六八年の『少年』で、大島は資金を使い果たしていました。当時も今も名の知れた女優である妻の小山明子は、主なロケ地の一つだった四国の呉服店を回り、地元で流れるテレビコマーシャルのモデルをやらせてほしいと頼み込まなければなりませんでした。

一九九六年に大島監督が最初の脳梗塞で倒れた後は、小山は夫のリハビリのためにすべての時間を費やし、自身も介護うつを患いました。ついには病院に入院し、自殺を考えるところまで追い詰められます。それでも、うつの深い暗闇からなんとか抜け出し、二〇一一年に『女として、女優として』という素晴らしい本を出したのです。そこに、次のように書いています。

「一日一日を大切に暮らしたい」

夫・大島渚が、一九九六年に病に倒れてからずっと変わらない私のモットーだ。夫の病気に直面したときに私は、女優の仕事より夫の介護を選んだ。その選択にちゅうちょはなかった。

私は、家族というものはあくまでも夫婦単位だと思っている。だから子どもが小さいころから言い聞かせてきた。

「あなたはママの大事な宝物だけど、ママが一番愛しているのはパパよ」

一九八二年九月、『戦場のメリークリスマス』はクック諸島のラロトンガ島での撮影を終え、ぼくたちが次に向かったニュージーランドのロケ地（デヴィッド・ボウイが演じるジャック・セリアズ少佐の回想シーンなどを、オークランド周辺で撮影した）に、小山明子がやってきました。監督は、自分の感情をはっきりと表す男だったから、妻に会えたことをもちろん大喜びし、ぼくたち四人（大島夫妻とスーザンとぼく）は、さっそくオークランドのすてきなレストランに向かい、一緒に食事をしました。大島監督には、典型的な日本人像とされる遠慮がちなところはまったくありませんでした。

戦争はどこか「よそ」で起きたことではない

『戦場のメリークリスマス』は、アジアを戦場とする日本軍と連合軍の戦いを描いたものではありますが、敵対する者同士の交わりを、ただ憎み合うだけでなく、愛情あるものとして描くこの映画のメッセージは、時空を超えて人々の心に訴えかけるものです。ぼくは、このメッセージを胸に、敵同士の偶然の出会いを描いた自分の映画『ＳＴＡＲ ＳＡＮＤ―星砂物語―』の撮影に臨みました。

一九八五年に、大島監督からこんな話を聞きました。

いつでも、（自分の映画の中で）一番見せたいのは、一人の人間の心の中で何が起きているかということなんだ。日本人には、戦争はどこか「よそ」で起きていることだという感覚がずっとあった。広島や長崎のことさえそうだ。日本の人々は、その二つの都市に原爆が落とされたことは知っているが、だからといってそのことを本当に意識しているとはいえない。人々は自分を騙し騙し生きている。戦後の日本を率いた人々は、戦争とそれによる破壊を招いた張本人だった、というのが真実なのに……。

海外に行くと、『戦場のメリークリスマス』への日本での反響について質問されることがよくある。日本の卑劣さをあらわにしたとして、日本の右翼からの非難が殺到しているはずだ、と彼らは考えているんだ。でも右翼から非難されたことはなかった。まったく。なにしろ、日本の極右の人々は、西欧の極右の人たちとは違って映画など観ないんだもの！

『愛のコリーダ』を撮ったときは、男と女の間に起こりうるあらゆることを描きたいと思った。でもそれだけじゃない。あれは、ある時代背景の中で引き起こされた物語なんだ。あの事件が起きたのは一九三〇年代だが、映画で描いたのは一九七〇年代のことだ。『戦場のメリークリスマス』も一九四〇年代の出来事のはずだが、描きたかったのは一九八〇年代の社会だ。つまり、我々は自分たちの時代のプリズムを通して過去を見ている。ぼくはいわゆる時代劇を作っているわけじゃない。ぼくの映画は現代を描いているんだ。

大島渚は、自分は戦時中に学校や社会から受けた洗脳の被害者であると感じている世代の芸

映画『STAR SAND—星砂物語—』のロケにて、吉岡里帆と。

術家です。与えられた被害の報復として、日本の人々のためにはっきりと映る鏡を用意し、そこに映る彼らの本当の姿を見せることが、自分の使命だと彼は考えていたのです。

ぼくは数年間、大島監督と一緒に一九八七年四月にスタートしたテレビのトークショー「朝まで生テレビ！」にずっと出演しました。彼はテレビ放送でも、その鋭い批評に手心を加えることはなかった。著書でもあらゆるタブーを破り、考えを率直に語りました。それが可能だったのは、おそらく、トークショーが月に一回、最終土曜日の深夜一二時から朝の六時までという、普通の人があまり見ない時間帯に放送されていたからでした。そのトークショーやその他の公の場への出演時はもちろんですが、監督がその比類ない辛辣《しんらつ》かつ率直さと自由な発想を発揮したのは、自身の映画作品においてでした。
「誰もが当時の戦況に怒りを感じていた」、大島監督は、自分と同世代の人々についてぼくにこう言いました。「何が起きているか自分が一番よくわかっている、という気分だった……いつでも監督として前線に立ちたいと思っていた。敵の銃弾の的になるとわかっていても」。

過去の飛び石を調べることが必要だ

自分の人生の無数の出来事について振り返って考えるとき、どうすれば現実と虚構を見分けることができるのでしょう？　ぼくたちは、何もないところから虚構の物語を作り上げるわけではありません。川にはいつでも向こう岸へ渡るための飛び石があって、ただしそのいくつかは大きくて平らで丸く、他のは小さく、でこぼこで、ぐらぐらしている。ぼくたちはそのすべてに足を置き、無事にまっすぐ立っていられるときもあれば、よろけて落ちそうになることもある。

人生という物語の書き手である者がやるべきことは、後ろを振り返り、過去に戻って、飛び石の一つひとつを丹念に調べることです。四つん這《ば》いになり、目と鼻と口を近づけて、自分にとってその石がどんな価値をもつかを鑑定するのです。ある石が、本当は別の石だった、と偽ったり、そこにない石をあると言ったりしてもなんの役にも立ちません。一つの石に、本当の価値よりずっと高い評価を与えることは不誠実なふるまいです。

重要なのは、自分が出会った人の身に起きたことを象徴する石も、自分が現実の生活や芸術の世界で体験したことを象徴する石も、すべて調べることです。すべてをひっくるめたそれらが、これまでの自分と今現在の自分の記録なのです。

大島渚は、過去を振り返って鏡に映る自分を見つめ、現在の自分の姿を自分の目で確かめることの大切さをたっぷり教えてくれました。この誰もがもっている能力によって、ぼくたちは今の自分を、自分の目でしっかり見つめることができるのです。

日本国憲法に男女同権を書き入れた女性

直接会ったことはないけれどぼくの人生に大きな影響を与えたもう一人の人物は、ベアテ・シロタ・ゴードンです。ベアテは日本人ではありませんが、ぼくと同じで、自分の中に日本人がいるのを感じていました。彼女とは、Eメールで長年連絡を取り合ってきました。

まだ上演はしていませんが、ぼくの戯曲に、*The Long Black Line* という作品があります。この作品の一番の特徴は、このタイトルそのものが、遺伝的継承のメタファーであることです。時間をはるかにさかのぼり、空間を超えてぼくたちを祖先と結びつけているこの長くて細い、黒い糸に、ぼくは成人してからずっと過度なほど魅せられてきました。メールのやりとりを通して感じたのは、ベアテ・シロタ・ゴードンは、どこにいようと、ぼくたちの人生に影響を及ぼすこの目に見えない糸のことを、十二分に知っている人だということでした。

今世紀のはじめに、彼女に連絡を取ったとき、ベアテ・シロタの名（旧姓）はすでに日本中に知られていました。ぼくは彼女の著書、『１９４５年のクリスマス』（*The Only Woman in the Room*）を読んだことがあり、ユーチューブで彼女の近年の活躍や講演の様子を熱心に見るようになりました。彼女の日本語の巧《うま》さには感心させられました。子どもの頃に覚えた日本語を明らかに忘れていないのです。

ぼくが彼女に注目した理由は、おそらく他の人とは違っているでしょう。自分の両親に対して無作法で冷淡な扱いをした日本人について、彼女がどう感じているのかを、ぼくは知りたかったのです。ぼく同様、中・東欧にルーツをもつユダヤ系であるという点で、彼女の長く黒い糸がどこへつながっているのか興味があったのです。

ベアテ・シロタは、一九四六年に日本国憲法第二四条の、結婚と家庭生活のあらゆる面において女性の権利を認める条文の草案を作成した女性として知られています。

彼女が日本に来ることになった経緯についての物語は、それよりずっと昔の、彼女の両親の祖先が生まれた土地から始まります。

カームヤネツィ゠ポジーリシクィイは、ウクライナのモルドヴァとの国境地域からほんの少し北寄りの都市で、ポーランド、ウクライナ、ロシア、そしてオスマン・トルコの文化が交差する場所です。彼女の父親であるレオ・シロタはこの地でユダヤ人の家に生まれました（シロタは孤児を意味する言葉で、ユダヤ系の名としては珍しくない）。シロタ一家は一九世紀の末にはウクライナの首都であるキエフに移り住んでいます。レオには兄一人、姉二人と弟がいて、全員が芸術的才能に恵まれていました。

男の兄弟三人は、二〇世紀のはじめにまたたく間にロシア中に広がった反ユダヤ主義を恐れてよその地へ逃れます（一九〇五年のキエフ・ポグロム〈迫害〉は特に残虐なもので、およそ一〇〇人のユダヤ人が殺害された）。ピエールはパリへ、ヴィクトルはワルシャワへ、レオはウィーンへ逃れ、ベアテは一九二三年にそこで生まれました。

ベアテのおじであるピエールとヴィクトルは悲劇的な運命をたどることになります。パリで音楽プロデューサーとして名を上げたピエールは逮捕されてアウシュヴィッツに送還され、一九四四年にそこで非業の死を遂げました。ヴィクトルはワルシャワで優れた指揮者として称賛を集めていましたが、政治活動の嫌疑をかけられて逮捕され、その後の消息はわかっていません。彼の息子イゴールは、ノルマンディ上陸作戦のDデイに参加しましたが、一九四四年の八月二〇日に戦死しました。レオは幸運なほうでした。勾留はされたものの、拷問を受けることも殺されることもなかったのだから。

ドイツ人学校での日々

一九二九年、すでに著名なピアニストであり音楽教師でもあったレオ・シロタは、東京都世田谷区にあった東京音楽学校の教授として招聘され、第二次世界大戦後に頭角を現すことになる数々の音楽家を育てました。ベアテは東京・大森の東京独逸《ドイツ》学園（現・東京横浜独逸学園）に入学、その後アメリカン・スクールに転校して中等教育の最後の二年間を過ごしました。

「（独逸学園には）なんの問題もありませんでした」と彼女からのメールには書かれていました。「（ナチスの幹部であるヨーゼフ・）ゲッベルスが、国外のドイツ人居留地にもナチス党員の教師を派遣して、在外同胞にも第三帝国への忠誠を教え込もうと考えるまでは。私たちは、『ハイル・ヒトラー』と叫ぶことや、ナチスの党歌『ホルスト・ヴェッセル・リート』を歌うことなど、さまざまなことを強いられました。ヒトラー青少年団とドイツ女子同盟が学内に作られました。ユダヤ系である私は参加を認められませんでした。私は徐々に、差別がどういうものなのか理解し始めました」。

戦争は、音楽家、教師というレオ・シロタの日本での輝かしい経歴を中断させました。一九三九年、レオと妻のオーギュスティーヌは、一人娘のベアテをカリフォルニア州オークランドのミルズ・カレッジに留学させます。日本にいなかった彼女は、両親が日本政府から排斥《はいせき》され、長野県の山間部にある軽井沢に強制疎開させられる姿を見ていません。

彼女がなぜあれほど日本語が堪能なのか、ぼくはその理由を知りたいと思いました。「両親は、ロシア語、ドイツ語、フランス語、それに英語を話しました」と彼女はメールで教えてくれました。「家では、両親とロシア語で話すこともありましたが、(たいていは)ドイツ語か英語でした。日本語がうまくなったのは、いつも日本の子どもたちと遊んでいて、日常的に日本語を使っていたからです。日本人の友だちはたくさんいました」。

レオ・シロタは日本人の学生たちから慕われていました。ぼくは、シロタ一家が、上野公園の満開の桜の下や昔の帝国ホテルの前で、あるいは乃木神社近くの自宅で撮影したホームビデオを見たことがあります。そこには、日本文化に同化し、同時に日本文化に多大な貢献をした家族の姿が映っています。

戦争が終わると、ニューヨークで『タイム』誌のリサーチャーとして働いていたベアテは、できるだけ早く日本に帰って、軽井沢で軟禁生活を送っていた両親に会いたいと思いました。日本人以外で、日本語を流暢に話せて読める人間は当時のアメリカでは希少だったため、ベアテは米軍の民間人要員として職を得ます。

日本国憲法草案の作成

一九四五年の冬に日本に戻ったベアテは、家族で暮らした家が爆撃によって焼失しているのを目の当たりにしました。連合国軍の占領下にあった東京で、ベアテは連合国軍最高司令官総司令部（GHQ／SCAP）の通訳の職を得ました。そして、彼女曰《いわ》く「思いがけない幸運」に恵まれ、「たったの一〇日間」で新しい日本国憲法の草案を作成する二五人のアメリカ人の一人に選ばれたのです。

「私はまだ二二歳で、もちろん憲法の草案を作ったことなどありませんでした」と彼女は教えてくれました。「でも、市民権に関する部署で働く唯一の女性だったので、憲法二四条の草案を書く仕事が回ってきたのです」。

SCAPの有力者で、ダグラス・マッカーサー連合国最高司令官が「わが愛すべきファシスト」と呼んでいたチャールズ・ウィロビー少将がベアテに好意的でなかったことは、ここに記録しておくべきでしょう。ウィロビーは、進歩的なものはすべて親共産主義的だとみなしていたのです。

「ウィロビー少将の嫌がらせは、私への個人攻撃だけで、仕事上の嫌がらせはありませんでした」とベアテのメールには書かれていました。「私についての事実無根の話のメモを回し、私の父を中傷したこともあります。今なら情報公開法を使ってそれらのメモを入手することも可能ですが、私は見たくありません。見るのは辛いから」。

彼女は、自身が二四条の起草に重要な役割を果たしたことを、長い間公にしませんでした。一つには、アメリカ政府から二五年間はそのことを口外しないよう求められていたからです。それに加えて、日本の当局が、日本国憲法が占領軍から「与えられた」ものだという事実を公表したがらなかった、という事情もありました。

ベアテの上官で彼女がとても尊敬していたチャールズ・L・ケーディス大佐が、彼女の貢献を公表したことで、ベアテは自分の体験を世間に語る決意をしました。弁護士としてルーズベルト大統領のニューディール政策に力を尽くしたケーディスは、日本の民主化のための憲法の草案作成を任せられ、彼とスタッフはその仕事を目覚ましい速さでやり遂げました。ケーディスはベアテをかわいがっていて、彼女も彼の指導を喜んで受けていたのです。ケーディスは一九九六年の六月に九〇歳で亡くなり、その後ベアテの名は日本中に知れ渡ることになります。彼女が亡くなる一六年前のことでした。

ウィーンから来た少女が見た軍国日本

彼女が子ども時代に日本とどのように関わっていたかを質問してみると、こんな答えが返ってきました。

私はユダヤ的なしつけを受けていません。ウィーンで生まれてから間もなく、私には専任の女性家庭教師がつきました。彼女はカトリック教徒で、私の母に内緒で私を教会へ連れていっていたようです。でもウィーンでのことは何一つ覚えていないのです。ウィーンを離れたのは五歳半のときでしたが、神戸港に着いたときの衝撃があまりにも大きすぎて、ウィーンの記憶をすべてなくしてしまったのです。アジアを見たのはそのときが初めてで、黒い髪と黒い瞳の、自分とはまるで違う肌の色をもつ日本の男性や女性を目の当たりにした私は、あの人たちはみんなきょうだいなの？と母に尋ねました。私の言葉にショックを受けた母は、一生懸命私を日本の社会に溶け込ませようとしました。

私は近所の子どもたちとよく遊び、その子たちの家に行って、日本のゲームを教えてもらったり、友人たちが宿題をしたり、お琴やピアノの練習をしたり、また華道や日本舞踊を習う様子を見ていました。父の話では、私は三カ月で日本語を覚えてしまったようです。でも幼いときの話ですから、それほど驚くべきことではないと思います。五歳半の子どものボキャブラリーは、それほど多くありませんから。

日本人にとって、私は物珍しい存在でした。濃い茶色の天然パーマの髪をショートカットにして、夏には半ズボンをはいていた私は、多くの日本人からよく男の子に間違われ、ピアニストだった父のことを記事にした日本の新聞のいくつかが、私の写真に「レオ・シロタのご子息、ベアテさん」と注釈をつけて掲載したこともあります。私は日本の暮らしを満喫していました。日本人は子ども好きで、とても親切でした。みんな、子どものためならできることはなんでもしてやろう、という気持ちをもっていました。

戦争については、もちろんいろいろな葛藤があります。でも、乃木坂で暮らしていた私は日本兵のことも知っていました……戦死した戦友の遺骨を入れた木箱を抱えて列をなして歩いてくる兵士たちも見ました。女性たちが無事を祈る千人針を作って、戦地へ向かう兵士たちに手渡すのも見ていました。日本の軍隊には厳しい規律があって、上官の命令には絶対服従だということも知っていました。兵士の多くは、地方出身の高い教育を受けていない人々でした。

私は、ドイツ兵に対しては違った感情をもっていました。彼らは、私の考えでは、より見識のある、世知にたけた人たちだったはずで、上官の命じた軍事作戦に対して分別をもって反対を唱えるべきだったのです。もちろん、私はアメリカが日本に勝つことを願っていました。けれども日本の普通の兵士たちには同情も感じていました。

軽井沢に疎開していた父が、私に会うために東京に出てきました。父は痩せて栄養失調気味に見え、顔にはたくさんの皺《しわ》が刻まれていました。母は重度の栄養失調でむくみが出て療養中で、東京に来ることができませんでした。そこで、私が父と一緒に軽井沢に行きました。私たちは、涙ながらのうれしい再会を果たしました。強制疎開中に辛い目に遭った両親は、それ以上日本に滞在することを望みませんでした。文部大臣からの直々《じきじき》の懇願があったにもかかわらず！

一方で彼女の両親は、戦時中、元の教え子たちから、とても親切にしてもらったと言っていました。教え子たちは、憲兵から禁じられていた行為だったにもかかわらず、食料や日用品をたびたび夜間に届けてくれたのです。

一九九五年に、彼女の著書『１９４５年のクリスマス』が出版されたあと、ベアテはたびたび日本を訪れ、学生や女性団体を対象とした講演を行いました。

「日本の女性たちは、とてもよくがんばってきました」とベアテからのメールにありました。「女性は法曹界にも進出しています。国会議員や地方議会の議員に選出されている女性も大勢います。女性たちは心から平和を願っていて、平和のために闘う心の準備ができています。彼女らは強く、あきらめずに努力し続けています……戦争が終わってからまだ六〇年しか経っていないのに、日本の女性がここまで来たことに驚いています」。

二〇一二年に八九歳でこの世を去ったベアテ・シロタ・ゴードンが、目に見えないいわゆる「居住区」とでも呼ぶべき場所に人々を閉じ込めてしまう、国籍や民族性による制約に屈することなく、自分の人生を生きた人物であることは間違いありません。

本物の銀河鉄道

芸術作品に心を揺さぶられたとき——詩を読んで、絵画を観て、音楽を聴いて、見事な建築物を目の当たりにして——英語では、「脈が飛ぶ」（our heart skips a beat）という言い方をします。もちろん心臓の鼓動が本当に飛んでしまうのはごめんです。不整脈は単なる比喩的表現です。むしろ、感動したときにぼくたちが体験するのは、日本語で言うところの「間」、つまり時間が止まる感覚です。この、「我を忘れる」停止した時間を身体的な現象として捉えているのです。

この「間」は、すべてのアーティストが、観る人や聴く人の感覚の中になんとかして創り出したいと願うものであり、料理をしている人なら、匂いを感じさせ、味わわせたいと……布を織っている場合は、肌触りを伝え、見せたいと思うものです。この気づかせ、感じさせ、手で触れさせる「間」が長いほど、芸術のもつ力が大きいということです。芸術家の最大の野望は、いつまでも続く「間」を生み出して、鑑賞する人が我を忘れてしまうほどその作品の世界に埋没させることです。

日本のアーティストは、特にこの「間」を創り出すのが上手です。茶道の儀式は、心臓の鼓動を飛ばしてしまう、というより、鼓動をゆっくりと安定させます。ゆったりした特徴的な動きと抒情詩的な台詞回しで知られる能は、「間」の中にさらに「間」を作ることによって、時間そのものを再定義しています。また伝統的な日本料理は、少量の料理を順番に出し、実際に食べる前に目と鼻で味わい、楽しませることによって、従来とは別の食事のリズムを作り上げます。日本の芸術はどれをとっても、「どうぞごゆっくり！」と言っているようです。

俳句や短歌の詩的表現を用いて、短い言葉で——俳句は一七文字、短歌は三一文字——人間社会を言い表す表現法は、短い時間（間）の中でいかに長く生きるかを示す、いかにも日本らしい方法です。この一見矛盾するような表現方法を心から理解できたのは、二〇一四年の四月に、当時二七歳だった娘のソフィーとともに岩手県を訪れ、ＳＬ銀河の旅をしたときでした。

ＳＬ銀河は、宮沢賢治の世界を再現する四両編成の蒸気機関車です。銀河とは、ぼくたち地球にとっての銀河、「天の川」のことです。この列車は、宮沢賢治の名作『銀河鉄道の夜』をテーマとするもので、一九二〇年代の作品であるこの小説は、日本では「天の川」、英語ではMilky Wayと呼ばれる夜空にかかる白い帯に沿って天空を走る列車について書かれたものです。

ぼくはＪＲから列車内の「賢治らしさ」のプロデュースを任されました。車両全体のデザインは、山形県出身の優れたデザイナー、奥山清行氏が担当しました。ぼくは、賢治のプロフィールと、現代を生きる者にとっての賢治の重要性についての解説を書き、彼の世界観を象徴する小説と詩の引用箇所を選定しました。賢治の世界観とは、我々人間は、自然界のどのような創造物にも勝るものではなく、森羅万象すべてのものと対等の、取るに足らない存在であるということです。

賢治の故郷である花巻と東北の太平洋沿岸にある釜石間の距離は、ほんの九〇キロほどです。その区間を、釜石線の列車は、普段は一〇〇分前後で結んでいます。ところがＳＬ銀河は、同じ距離を約四時間かけて走るのです。五〇〇キロ以上離れた東京から花巻まで、新幹線でおよそ二時間半でやってきたぼくとソフィーは、その五分の一にも満たない距離を、ほぼ二時間も長い時間をかけて旅しようとしていたのです。ＳＬ銀河の窓から見える景色は、ゆっくりと後方へ流れていき、ときには賢治の物語に登場する天使たちのように、じっと止まって見えました。娘とぼくは、空間の隙間をうまく通り抜け、『インドラの網』そのものを旅しているかのようでした。

誇張でもなんでもなく、ソフィーとのこのSL銀河の旅は、人生で最も感動的な出来事の一つでした(ソフィーは、他の三人の子どもたち同様、小さいときから賢治の作品を愛読しています)。ぼくたちは、四時間のこの長い「間」を共に過ごしました。スピード重視の今の世の中、高速大容量回線に逆行するようなものが存在する余地があるべきなのです。そこで本当の自分を見つけ出し、心臓の鼓動の合間にある、長い「間」の中で自分を見つめることができるのだから。

またSL銀河は、運行されている列車としては、世界で初めての光学式プラネタリウムを完備するものです。およそ一〇分の天体ショーが、乗客を、天空の川に沿って、(賢治の言葉を借りれば)「どこまでも」連れていきます。列車がまるで地上と天上の両方を同時に走っているかのように。

啄木との裸のつき合い

ぼくの日本での生活は、ある瞬間と別の瞬間をつなぐ、こうしたいくつかの長い「間」で成り立っていました。

二〇一四年の一〇月、ぼくは何度も訪れていた岩手に出かけ、石川啄木が子ども時代を過ごした渋民村を初めて訪ねました。啄木が通った小学校は、教室も一八九〇年代に彼が通っていた当時の雰囲気を残したまま保存されていました。この旅をきっかけに、ぼくは啄木の短歌の翻訳を、日本語と英語を併記する形の本にまとめることを考えはじめました。

　作家の気持ちを深く知るための最善の方法は、その人の作品を翻訳することだとずっと考えてきました。言うまでもなく、そのためには翻訳できるだけの語学力が必要なので、それほど多くの外国語に習熟しているわけではないぼくたちにできることは限られていますが。誰かの作品を翻訳するということは、原作者と一緒に風呂に入り、いわゆる裸のつき合いをするようなものです。幸運なことにぼくは、その熱い風呂に、日本人だのロシア人だのポーランド人といったたくさんの作家や劇作家や詩人と一緒に入ることができました。

　けれども、啄木はそれをまるで拒否したかのようでした。風呂場の入り口にかかっている暖《の》簾《れん》を一緒に分けて入ることさえできなかったのですから、同じ風呂に浸かることなど論外でした。

　啄木の短歌には、あまりにも多くの情報やニュアンス、そして情緒的なメッセージが込められていて、それを英語で正しく伝えることは不可能だと感じたのです。過去の啄木の短歌の英訳は、内容を原文通りに伝えるという意味ではおおむね正しいのですが、英語で読むと不明瞭かつ抽象的で、見せかけの無味乾燥な「東洋風」だと感じられます。過去の英訳はしばしば主語や動詞を省略しています。すると詩は、漠然としたものになる。これは、原作の象徴的な芳香を醸し出すための工夫でしょう。

でもぼくに言わせると、そういうやり方は原作の本質的な意味を読み誤ったものです。確かに、原作は暗示的で想像力をかきたてます。けれども、翻訳においては、その本質的な意味を明確に表すことによってこそ、その暗示的な効果を高めることができるのです。矛盾しているように聞こえるかもしれませんが、漠然とした暗示的な特性を伝えるためには、明確で具体的な表現が必要なのです。余韻が心に伝わるのは、その詩を頭で理解してからです。

よい翻訳とは、何よりもまずわかりやすくあるべきです。翻訳を読んだ人の心を、原作を読んだときと同じように揺さぶり、同じくらい深い感動を与えるものでなくてはならないのです。どのような効果を狙うにせよ、英訳は完璧に意味が通じるものでなくてはならない。

啄木の短歌には、とても具体的なメッセージが込められています。なんといっても、彼は職業的ジャーナリストであり、鋭敏な時代の記録者だったのです。啄木の短歌が素晴らしいのは、完璧にカットされたその切り口から幾筋もの輝かしい光を放つダイヤモンドのような透明感があるところです。言うまでもなく、これは啄木の短歌につかみどころのない曖昧さや、暗示的魅力があまりない、という意味ではありません。彼の歌は、言語的にも、情緒的にも、陰影に富んだ意味を含んでいます。翻訳は、一見矛盾しているように思える彼の短歌の二つの特性、つまり具体性と暗示性を余すところなく表現しなくてはならないのです。

岩手公園での啓示

ぼくがそれを表現する方法を思いついたのは、またもやあの不思議な「間」のおかげで、それはほとんど啓示と呼んでもいいものでした。

盛岡市にある不来方《こずかた》城（盛岡城の別名）の跡地にある岩手公園の木々はすでに紅葉していました。その日はよく晴れて空は澄み渡り、そのせいか、木々の枝を飾る黄色やオレンジ、そして変化を頑固に拒む緑の葉の色がひときわ鮮やかに見えました。その中の一本の木のそばに、啄木の歌を刻んだ歌碑が立っていました。

歌碑が立っていたその場所は、啄木にとって大きな意味をもっていました。一九〇一年当時、啄木は一五歳で、盛岡中学校に通っていました（その一〇年後に、宮沢賢治が同じ中学に入学している。近代日本の二人の偉大な詩人が、同じ岩手県の五〇キロほどしか離れていない場所で一〇年違いで生まれたのだ）。

反抗的な少年時代を過ごし、喧嘩《けんか》っ早く論争好きな大人となった啄木は、ある時教室の窓から授業を抜け出し、岩手公園まで歩いていって、木陰に座っていた、といわれています。歌碑の隣に立つ木は、啄木がその下に座っていたとされる木の「子孫」にあたります。

そしてその、二〇一四年一〇月のよく晴れた日、ぼくもまたその木の下に座っていました。歌碑には、啄木がその場所で着想を得て詠んだ歌が、啄木の生涯にわたる友人であった、言語学者の金田一京助の書によって刻まれていました。もしかすると、かつて啄木にインスピレーションを与えた何かが、一一三年後のその場所にも漂っていたのかもしれません。

そして、ひらめいたのです！　悟りが、霊的な目覚め、啓発、突然の理解、天啓……顕現が訪れたのです。短歌を三行の英語で表すことができれば、啄木の歌を英訳することは可能だ、とぼくは思いつきました。文法的に正しい一文か二文にまとめてタイトルをつければいい、と確信しました。

このタイトル付けは翻訳者の窮余の一策で、読者の歌への興味を引きつけ、同時にその短歌についての情報をこっそり知らせるための奥の手でした。

啄木の和歌を訳すという至福

ぼくは、歌碑に刻まれた啄木の歌をその場ですぐ英訳し、岩手のホテルの部屋でも、東京へ戻ってからも、彼の短歌を次々と訳していきました。ちょうど、人生で初めて東京の帝国ホテルのスイートルームに四日連続で宿泊する機会を手に入れたところでした。それは、三〇〇人近い人々のために講演をしてくれないかと依頼してきた日本の大手企業、日立が手配してくれたものでした。スイートルームの窓際には大きな机が置かれていました。ぼくはその机に四時間ぶっ続けで座って、翻訳をしました。あれはとても幸福な時間だった。

そんなある日、スイートルームの階の廊下で、着物を着た一人のホテルスタッフの女性とすれ違いました。

「お客様、啄木の短歌を読んでいらっしゃいましたね」と女性が声をかけてきました。

「そうです。啄木はお好きですか？」

「ええ、大好きです！　心に訴えかけてくるものがありますから」

女性の言葉は啄木の人気を証明するものでした。社会主義に傾倒しながら、二六歳の若さで肺結核で亡くなった啄木は、日本文学界における永遠の若き反逆者なのです。

ぼくは、担当編集者の一人である河出書房新社の阿部晴政さんに連絡を取りました。彼は、ぼくが以前、古い友人で作家の四《よ》方《も》田《た》犬《いぬ》彦《ひこ》との共著として、二一世紀におけるユダヤ人であることの意味について書いた著書の編集者でした（四方田はユダヤ哲学と中東の地政学を担当し、ぼくはヨーロッパやアメリカの文化にユダヤ人がどのように貢献したかを書いた。ぼくたちの共著『こんにちは、ユダヤ人です』は二〇一四年の一〇月に出版された）。

ぼくは、啄木の短歌の英訳を日本語の原文と併記し、それぞれの歌について、啄木の人生や、彼が生きた時代や心理についての余談を交えて解説する本を作ってはどうかと提案しました。阿部さんはその案にその場でよい反応を示し、本は、ぼくが岩手公園にある木の下で悟りを得てから半年後の、二〇一五年の四月に『英語で読む啄木：自己の幻想』（河出書房新社）として日の目を見ることとなりました。

一九〇一年に啄木がその木の下で詠んだ短歌とは、次のようなものです……。

In the ruins of Kozukata Castle
I dozed off in the weeds
As the sky seized
My fifteen-year-old heart.

不来方のお城の草に寝ころびて

空に吸はれし
一五の心

啄木の原作の最後の行の日本語は、とてもシンプルで、しかし流れるように美しい。啄木のこの歌について、彼がかつて座った場所に腰を下ろして考えているうちに、ぼくは、その言葉のない長い「間」の中で、一世紀以上前のその日と同じような日に、一五歳の啄木がどんなことを考えていたかを感じ取ることができたのかもしれません。

国家統一のために文化と自由を捨てた日本

啄木が大いに関心をもっていた社会——つまり明治の日本社会——は、絶え間のない政治的変化の真っ只中にありました。この時代を象徴するキーワードは「論争」です。知識階級や社会に関心をもつ人々は、全国的に高まった議論に積極的に関わり、あらゆる形の文化——文学、演劇、グラフィックアート、ジャーナリズム——を通して、将来の日本社会がどのようなものであるべきかを表現しました。

本質的には、この論争は日本だけでなく、多くの国で今現在も続いています。それは、社会は、真に価値のあるさまざまなアイデアを受け入れ、すべての階層の人々がよりよい暮らしを手に入れられる流動的なものであるべきか？　それとも、国家は自らを「より強靭に」し、他国との交戦において勝利を勝ち取るために、民族的、イデオロギー的、あるいは宗教的な一つの思想のもとに統一された思考や行動をもつべきなのか?ということです。

誰もが知っているように、日本は後者のシナリオを選び、明治後期から大正にかけての、素晴らしい多様な文化はドブに捨てられ、泥と血で汚れた厚底の軍靴に踏みつけられました。もしも日本の人々が、前者の開放型の発展と表現の自由を追求する道を選んでいたら、日本は間違いなく、あらゆる種類の文化や表現において、ずっと世界を驚嘆させ続けてきたことでしょう。

もちろん、大々的に掲げられた国家統一の栄光のために自由を捨ててしまったのは日本だけではありません。ドイツは、大勢の創造的でリベラルな人々を、彼らが国外移住を選んだせいで失いました。ドイツは多くの有能な科学者も失い、そのうちの何人かはアメリカへ渡って原子爆弾の開発に関わりました。ロシアは——主として粛清することによって——近代まれに見る偉大な作家や文化人を失っています。

啄木が、熱意をもって日本社会を変えようとしていた人々への共感を、文筆活動を通して表現していたのは明らかです。しかし残念ながら啄木は、自分にはどのような活動であれ、それに本気で取り組む決意に欠けている、と感じていました。「決意」というのは適切な言葉ではないかもしれない。おそらく彼はどこの国にでもいる多くの人と同じだったというだけのことでしょう。改革家の言葉には共感するけれど、日々の暮らしに追われて、自分のことで精一杯だったのです。

ああ、啄木の「受け身的積極性」ともいえる気質とそっくり同じものを、ぼくももっているのかもしれません。けれども啄木はまた、流砂に足を取られ、それ以上沈むことはないけれど抜け出すこともできない状態にありました。彼は自分の髪を引っ張れば、それが自分をその流砂から救い出してくれることを期待したのでしょう。しかしそれは苦しみと怒りを募らせるだけで、事態は何も変わらず、なんとか「沈まないように」もがき続けるしかなかった。

啄木は、虐げられた人々に共感を示しました。自分もその一人だと感じていたからです。啄木の思考や行動を記録した、ローマ字で書かれた『ローマ字日記』には、なんとしても金が欲しいという心情が綴られています。妻と娘と母親を養わなければならない彼にとって、人生は常に生きるための闘いだった。啄木は、寺の住職だった父が存命中の、ずっと気楽だった子ども時代を懐かしむこともありました。子ども時代の幸福な記憶が、逆に貧しさに対する彼の絶望感を募らせた、ということもあるかもしれません。

持てる者と持たざる者の格差が、ここ五〇年の間に大きくなっている日本において、啄木のこの苦闘は、より多くの人々の現実となっています。啄木を苦しめた職の保障のなさ、どこであれ、仕事があるところへ移動しなくてはならない境遇、「みんなと違う」、あるいは、不公平に対する抗議の声を上げたことを理由に職を失いかねない、という不安、自由に対する規制の兆し、政府によって「過激」だとみなされた人に対する弾圧など……これらの啄木の時代の状況は、現代の日本でもあまりにもおなじみのものです。だからこそ、ぼくたちは啄木を同時代の人間だと感じます。

啄木は、自分自身は活動に参加できないと思っていたかもしれませんが、短歌を通して論争に加わり、表現の自由を守ることや対話と議論、そしてすべての人の権利を公の場で主張する重要性を大いに示したのです。

啄木に影響を与えた二つの事件

啄木の生涯において、彼に大きな影響を与えた二つの重要な歴史的出来事があります。一つ目は、栃木県の足尾銅山から排出された有害な物質が河川に流出し、川下の農作物を汚染している問題について、田中正造が明治天皇に嘆願書を手渡そうとした事件です。このとき(一九〇一年一二月)、啄木はまだ一五歳でしたが、この出来事に深い感銘を受けて、

夕川に　葦は枯れたり　血にまどふ　民の叫びの　など悲しきや

という短歌を詠みました。

田中正造は、環境保護活動の草分けの一人であり、人間による汚染から自然を守ることの重要性を示す明確な基準を作った偉大な社会運動家でもあり、また、栃木新聞(現在の下野新聞)の編集長として、ジョン・スチュアート・ミルやジェレミー・ベンサムの著作を世間に知らしめ、世論を動かした進歩的な知識人でもあります。彼は一八九〇年に国会議員に選出されましたが、当時は理想家とみなされていた彼のような人物が既成の政治体制に迎え入れられたことは、当時の民主主義がそれだけ成熟していたことを示しています。

ぼくは、二〇一三年に、日本の国会議員だった山本太郎が、天皇陛下に脱原発に関する手紙を手渡すという出来事が起きたときに、この一九〇一年の天皇への嘆願書のことを思い出しました。ちょうど田中正造が亡くなってから一世紀後のことで、山本が慣例を無視したとしてメディアによる中傷の嵐にさらされるのを見て、落胆しました。一〇〇年経ってもほとんど何も変わっていない。見方によっては、明治の日本のほうが、今の日本より意見の相違に寛容だったとさえ言えるかもしれない。

かつて田中正造は、「真の文明は、山を荒らさず、川を荒らさず、村を破らず、人を殺さざるべし」と述べました。これはまさに、現代にも当てはまることです。

啄木や彼と同時代の人々を直接的に、深く巻き込んでいた問題が、今日のぼくたちを悩ませている問題となんら変わらないことを証明する明治時代の言葉があるとすれば、田中正造のこの言葉がまさにそうです。活発な議論が、さまざまなメディアや芸術、社会的交流を介して一般大衆に伝わることがない社会は、凋落《ちょうらく》の一途をたどることになります。かつての日本が、田中の金言から読み取れる知恵に耳を傾けてさえいれば。現代の世界のすべての国も、同じようにしてさえいれば！

啄木により大きな影響を与えたもう一つの事件は、社会主義作家で翻訳家、ジャーナリストでもあった幸徳秋水《こうとくしゅうすい》が、反逆罪のかどで逮捕され、他の逮捕者たちとともに、一九一一年一月二四日に処刑された事件です。この日は、日本の民主主義の衰退の始まりの日とみなされるべきで、このあと日本は暗い螺旋《らせん》階段を滑り落ち、最後には一九四五年八月一五日の敗戦の日を迎えることになります。

幸徳秋水が抱いた大義とその運命は、啄木に多大な影響を与えました。それは一つには、一九〇一年に田中正造の大義を知ったときよりも、啄木自身が年齢を重ねていたからでもあります。また、幸徳秋水とは違って、田中は処刑されることなく、文筆活動の継続を許されていたということもあります。

幸徳秋水と啄木は、ロシアの科学者で哲学者、そして無政府主義者でもあるピョトル・クロポトキンの著作に魅せられていました。幸徳秋水同様、啄木もクロポトキンの作品を英語で読んでいました。秋水の処刑から半年もたたない一九一一年の六月一五日、啄木は、日本に活動家が不足していることを嘆く長い詩「はてしなき議論の後」を書いています。

歌に込めた抗議の思い

しかし、活動家詩人という理想は、啄木にとっては性格的に、また状況的にも果たせないものでした。啄木は、自身は積極的な抗議者になれないとわかっていて、不甲斐《ふがい》ない自分について良心の呵責《かしゃく》を感じていました。たとえそうであっても、啄木の誠実な心は彼の作品にはっきりと表れています。作品の中で、啄木は自身が行動できないことを認め、それでも書くことを通して革新的な人々を支援し続けようとしています。

教師やジャーナリストとしての職があれば、啄木は東京、小樽、函館、札幌、釧路などへ転々と移り住みました。けれども、人並みの給料がもらえる長期の仕事に就くことはできず、啄木と家族は、非常につつましい暮らしを余儀なくされました。たまに、出版社からまとまった一時金を受け取ることもありましたが、長くはもちませんでした。一九一〇年の一〇月には息子が誕生します。息子が生まれたその日に、短歌集『一握の砂』の印税として出版社から啄木に二〇円が支払われました。しかし、赤ん坊はその月の二七日に亡くなってしまい、印税は幼子の葬式代となってしまいます。

自身の短気な性格が問題を引き起こすこともよくありました。小樽日報に勤めていた一九〇七年には、社主ともめ事になり、社主が啄木を殴ってしまう事態に。経済的に困窮していたにもかかわらず、啄木はすぐに新聞社を辞めました。

啄木の人生と作品から学べる素晴らしい教訓とは次のようなことです。社会は、創造的な人々が満足して、自由に活動できる場所を作らなくてはならない。そうしなければ社会は衰退し、繁栄への道は途絶える。

啄木の最も有名な短歌の一つは「Labor（労働）」とぼくがタイトルをつけたものです。この歌からは、啄木の苦闘と、それが彼の精神に及ぼした影響を読み取ることができます。

However long I work
Life remains a trial.
I just stare into my palms.
はたらけど

はたらけど猶《なほ》わが生活《くらし》楽にならざり
ぢっと手を見る

もう一つは「Revolution（革命）」です。

Nothing seems to disconcert my wife and friends
More than my going on about revolution
Even when struck down by illness.
友も妻もかなしと思ふらし——
病《や》みても猶《なほ》、
革命のこと口に絶たねば。

啄木は、その短い生涯の間にあちこちへ移動し、北海道や東京の各地で暮らし、働きました。賢治同様、啄木も大の列車好きで、列車となると時間を忘れてしまうのも同じでした。二人とも、それぞれのやり方で活動家でしたが、人生が投げかける問いに対する答えはまるで違っています。賢治の答えは霊的なもので、啄木の答えは政治的なものでした。

米原万里——心臓の剛毛

井上ひさしとの親交を通して、米原万里という非凡な女性と出会うことができました。万里はひさしの二番目の妻、ユリの姉にあたります。

万里とぼくにはとても共通点が多かった。まず第一に、ロシアとの関わりです。万里はロシア語が堪能で、ボリス・エリツィン大統領をはじめとする、日本を訪れた要人の通訳をよく担当していました。

万里はロシア語の達人であると同時に、受賞歴のあるエッセイストでもありました。『心臓に毛が生えている理由《わけ》』は、彼女が角川書店から刊行した著書の、非常に興味をそそられるタイトルです。

この、およそ七〇編の短いエッセイを集めた一冊にはさまざまな話が出てきますが、その多くは海外で育った子ども時代の体験と、のちに同時通訳者として働いた体験をもとにしたものです。一風変わったタイトルともなっている同名のエッセイでは、同時通訳をする際の言い回しの微妙な違いに言及し、通訳者にとって、限られた時間の中で適切な言葉を選ぶのがいかに難しいかを語っています。そして「同時通訳者の心臓が剛毛に覆われているといわれるのはそのせいだろう」と彼女は書いています。

エッセイの中で、万里は自分たち姉妹の、慣例に従わない両親のことをたびたび取り上げています。小さい頃に、誰のお父さんが一番すごいかについて友だちと自慢合戦になったときのことが書かれていて、万里は、お父さんは「キョウサントーなんだから」すごいんだと言い張ったらしい。

「何だ、キョウサントーって？」と相手が言い返すと、万里は勝ち誇ったように「知らないのか、ジミントウの反対だよ」と答えます。

万里も友だちの女の子も、「トウ」がどういうものかまったくわかりませんでしたが、子どもだった万里も、とても恰幅のいい自分の父が一六年間「地下に」潜っていたことは知っていました。問題は、あんなに大きな人が、それほど長い間どうやって地下に潜っていられたのかわからないことでした。「窮屈だったろうなあ」と思った、と彼女は当時を振り返って言っています。

オホーツクでの出来事

この万里のエッセイ集の中でも特に気に入っているのは「神聖なる職域」と題するエッセイです。ロシア極東のオホーツクという町での出来事が語られています。万里は町の郵便局に、絵葉書を出すための切手を買いに行きます。郵便局には切手と書かれた窓口と速達郵便の窓口でした。切手の窓口には職員がいなかったけれど、万里はそこに並んで待っていました。すると、速達郵便窓口の職員が怒鳴ります。

「そこにいつまで立ってても無駄よ。この人は病欠なの」

「それじゃ、代わりに切手を売ってくださいませんか」

「あなた、何てことをおっしゃるの」

職員は呆《あき》れかえった顔をして、こちらをにらみつける。

「そんなこと、できるはずないでしょ！　わたしには、この人の職域を侵す権利はないのよ」。

郵便局内を見回すと、ヒマを持て余し気味の職員がアチコチで、おしゃべりしたり、チェスを打ったりしている。町では、ここが唯一の郵便局だったから、結局、オホーツク町から葉書を投函《とうかん》することは諦《あきら》めざるを得なかった。


一九六五年に、レニングラードでコンドームを買ったときに同じことが起きていたなら、ぼくの人生は永遠に変わっていたかもしれません。

日本での中等教育を終えると、万里は東京外国語大学ロシア語学科に入学、その後東京大学大学院でロシア文学の修士号を取得しました。彼女のロシア語は、話すのも書くのも素晴らしかった。義理の弟にあたる井上ひさしの広島を舞台とする戯曲、『父と暮せば』をロシア語に翻訳もしています（これもまた彼女との共通点の一つだ。ぼくは同じ戯曲を*The Face of Jizo*というタイトルで英訳した）。

万里の才能はそれだけにとどまりませんでした。洞察にあふれた素晴らしいノンフィクション作品を執筆し、読売文学賞や講談社エッセイ賞、また威信ある大宅壮一ノンフィクション賞、そしてBunkamuraドゥマゴ文学賞など、さまざまな賞を受賞しています。

妹のユリがひさしと結婚すると、万里は鎌倉にある妹夫妻の家の近くに引っ越します。しかし、作家としても通訳者としても絶頂期にあったときに、卵巣がんと診断されてしまう。数カ月間の苦しい闘病の末、二〇〇六年五月に、万里は五六歳で生涯を閉じました。

ぼくが死の二年前に彼女と話したときは、彼女はまだ元気でした。ぼくはそのとき、講演のために八重山諸島の石垣島を訪れていて、スポンサーである石垣市から、翌年の講演者を誰か推薦してもらえないかと尋ねられました。すぐに米原万里を推薦したところ、石垣市も大喜び。ぼくはその場で万里に電話をかけました。

「万里？　ロジャーです。沖縄の石垣島に行ったことはありますか？」

「いいえ、ないわ」と万里は答えました。

「ああ、だったら、行きませんか？」

彼女は黙ったままです。

「そうね、うん、ご親切はうれしいけれど、でも、私……」

「いや、違う。ぼくと一緒にじゃありませんよ！」

事情を説明すると、万里は親切にも講演を引き受けてくれました。彼女が卵巣がんと診断されたのは、彼女が石垣島を訪れてからそれほど経っていない頃でした。結局ぼくは、石垣島を気に入ったかどうかを彼女に尋ねる機会を逸してしまい、もっと言えば、今でも知りたいと思っている多くのこと——一九六〇年代のプラハでの暮らしがどんなふうだったか、日本人が普通に考える外国に当てはまらない国から戻ってきた帰国子女というのは、どんな気分だったのか、そして、日本はいつの日か、多様な生き方への受容力と寛容さを当たり前のようにもつ、国際的な国になると思うかどうかを、聞けずじまいになってしまった。

万里が亡くなったあと、心臓の剛毛についてのエッセイやその他の彼女の本を読んで、ぼくは心から彼女のことが理解できると感じ、なんて素晴らしい、充実した人生を生きた人なんだろうと——そして彼女が日本の人々に与えた影響がいかに大きなものであったかを——しみじみと考えたのです。

坂本龍一と福島

坂本龍一との長い友だちづき合いも、ぼくの人生の宝物の一つです。

龍一と初めて会ったのは、クック諸島のラロトンガ島で、一九八二年の八月のことでした。太陽がまぶしいほど照りつけるラロトンガ島の浜辺で、龍一をデヴィッド・ボウイに紹介したとき、自分は邪魔者だと感じました。なんと言っても、この二人の優れた音楽家は、自分たちだけにしかわからない音楽の世界で固く結ばれていたからです。

ここで、ぼくの心の中の場面を、一九八二年のクック諸島から、二〇一一年一〇月のオックスフォードへと進めましょう。オックスフォードへ行ったのは、オックスフォード大学のハートフォード・カレッジで、龍一と著名な女優・吉永小百合による、広島・長崎の悲劇と福島の惨禍を考える、詩の朗読と演奏の会が開かれたからです。吉永は原爆の被害にあった子どもたちが書いた詩を朗読し、坂本は『戦場のメリークリスマス』のサウンドトラックからの曲をピアノで演奏しました。それはそれは素晴らしい演奏会でした。日本で放送するためにNHKも撮影に来ていました。

演奏会のあと、龍一はぼくにこう話しました。「核エネルギーが平和利用できるというのは、まったくの幻想です。福島で起きたことは、広島や長崎の人々が体験したことと同じです。違っているのは、福島の出来事は、誰のせいでもなく、日本人が自ら招いたことだという点だけです」。

二〇一二年六月一五日付の朝日新聞でも、坂本は自身の考えを明らかにしています。

原理や原則についてきちんと議論がなされないまま、「論理」ではなく「空気」で物事が決まっていく。そんなこの国のありように、ずっと違和を感じてきました。野田さんって、その違和を体現したような存在なんですよね……野田さんは再稼働に関する記者会見で「国民生活を守る」を繰り返していましたが、この「国民」っていったい誰のことなのでしょうか。

龍一が社会問題に深い関心を抱くようになったのは、原子力汚染が初めてではありませんでした。森林保全にも力を注ぎ、増加する一方の二酸化炭素排出量を相殺するための植林プロジェクトも行ってきました。二〇〇三年三月のアメリカによるイラク侵攻後は、「Chain-Music」と称するプロジェクトを開始。すべての米軍がイラクから撤退し、戦争が終わるまでプロジェクトを続ける、と明言しています。Chain-Musicは、「平和を祈る音楽の記念行事を作り上げる」ことに賛同するミュージシャンの輪を広げていく試みです。

龍一はまた、「地雷ZERO」キャンペーンや「STOP ROKKASHO（ストップ ロッカショ）」プロジェクトにも関わっています——前者が何を目的とするかは言うまでもありませんが、後者は、東北の青森県六ケ所村に建設中の、核燃料再処理工場の危険性を訴えるものです。

歌の言葉が世界を変える

日本では、音楽を使った抗議活動は、たとえばアメリカほど盛んではありません。アメリカ近代のフォークソングは、労働者階級の抑圧的状況や戦争の残虐さへの強い問題意識から生まれたものでした。ウディ・ガスリーからジョーン・バエズ、ブルース・スプリングスティーンに至るまで、彼らの音楽にはメッセージが込められています。

日本でも、第二次世界大戦以前は、演歌が社会的、政治的問題を取り上げることも確かにありました。けれども一九四五年以降、演歌はおおむね涙と哀しい酒に浸ることに終始します。それが一九六〇年代に入り、一九六五年にリリースされた『死んだ男の残したものは』が状況を少し変えました。谷川俊太郎作詞、武満徹作曲によるこのベトナム戦争への反戦歌は、日本におけるベトナム戦争への抗議運動に用いられ、多くのアーティストによって歌われました。

それから一〇年後の一九七四年、戦後の歌手で最も人気のあった美空ひばりが、広島で催された第一回広島平和音楽祭に出演して「一本の鉛筆」という歌を歌いました。彼女の歌には、次のような忘れられない一節がありました。

「一本の鉛筆があれば／八月六日の朝と書く／一本の鉛筆があれば／人間のいのちと私は書く」。この歌は、たった一本の鉛筆にも戦争を止める力がある、という意味で、偶然にも、世界的な人権運動家マララ・ユスフザイが同様のことを言っています。パキスタンやインドの子どもたちは、iPadなどではなく一本の鉛筆を欲しがっていると語り、教育の重要性を指摘しました。

龍一もこの伝統を引き継いでいます。彼は日本での原子力利用に対する抗議の先頭に立っています。「この惨禍が二度と繰り返されないように……人類と原子力は共存できない。それが武器としての利用であれ、発電のための利用であれ」。

「声を上げる。上げ続ける」と龍一は朝日新聞に書いています。「あきらめないで、がっかりしないで、根気よく。社会を変えるには結局、それしかないのだと思います」。

ぼくは、井上ひさしや大島渚や坂本龍一が代表しているような日本の姿を見て、日本は自分にとって生涯の母国だと感じました。このような日本を、自分の居場所だと感じたのです。それは、ぼくが一九六〇年代に目の当たりにした日本で、そこでは、若者たちが自分の良心の声に従って行動していたのです。

第六章

ぼくの中のアメリカ人

ベトナム・シンドローム

ベトナム戦争はぼくの世代の戦争で、当然、その世代がとことん敗北感を覚えるべき出来事でした。

ところがぼくたちアメリカ人は、共産主義の脅威ばかりに気を取られ、そして、地球上の隅々にまでアメリカ流の「自由」を浸透させることに熱心になりすぎて、GDP（国内総生産）がアメリカの小さな州程度のベトナムにも、我々アメリカ人を自分の国から追い払い、追い出してしまうことができるという事実に気づいていませんでした。アメリカ人も、かつての日本人やドイツ人と同じように、恥じ入り、面目を失い、屈辱にまみれるべきでした。

恥じ入り、面目を失い、屈辱を感じることによって、ぼくたちは人間性を取り戻すことができたかもしれない。「真実、正義、アメリカ流のやり方」という以前と同じ名目のもとに、何百万人もの人々の命を犠牲にするために再び中東に伸ばそうとしたその手を、押しとどめることができたかもしれない。

といっても、一九七五年にベトナム戦争が終わったときに、アメリカ人の多くが罪の意識を感じていなかった、というわけではありません。人々は、しばらくの間、いわゆる「ベトナム・シンドローム」に苦しめられました。ベトナム・シンドロームとは、「束の間の健全な自己反省を生み出す、一時的な良心の呵責」のことです。恥ずべき敗北を認め、アメリカ国内やベトナム、カンボジア、ラオスでの、自分たちの行為に対する当然の贖いをするのではなく、アメリカの人々は完璧に手入れの行き届いた庭の芝生にずしんと腰を下ろして心の傷口をなめながら、血が再び沸き立つようなレトリックで自分たちを焚きつけてくれる誰かが、意気揚々と現れるのを待っていたのです。それが、アメリカにとって贖いと癒やしに代わるものでした。

この癒やしの担い手は、人当たりのよい俳優、ロナルド・レーガンとなってやってきました。レーガニズムは、アメリカ人に「慰《なぐさ》めのイデオロギー」とは言わないまでも、世界のすべての人々が、心の底では、アメリカ人に――少なくともアメリカ人のように――なりたがっている、という信念に基づくものです。

アメリカは道徳的に優位であるという絶対的な自信は、戦後史を読み違えたことに由来するのですが、これこそが、アメリカ人が誇りをもって突き進んだ理由なのです。過去の過ちを悔いて進路変更を行うこともなく。

アメリカには常に悪魔が必要だ

アメリカは、自国が例外的に優位である、ということを正当化するために、悪魔を常に必要としています。腐敗した帝国であるソ連が、自らの重さに耐えかねて崩壊するまで、その役割を果たし、その後は、それに代わる中東の新たな悪魔たちが、アメリカの外交政策の経典に次々と登場しています。

「我々は、みなさんにとって最悪のことをしている。みなさんから敵を奪っているのだから」

これは、ロシアの著名な歴史学者で外交官でもあるゲオルギー・A・アルバトフが、ペレストロイカの真っ只中にあった母国について、アメリカのジャーナリストに語った言葉です。モスクワの「アメリカ・カナダ研究所」の所長でもあるアルバトフのこの機知に富んだ言葉は、アメリカが必要とする「ボギーマン・シンドローム」（周りには常に悪鬼〝ボギーマン〟がいて、世界をそれから守ってあげられるのはアメリカだけであるという幻想）を簡潔かつ的確に言い当てています。

ぼくはとうの昔に母国を離れていましたが、レーガン時代になっても心の傷はまだ癒えていませんでした。ぼくは抗議の気持ちを行動で示さず、国を出るという簡単な道を選んだ。自分を、ドイツを脱出したベルトルト・ブレヒトなどと同一視していたのでしょうか？ そんなはずはありません。だいいち、ぼくは偉大なるブレヒトほどの自己愛をもち合わせていません。けれども、確かに *Bertolt Brecht Leaves Los Angeles*（ブレヒト、ロサンゼルスを去る）という戯曲を書き、母国の、とは言い難いとしても、ぼく自身の問題の解決策として、彼と同じ移住という回避的行動を決意していました。

国民の一人が国を出たぐらいで、あわてる国などありません。アンジェイ・ワイダのような人が、国を出ることを、その国の指導者を脅かす手段として使える場合は別として。一九三三年の二月にドイツを離れたとき、ブレヒトにはそんな影響力はありませんでした。そして一九六七年に永遠にアメリカを去ることにしたとき、ぼくは語学教師ですらなかったけれど、ブレヒトが国を出る決意をした理由は、手に取るように把握していました。ブレヒトは自分にこう問いかけたに違いありません——危険が身に迫っているのに、なぜ母国にとどまらなければならないのか？と。

危険な目にあわせられる心配はなかったけれど、ぼくには厳しいアメリカの徴兵制が待ち受けていて、心底震え上がっていました。このままロサンゼルスにいて、徴兵されるのを待つのか？と。

ぼくのミュージカル *Bertolt Brecht Leaves Los Angeles* は、四〇年ほど前にメルボルンで一度上演されただけですが、今振り返って考えても、もしかしたらそれは自分の最高の戯曲かもしれない（美しい楽曲は、ドイツからオーストラリアへの移住者であるフェリックス・ヴェルデルによるもので、彼は一九二〇年代のベルリンで暮らしていた）。

この戯曲は、いわば「希望的自伝」です。自分がロサンゼルスから立ち去ったことを、一つの世界に対する発言、あるいは主張だとみなしたかったのかもしれません。ブレヒトの場合は確かにそうでしたが、残念ながらぼくはそうではなかった。ぼくの場合は、単なる安易な打開策でした。

北ベトナム大使館

そんなぼくに、ささやかながらも積極的な行動をするチャンスが訪れたのは一九七四年のことでした。当時ぼくはキャンベラに住んでいて、オーストラリア国立大学で日本語を教えながら、小説と戯曲を書いていました。一九七三年の一二月に、首都の都市計画を担当する政府の事務局、国立首都発展委員会（ＮＣＤＣ）から、首都キャンベラが誇る野外スクエア、ガリーマ・プレイスでの演劇公演の助成金として一五〇ドルを支給されました。

過激な政治思想をもつ異装趣味の人物を含む三人のサーカス団員を描いたぼくの戯曲、*The Fat Lady*（空気女）は、ある晴れた午後にガリーマ・プレイスで上演されて大勢の観客を集め、その多くは子連れの母親たちでしたが（「ねえみんな、これはピノキオみたいなお芝居じゃないよ」）、キャンベラ・タイムズ紙の演劇批評家も来ていました。そのときの舞台や観客を撮影した写真と、「ガリーマ・プレイスで低俗なユーモア」と題する新聞批評の切り抜きが貼られたスクラップブックを、ぼくは今も大切にしています。

一九七三年当時、一五〇ドルあればかなりのものが買えました。一九七二年の八月に、オーストラリアで初めて買ったワインはとても美味しかった。価格は一ドル六九セント。一五〇ドルの助成金は、ぼくに立派なワインセラーの所有者になる、という回り道をさせていたかもしれません。でも助成金は、オーストラリアで戯曲を書くことによって手にした初めてのお金で、極上のワインを七ダース以上貯蔵することなんかより、もっと前向きなことに使おうと決心しました。

そこで、ベトナム民主共和国の大使宛てに、そのお金を「アメリカの空爆によって破壊された病院や学校の再建のために使ってほしい」という手紙を書いたのです。「ＬＢＪとどこまでも」というオーストラリアのアメリカ追随の方針にもかかわらず、当時北ベトナムは、まだ首都のキャンベラに大使館を置いていました。

一九七四年一月一六日、ぼくは、署名の下に「大使館担当外交官」と但《ただ》し書きされた、グエン・ダン・ホアという人物からの手紙を受け取りました。

「一九七四年一月一四日付の、貴方からのお手紙にたいへん感謝していますと書かれていたその手紙は、今ぼくの目の前にあります。「ベトナム国民に対する貴方の高遠なお気持ちと、ご親切なふるまいに心からお礼を申し上げます。ベトナム民主共和国が被った戦争の傷跡を癒やすためのご寄付は、いつでも貴方様のご都合のよろしいときに、キャンベラにある我が国の大使館にお送りいただければ幸いです」。

その数日後、ぼくは一五〇ドルの小切手を手にして北ベトナム大使館のドアの前に立っていました。呼び鈴を鳴らして、通りを振り返りました。道路を隔てた向かいの家のベネチアン・ブラインドがVの字形に押し下げられたのはそのときでした。押し下げられたブラインドと上のブラインドの隙間からカメラのレンズが覗いているのが見えました。ぼくはブライドに向かって「ミスター・スマイル・オブ・ザ・イヤー」に輝いた笑顔を作りました。そのとき大使館のドアが開いたので、中へ入りました。

ぼくは、バカ正直にも敵を助け、援助してしまったのでしょうか？　寄付したあのお金は、本当に病院や学校のために使われたのか？　それはわかりません。自分が何か利他的な行いをしたとか、英雄的なふるまいをしたとか言うつもりはまったくありません。執筆によって得たお金を、母国の攻撃の犠牲となった人々を助けるために使いたかっただけなのです。

ぼくは幸運な人生を生きてきました。内紛であれ、外から仕掛けられたものであれ、交戦状態にある地域で暮らす人々が直面している、忌まわしい選択を迫られたことがありません。それは、大義を信じられない戦争を支持するか、裏切り者とみなされその結果に直面するか、という選択です。

けれども、アメリカが主導する長年にわたる悲惨な戦争を見てきたぼくが学んだのは、不公正な出来事に対して一人ひとりがどう対処するかが何よりも重要で、自分の国が犯した罪を知ろうともせずに忘れようとすれば、間違いなく、さらなる理不尽な侵略という負の連鎖に陥ってしまうということです。アメリカで生まれ育ち、教育を受けた人間として、ぼくもアメリカの罪を負っていて、どこへ行こうとその罪はぼくの中にある。これもまた、ぼくの中のアメリカ人です。

ベトナム戦争から学んだことは他にもあります。自分の国が戦争をしているときに、個人が積極的に戦争に反対することがいかに難しいか、ということです。「君は我々の味方か? それとも敵なのか?」というような、厳しい選択を突きつけられたときの葛藤を現実に体験するまでは、自分の意見を述べ、大義名分のもとにわずかばかりのお金を寄付して正義の味方を気取ることは簡単なのです。

Peaceful Circumstances——一九六〇年代の日本

ぼくが初めて足を踏み入れた日本とは、どのような国だったのでしょう?

それは、社会的、政治的論争が渦巻く日本で、ぼくより若い世代の人々が体験することになる、めくるめくバブルの時代だった一九八〇年代や、その後、今に至るまで続いているいわゆる失われた何十年とは、まるで様子が違っていました。

二〇一九年に、ぼくは*Peaceful Circumstances*（平和の条件）という小説を出版しました。ロサンゼルス出身の、純粋で美しい白人のアメリカ人女性が、大学三年生のときに東京に留学し、東京の米軍基地からベトナムに派兵されることになっている黒人のアメリカ人男性と恋におちる物語です。舞台は一九六八年。各地で大学紛争が過激化していた時代です。

一九六八年の日本は、好景気の波はまだまだ続くという楽観的な期待と誇りに満ちあふれていました。大成功を収めた東京オリンピックからすでに四年が経ち、人々は一九六四年の開業時には驚嘆の的だった新幹線にも驚かなくなっていた。一九六八年の四月には、日本初の超高層ビルである、三六階建ての霞が関ビルディングが完成しました。

作家の川端康成がノーベル文学賞を受賞し、札幌医科大学の和田寿郎教授が日本初の心臓移植手術を行った（残念ながら、移植手術を受けた一八歳の患者は、術後八三日間しか生きられなかった）。大卒初任給の平均は三万円ちょっとでしたが、ビールは大瓶一本一三〇円、六六〇円あれば（当時は米ドルで二ドルにも満たない）、朝日新聞の朝刊と夕刊を一カ月間毎日自宅まで届けてもらえました。

一九六八年、日本人の誰もがいわゆる３Ｃ——car（自家用車）、cooler（クーラー）、color television（カラーテレビ）のすべてを手に入れたがっていました。３Ｃはすでに平均的な家庭の手が届く範囲に入っていましたが、当時の最先端のソニーのカラーテレビは、一二万円もしました（現在の価値に換算するとおよそ四倍の価格になる）。

一九六八年の七月七日には、五人の著名人が参議院議員に選ばれます。作家の石原慎太郎と今東光《こんとうこう》、放送作家でテレビタレントの青島幸男、バレーボール監督の大松博文、そして漫才師の横山ノックです。同じ年の六月に文化庁が設立されました。日本はナンバーワンにはなっていなかったかもしれないが、ＧＤＰに関しては世界のナンバーツーだと正式に認められた。封建制度を廃止した明治維新以降の日本のリーダーが目標に掲げた「西洋に追いつけ追い越せ」は、第二次世界大戦という大失敗はあったにせよ、おおむね達成されたのです。しかも平和的に。

当時の農林水産大臣、倉石忠雄は、一九六八年二月に、日本のいわゆる平和憲法について「こんなばかばかしい憲法をもっている日本は妾《めかけ》のようなものだ」とこき下ろしました。国を、隷属させられ、貶《おとし》められた女性と同等だとするこのたとえには、心から憤りを感じます。日本の農業は、農協が農業資金の融資限度額をちらつかせることによって、農民の暮らしを支配していました。農協は与党である自民党と手を組んで、保守系政治家に地方の盤石の地盤を与えていましたが、二〇〇〇年代の終わりにはその地盤がもろくも崩れ始めました。

学生運動は、地域社会からの幅広い支持を受けて、各地の大学で盛り上がりを見せていました。一九六八年の三月二八日、東京大学の安田講堂を学生たちが占拠して、卒業式が中止に追い込まれました。東大に通う息子や娘をもつ母親たちが、子どもたちを落ち着かせようとキャラメルを配ったことから「キャラメル・ママ」と呼ばれるようになると、一一月二三日、二四日の大学祭で「とめてくれるな　おっかさん！」というポスターが貼られたりもしました。何よりも重大な影響は、一九六九年の東大の入学試験が中止になったことで、大学の将来に負の影響を与えました。

一九六八年の優れた映画のベストスリーは、迫害や戦争などのシリアスなテーマを扱ったものでした。今村昌平監督の『神々の深き欲望』、岡本喜八監督の『肉弾』、そして大島渚監督の『絞死刑』です。分厚い月刊誌がかき立てた知的興奮は、大学のキャンパスや劇場、そして国民の自宅の居間にも明らかに存在していたのです。

噴出する問題と不屈の理想

一九六八年三月二七日、当時の厚生省の調査委員会が、骨を冒し、死に至ることもあるイタイイタイ病は、カドミウム中毒を原因とするもので、汚染水を排出した鉱業会社に責任がある、という所見を明らかにしました。水銀の摂取に起因する重篤な中枢神経系疾患である水俣病が公害病と認定されたこととあわせて、これらは、節度を超えた工業化が環境や国民の健康に影響を及ぼすことが日本で初めて認識された、記録に残るべき出来事です。

まだ達成できていないこともたくさんありました。一九六八年当時は、障害のある人やあらゆる種類のマイノリティは、自分たちの窮状に対する一般の人たちの無知や、自分たちに向けられる世間の強い偏見を、やせ我慢しながら苦笑いして受け入れざるを得なかった。女性は職場であからさまな差別を受け、公然と嫌がらせをされ、加害者はなんの報いも受けなかった。子どもは大人の食いものにされ、大人はなんの咎《とが》めだてもされなかった。日本の社会は、犠牲者に優しい社会などではまったくなかったのです。

しかしこれらすべてのことにもかかわらず、一九六八年の世の中には希望だけでなく、不屈の理想がありました。日本は公平・公正な社会を築ける。さらなる繁栄をみなで分け合うことができる。若者には自分たちの未来についての発言権がある、と。

今の若い人たちが、歴史を振り返って一九六〇年代の日本を見れば、当時も今と同じ超保守的派閥が権力の座にあって、大きな影響力を行使していたことがわかるでしょう。当時の人々の、障害者やマイノリティ、環境への関心の欠如に間違いなく落胆するはずです。しかし、だからといって当時の若者たちが、革新的な社会改革に対して中立を保ち、無関心だったと結論づけるのは間違っています。実は、一九六八年の日本の社会には、現代の社会には情けないほど欠けている、社会的活力がみなぎっていたのです。

小さな幸せの積み重ねと日本経済の低迷

日本人の無気力さや社会問題に対する無関心の始まりは、多くの批評家が言う一九九〇年代ではなく、その二〇年前に、日本人の中に、議論や問題から目をそむけ、ライフスタイル（他に適切な言葉が見つからないので使いますが）に関心を向ける人が現れ始めたときです。

この浪費的ライフスタイルの追求は、社会のニーズに対する意図的な軽視を暗に意味しており、メディアや国は、社会のニーズをいつでも喜んで無視しようとするものです。こうして日本社会が、ひいては個人が目指すべき目標の新たな旗印が、空高く掲げられました。それは富という旗印です。日本人の一番の目標は、富の追求による小さな幸せを積み重ねることのように見えました。富の象徴である一万円札をできるだけたくさん手に入れろ、そうすれば国も文句は言わないはずだ、と。

これと、アメリカ人が抱いた野心のどこが違うのでしょう？　大した違いはありません。けれども、アメリカのメディアの多くは政府による目に見えない支配を受けていませんでした。一方日本のメディアは、国民が派手な消費にただ明け暮れる暮らし以外のものを求めるようになったときに取って代われる、新たな社会的モデルを喧伝する人たちの声を届けることをやめてしまいました。

歴史を振り返ると、一九七〇年代のはじめのある出来事が日本人の心に不安の楔《くさび》を打ち込み、その不安が、理想とされるリベラルな社会に対する人々の警戒心を高め、より慎重にさせたのです。その出来事とは、一九七三年のオイルショックでした。

ＯＰＥＣ（石油輸出国機構）に加盟するアラブ産油国が、原油価格をそれまでの四倍に引き上げる方針を発表すると、エネルギー源を輸入石油に頼っていた日本は危機的状況に陥りました。トイレットペーパーが品薄になるという噂が広まって全国的な買い占め行動が起こり、中には何年分ものトイレットペーパーを買いだめした人もいました。

この出来事から日本人が学んだ教訓は明らかでした。好景気はずっと保障されているわけではない。日本が外的な力による操縦の危険にさらされたくなければ、個人の勤勉な努力と、犠牲的な企業活動をたゆまず続けなくてはならない、ということです。その一方で、一九七〇年に開催された大阪万博は大成功を収め、来場者は六四〇〇万人以上に上りました。日本人が海外の慣習に変わらぬ魅力を感じているのは明らかでした。けれども日本人の興味は、ファッションや料理など、上っ面の文化に対する嗜好の域をほとんど出ないものでした。一九八〇年代に日本中に広まった最新の流行はただのファッションにすぎず、お手本となるべきヨーロッパの社会福祉政策やソーシャル・デザインは見向きもされませんでした。

当時は永遠に続くと思われた与党の座にあった自民党は、世界的な評価と権力を手に入れるために、日本流の解決策をひたすら進めました。その解決策には福祉や環境などの「ソフトな」問題はいっさい含まれていませんでした。代わりに、ダムや道路、橋の建設が、必要かどうかにかかわらず、徹底的に推し進められました。それらは、日本国民の誇りの源となるべき威信あるプロジェクトだとみなされていました。

日本人のほとんどは、「うさぎ小屋」のように狭いアパートで暮らし、障害者の困窮は完全に無視されました。国土の美しい自然は、大量のコンクリートで次々と埋め立てられていたのに、GDPさえ上昇していれば、国は、自分たちの犠牲的努力は無駄ではない、と国民を納得させることができたのです。他人のことは心配しなくていい。自分と、自分の家族と、会社のことだけを心配していれば、日本は世界における「当然の地位」を奪還できる。現在、同じ道を歩もうとする中国よ、気をつけろ！

日本が一九八〇年代に先例のない好況を経験したのは事実ですが、それは富裕層と日和見主義者だけのための好景気で、それも長くは続かず、結局のところ経済的平等や政治的論争、社会的実験を破壊することにつながりました。

これが日本経済を停滞させた戦後日本のやり方です。ここでもう一度。中国よ、気をつけろ！

自粛、あるいは自己検閲

メディアといえば、ヨーロッパ仕込みの、言論や映像の自由に対する信念をもつぼくにとって、日本の社会制度の中で暮らしたり仕事をしたりすることは、それほど簡単ではありませんでした。それは、日本社会によくある、検閲やその他の言論の自由への規制のせいではありません。そうではなく、日本人がもっている、自粛、言い換えれば自己検閲の傾向のせいでした。

実際、日本人には、自己表現を控えめにするよう命じる上役など必要ありません。彼らは言われなくても進んでそうするからです。遠慮と、自分の権利を自分で放棄することこそが、日本人の自己表現なのです（これが、自粛の現代版であるあらゆる忖度の根本にあります）。

一九八九年の一月にシドニーから東京に戻ったときのことは、今でもよく覚えています。昭和天皇が一月の七日に崩御してから数日後のことでした。ぼくは成田エクスプレスで都心に入り、トークショー出演のために、東京駅でタクシーを拾ってテレビ局へと向かいました。

まだ夜も早いというのに、街は閑散としていました。まるで、映画『渚にて』に出てくるメルボルンの光景のようでした。天皇の長引く体調不良の期間に日本中に広まった自粛ムードがまだ続いていたのです。自粛ムードは、夜の東京を実質的に機能停止させていました。日本では、国に――あるいは企業に、団体に、近隣に――とって「適切」でないとき、自分だけ楽しむことは許されないのです。すべての不幸は、そしてすべての幸福も分け合わなければならない。あるいは分け合っているように見せなければならないのです。

一九八八年の九月に昭和天皇の病状が公表されてから、翌年の一月に天皇が亡くなるまでの間、日本中に広まった自粛ムードから、戦争中の日本がどのような様子だったのかをうかがい知ることができます。

街の灯《あか》りの多くが照度を落とし、あるいは消灯され、うっかり行われようとした数多くのお祭り騒ぎが、自粛を勧められたり、眉をひそめられたりしました。その年、セ・リーグで優勝を飾った中日ドラゴンズは、ビールかけも優勝パレードも行わないことを決めました。シンガーソングライターの井上陽水が出演する日産の車のよくできたコマーシャルには、「みなさん、お元気ですか〜」という台詞がありました。天皇の容態が公表されたあともコマーシャルの放映は続きましたが、その台詞は音を消されました。

人気歌手の五木ひろしが結婚披露宴を取りやめ、すると国民の多くがそれに倣《なら》って自分たちも披露宴を中止しました。つまり、天皇が苦しんでいるときに祝い事をしている姿を世間に見せるのは、不適切で日本人にあるまじきふるまいだ、と考えられたのです。

政府からの指示などはほとんどありませんでした。官僚的な規制が公布されることもなかった。経済界は大きな打撃を受けていました。それにもかかわらず、日本国民自らが、進んで天皇に配慮しようとしたのです。人々は、今は目立たぬようにするべきだ、とただ感じたのです。四カ月近くに及ぶ社会の協調は、何が社会的に「適切」か——そして何がそうでないか——についての、共有された感覚によって規制されたものだったのです。

確かに、西欧の歴史を振り返っても、多くの人々が、日本人と同じように、何が適切かについての感覚を共有していました。日本人は「適切さ」についての概念を、ヴィクトリア朝時代のイギリスから借用したとさえ言えるかもしれません。一八六一年に、愛する夫、アルバート公を亡くしたヴィクトリア女王は、深く悲しんで喪に服しました。そしてこれをきっかけに、イギリス中に喪の宝石である黒いジェットジュエリーが広まったのです。まるで、すべての国民が慣例に従い、女王とともに喪に服すよう命じられたかのようでした。しかし国民は、自ら進んでそうしました。当時はそうしないイギリス人の行動は、「あられもない」とみなされたのです。

理想的な自己規制とは？

ぼく自身も、自粛をめぐってメディアに規制を求められた経験があります。一九八〇年代、ぼくは東京のFMラジオに週に一回出演していました。長崎で大雨の被害があったとき、放送前に「天気の話はしないように」と釘をさされました。どこかで飛行機が落ちれば、自制心を働かせるよう「お願い」されました。「今日は飛行機の旅の話はなしで」と。「不適切」だとみなされる話はすべてご法度《はっと》だったのです。自分の身のために自己規制するよう求められました。放送中に「不適切な」話をしてしまえば、ぼくの話は放送されなくなり、職を失うことになる、と。

戦時中は、日本人のこの自己検閲から「自己」が削除され、日本社会は圧制的な軍事政策に服従するようになりました。文官は武官の勢いに気圧《けお》されていました。内務省の検閲官は、映画のプロパガンダ的な利用価値の高さに気づくと、メディアへの管理統制を強めました。日本以外の国々でもある程度までそうだったように、検閲の四角四面さは、やがて半ば法的な拘束力さえもつようになり、下劣で大規模なハラスメントへと変わっていきました。

一九四四年に、黒澤明監督が映画『一番美しく』の脚本を提出すると、検閲官は台本のト書きにある一行を公序良俗に反すると判断しました。監督は、女子挺身隊が軍需工場の門を出るシーンが、なぜ公序良俗に反するとみなされたのかわかりませんでした。検閲官によると、門という言葉が女性の生殖器を連想させるということでした（当時、日本が支配していたアジア・太平洋地域の各地の売春宿に大勢の女性を隷属状態にしておくことを容認していたのも、同じ日本政府だった！）。

ある種宗教的な原理主義に似たような軍事的イデオロギーが、戦時中の日本を支配していました。戦後の日本のあらゆる形式の芸術に、厳格な価値観からの解放が自由に表現されていたのも、不思議ではありません。

開かれた社会の実現は、国が自分たちのためにそうしてくれるのを待つのではなく、国民自身が自分を解放していけるかどうかにかかっています。問題は、辛抱強い日本の国民が、自分たちより上位の誰かが自分たちの代わりに行動してくれるのをいつまでも待っていることなのです。

日本人はうわべは従順で、感情の起伏があまりないようにふるまっているのかもしれませんが、積極的な因習打破の精神も伝統的にもち合わせています。日本の社会は、怒りを閉じ込め、隠そうとします。けれども、いったんその怒りを表に出せば、彼らは手強《てごわ》い抵抗者となり得ます。ぼくはそれを一九六〇年代にこの目で見て、この先もいつか日本でそれを目の当たりにすることになるだろうと信じています。

この火山のように爆発力のある社会現象は、日本の独創性の一つの火種となりうるもので、その溶岩は噴出の機会をうかがっています。ぼくは二三歳のときに、地表の奥に隠されたこの炎に魅了され、あれから五〇年以上が過ぎた今も、その熱気を感じているのです。

O Lost! ぼくたちは失われし者？

ぼくは移民です。

移民は、本国で描かれたあと、よその国の美術館に送られ、その後はそこで展示されることになった絵画のようなものです。ぼくたちの絵は、その地で見向きもされないかもしれないし、そこに住む人々から称賛されたり嫌悪されたりするかもしれない。おそらく絵のうちのいくつかは人目に触れずに終わり、美術館の巨大な地下室に眠ったままになるでしょう。大勢の人がやってくる一番目立つ場所に、大きなスペースを取って展示されるものもたまにあるかもしれない。

ウラジーミル・ナボコフやジェイムズ・ジョイス、ジョゼフ・コンラッドなどの作家たちの場合は間違いなくそうです。ナボコフとジョイスは、政治的、社会的、そして個人的な理由で母国を捨てましたが、作家としては母国とその民族についての作品を書き続けました。コンラッドは、サミュエル・ベケットと同じように、母語以外の言語を習得し、そうすることによって、かつての母国とは別のアイデンティティを確立しました。

ぼくはというと――先に挙げた偉大な作家たちと自分を比べるつもりはまったくないが――ぼくにとっての新天地である日本で、美術館の地下室の倉庫からなんとか抜け出し、訪れる人がめったにいない部屋でもいいから、その部屋の片隅に展示され、ぼく以上に素晴らしく表現され、輝きを放つ何かに取って代わられる日まで、そこにとどまっていたいと願っていただけでした。

ぼくはアメリカ国籍を返上し、あの国と距離をおいたけれど、アメリカという国の産物であることに変わりはありません。アメリカで暮らしていた一〇代の頃、作家のトマス・ウルフに心酔していました。一九〇〇年代のはじめに、ノースカロライナ州のアシュビルで、良きキリスト教徒として育ったウルフの少年時代は、その半世紀後の、ロサンゼルスのユダヤ人が多く住む地区でのぼくの少年時代とは似て非なるものです。

二〇世紀における、最も偉大なアメリカ文学の古典だとぼくが考える *O Lost : A Story of the Buried Life*（ウルフの最初の著書『天使よ故郷を見よ』の無削除版）を読めば、ウルフの、有能だが厳格で格式張った編集者、マックスウェル・パーキンズによってどんな文章が削除されたかがわかります。削除箇所には、キリスト教に対する辛辣な批判もありますが、露骨な性描写も含まれています。パーキンズによって削除修正されたウルフの作風は、明らかに非自然主義的で、その精神は、ウルフが崇拝し、わずかな時間とはいえ三度会ったことのあるジェイムズ・ジョイスとそれほどかけ離れていません。

トマス・ウルフとつながりたい

ウルフは、一九二〇年の九月、二〇歳の誕生日の約一カ月前にハーバード大学大学院に入学しました。ぼくは、一九六四年の九月、同じく二〇歳の誕生日の四カ月後にハーバード大学大学院に入学した。ぼくは、読者のみなさん、もう一度断っておくけれど、ぼくは文学的目的のために高慢な比較をしているわけではありません。トマス・ウルフに関する伝記を一つ残らず読むまで、ぼくはウルフが大学院生寮のパーキンズホール三二号室で暮らしていたと思い込んでいました。つまり、ぼくが暮らしたのと同じ部屋。いったいどうしてそんな「事実」を作り上げてしまったのか？　自分にもさっぱりわかりません。ウルフはそこで暮らしてはいませんでした。それなのにぼくは、トマス・ウルフが暮らした部屋に住めるなんて最高だ、と誰かに自慢までしていたのです。すべてぼくの想像の産物でした。

実際には、ぼくとトマス・ウルフのつながりは、精神的なものだけでした。ウルフの、「この世界をとことん知り尽くしたい、たとえ一度だけでも、そこにあるすべてのものに触れたい」というアメリカ的精神に共感を覚えていました。ハーバードに入学したとき、ウルフはワイドナー記念図書館にある本をすべて読み尽くそうと本気で考えたといわれています（図書館は、ウルフが入学する五年前に創設されたばかりで、蔵書の数は今ほど多くはなかったかもしれません。しかしそれは、ハリー・エルキンズ・ワイドナーがかつて所有し、母親のエレノアが亡き息子を偲《しの》んでハーバードに寄贈した価値ある蔵書でした。一九〇七年の卒業生だったハリーは、タイタニック号の事故で亡くなっています）。

ぼくも実際、あるときウルフと同じことを思いつき、Aから始めるべきか、それとも別の文字からにするかについて、数時間考え続けたことがあります。他人の人生を詳しく観察するということは、賢治が、宇宙を自分の意識の中に取り込む、という理想的なやり方で努力したことと同じです。それは、たとえ一瞬でもその人の心を深く理解し、その人になりきるための行為に似ています。

過去を書き換えるということ

人は、間違いなく過去を書き換えます。ぼくたちは毎日そうしながら生きています。「トマス・ウルフが住んでいた部屋」で暮らしていると心から信じることによって、ぼくは現在を書き換え、それによって自分のために、自分の未来の展望を作り上げることができた。自分の人生についてのぼくの見解も、それを文章にするつもりなら、自分で何度も見直してみる必要がある。さもなければ、自分自身や他人についてのある種の「物語」を、真実味の乏しいものにしてしまうことになるから。

二〇〇〇年九月、一九六五年の六月にハーバード大学大学院を修了して以来、初めてボストンに戻ったぼくは、パーキンズホールに直行しました。大学院生寮の古い建物は昔のままでした。階段を上りながら、三二号室のドアは施錠されているかもしれない、と心配になりました。幸運にも、その部屋――実際には暖炉のある書斎とベッドルームの二部屋があった――は共有の談話室に造り替えられ、ドアは半開きになっていました。ぼくは中へ入ってみました。

誰もいません。まっすぐ暖炉のほうに向かいました。ここで暮らしていたときに、マントルピースの内側の木枠に「TW」というイニシャルが彫られているのを見たのです。ぼくはその隣に「RP」と彫りつけました。マントルピースが、ぼくが住んでいたときのものと変わっていないのは間違いありませんでした。かがみ込んで、内側を見てみました。イニシャルなどどこにもありませんでした。「TW」も「RP」もなし。上塗りされたペンキの下には、引っかき傷と裂け目がいくつかあるだけだった。暖炉の内側には「TW」などという彫り込みはなく、ぼくもそこにイニシャルを彫ってはいませんでした。一時期そう信じていたけれど。それだけが事実でした。

だったら、忠実に記録できる過去などあるのでしょうか？　ぼくたちは、人生を、自分が一番詳しく知っている人生を、復元して記録することがはたしてできるのか？

できる、とぼくは思います。ただし、周囲の人々の気持ちに十分配慮し、傷つけないよう細心の注意を払う必要がありますが。言うまでもなく、自分に正直になることも必要です。しかし同時に、自分の正直さが偽りの謙遜を示すための策略ではないことを、自分を底なしの善人であるように見せかけて読者に気に入られようとしているのではないことを、胸に手を置いて確認してみる必要があります。日本人と暮らしてみてわかったのですが、度を越した謙遜はうぬぼれの印である、ということもあるのです。

野心とうぬぼれ。それもいいでしょう。ただし、他人を犠牲にしてまで自分の野心を押し通すことや、威張り散らして周囲のみんなをへつらわせることは、ぼくが決して真似しようとは思わないふるまいです。自分が描いた小さな絵を、野心をむき出しにし、傲慢な態度で展示ホールに飾らせるくらいなら、美術館の地下にある暗い階段下のどこかに置いておくほうがいい、と思います。

他者を理解したいがゆえの孤独

他の人の考えを理解したいとどんなに願っても、世の中についての自分の考え方から離れることはできない、ということは人間の本質的な特徴です。自分は自分であるだけでなく、同時に他のすべての人々でもあって、人はみな、心と精神の両面でお互いの一部をなしている、と信じていた宮沢賢治も、現実の生活でそれを成し遂げることはとうていできませんでした。むしろ、そうしようとすればするほど、賢治はより深く自分の内に閉じこもる結果となりました。共有についての賢治の理想は、詩集『春と修羅』の序に二行で言い表されています。

すべてがわたくしの中のみんなであるやうに
みんなのおのおののなかのすべてですから

これほど願っていたにもかかわらず、実生活においては、賢治は恐ろしく孤独で、周囲のほとんどすべての人々から孤立していました。

トマス・ウルフは、共有への渇望とそれがどうしても達成できないことへの絶望を、*O Lost* :

A Story of the Buried Life の中で、主人公の独白という形でみごとに表現しています。

……自分はこの先もずっと……頭蓋骨という小さな球体の中に閉じ込められ、体の奥底に隠されたあの脈打つ心臓に監禁されて……失われたままだと知っていた。人間は永遠に他人同士であり、誰かと本当の意味で知り合った人はおらず、母親の薄暗い胎内に拘束され、母親の顔も見ないままこの世に生まれ、初めて見る他人として母親の腕に抱かれること、そして存在という解き明かすことのできない牢獄に監禁された自分たちは、どのような腕が自分を抱きしめ、どんな唇が自分にキスし、どのような心が自分を温めようとも、決してそこから逃れられないことを彼は知っていた。決して、決して、決して、決して、決して。

ウルフは五つの「決して」で文章を締めくくっています。

でも本当にそうだろうか？　ほんの一瞬でもその人になることによって、他の人の気持ちを理解することはできないのだろうか……本を読んでいるとき、絵画を鑑賞しているとき、歌を聴いているとき、愛するわが子と一緒に素晴らしい風景の中をゆっくり走る列車で進んでいるときに？

これらは「間」と呼ばれる瞬間で、その瞬間はひとつながりになって伸びることもあります。そのとき時間は止まり、ぼくたちは幸福な気持ちで自分を忘れることができます。「間」を体験することは誰にでもあります。こんな「間」は、まさに人生における「至福のとき」と呼ぶべきものを、ぼくたちに与えます。

もしもぼくが、一九三〇年代初頭のドイツに住むブレヒトのようなドイツ人だったとしたら、間違いなく自分の国を出ていたでしょう。もしもぼくが、一九三〇年代の終わりに日本で暮らしていたマコの父親、八島太郎のような日本人だったら、母国である日本にとどまる理由などなかったでしょう。国を出るという行為に込められた一つの意味は、戦争への嫌悪の表明です。戦争反対を個人的な抗議行動や良心的なふるまいによって示すことも可能かもしれません。しかし結局は、その日まで自分という存在の中核をなしていた場所から離れざるを得なくなるのです。

ぼくは、アメリカから東欧、日本、そしてオーストラリアへと漂流しました。このような移動自体は、一つの国から別の国へ移住した数えきれないほどの移住者たちとなんら変わりません。この選択が特異である唯一の点は、「好機にあふれる大地」から永遠に立ち去る人はそれほど多くない、ということです。「自由の発祥の地」とのつながりを手放す決断をする人はあまりいません。

ぼくの選択は、両親との間に決して埋めることのできない溝を作る結果となりました。両親やそのまた両親にとっては、アメリカは人生という登山の頂点を極めさせてくれる場所でした。人はアメリカより上に上り詰めることなどできない。なぜおまえは、遠く離れた土地で暮らし、アメリカという頂上をはるか彼方から見上げ続けることを選ぼうとするのか？　確かにそれは、多くの移住者にとって真実でした。地球上に、アメリカ以上の場所はなかった。
けれども人は、自分自身にとって最善の選択をしなくてはならないのです。たとえそれが、他人にとっての最善ではなかったとしても。

人生の小道――京都で「間」を体験する

一九九六年一月、ぼくは、スーザンと四人の子どもたちと一緒に東京から京都へ引っ越し、菖蒲園町《しょうぶえんちょう》にある京都府立植物園の西側を流れる賀茂川沿いの、二階建てのすてきな日本家屋で暮らし始めました。そこは、町の名前までが落ち着きを感じさせる土地でした。菖蒲園町で菖蒲の花を見かけたことはありませんでしたが、さまざまな植物や木々に囲まれた素晴らしい町でした。

ぼくたちはいつも、日本で暮らす家の庭に、日本で買ったオーストラリア産の木を植えることを習慣にしてきました。菖蒲園町の家も例外ではありませんでした。スーザンが、家の裏庭にワットルと呼ばれるアカシアの苗木を植えました。オーストラリア産のとても美しい木です。栄養たっぷりの土壌とよく降った雨のおかげで、苗木はすぐに、たくさんの花を咲かせる見事な木に成長し、その黄金色の花は周囲を明るく輝かせました。

我が家の前を流れる川には、白や灰色のサギがしょっちゅうやってきました。サギは『銀河鉄道の夜』に登場する鳥です。ぼくはそのサギを宇宙の彼方からの来客だと考えていました。

よく買い物に行く小さなスーパーは、自転車で三分の距離にありました。一九九七年七月の、あるうだるように暑い日——一週間後には、家族六人で一カ月間車でイギリスをめぐる旅に出かける予定だった——ぼくは自宅の裏側を通る細い砂利道の入り口で自転車を停めました。あの、意識が研ぎ澄まされるような瞬間が、ぼくを捉えたのです。「間」——身の回りのあらゆるこまごまとしたことがらが永解する瞬間、あるいは一種の小さな宇宙のような感覚——がまた生まれたのです。それは確かにそこに在在するようでした。それはそこにあった光のおかげだったに違いありません。

光は、小道の横の小さな竹林の向こうからでたらめな方向に向かって差し込んでくるようでした。小道に降り注ぐ、交錯する光の筋と斑点は、まるでカンディンスキーの絵のようでした。ぼくは「自転車を降りてこの道を歩いていこう。そしてこの時間を引き延ばそう」と独り言を言いました。

ぼくは自転車を押してそろりそろりと歩き始め、この三〇秒間の歩行が自分の一生と同じなのだ、このゆっくりとした歩行が自分の生涯を象徴しているのだ、と自分に言い聞かせました。もちろん、あっという間に小道の向こう側に着いてしまい、自転車を飛ばしてスーパーに食料品を買いに行くことになったのですが。けれども、あの短い歩行は、あれ以来、「自分の一生」の象徴として心に残っています。

光の斑点や格子状の光の中を進む人生の旅はなんと素晴らしかったことか！　今でもぼくは、自転車のタイヤの下で砂利が立てる静かな音や、細く長い人生のカンバスの上を作品の中を旅する人物のように進んでいく途中で、顔が温かくなったり冷たくなったりした感覚を、はっきりと思い出すことができます。

この「間」のような感覚を、ぼくは一九六八年に京都の桂離宮を訪れた際にも体験しています。四つの茶室を備えたこの桂宮の別荘には、回遊式庭園と呼ばれる庭があります。もちろん「回」は回る、「遊」は遊びを意味しますが、この庭は遊び回るための場所ではありません。回遊とは、あちこち歩き回ったり、ぶらついたりすることです。つまり、桂離宮には「散策するための庭」があり、自分のペースで歩けるように設計されているのです。

桂離宮の庭園を歩いてみると、季節の移ろいを感じさせるさまざまな風景に出会うことができます。まるで無常を旅するようで、命には限りがあり、すべての美しいものはやがて色あせ、消えてしまうということに気づかされます。

ヨーロッパにあるゴシック建築の大聖堂が人々に畏怖の念を抱かせ、天にまします全能の神様という偉大な存在の前では、自分のちっぽけな人生などなんの価値もないと思わせるのだとしたら、桂離宮の庭園の散策が人々に感じさせるのは、平家物語の冒頭にある「諸行無常」、つまりすべてのものはいずれ色あせ、儚い命はすべて潰《つい》える、ということです。

けれども、そのときぼくの意識の奥深くに刻まれたのは、庭園でも、命に終わりがあることをさりげなく思い出させるひなびた茶室でもありませんでした。ぼくの心を捉えて離さなかったのは、庭園に配置された飛び石でした。いろいろな形をした大小さまざまな石は、歩行者の歩き安さのためというより、純粋な美の鑑賞目的のために配置されていました。ここにもまた、儚さが生み出す美がありました。飛び石を伝って歩いてみても、まっすぐ進むことはできません。一歩進むごとに、人生には、どんなに微細なものであれ方向転換がつきものだと思い出させられ、進む方向が変わるたびに、今このときを生きながら、同時に未来をほんの少し垣間見ることは可能なのだと教えられます。

飛び石はどこへ向かっているのでしょう？　それらはぼくたちをどこへ連れていくのか？　それは誰にもわかりません。飛び石はどこへも向かっておらず、自分がさっき、あるいは昔いた場所に戻っているようにも見えます。

二〇〇〇年の一二月。ぼくたち家族は京都を離れてシドニーで暮らすことに決めていました。家族で賀茂川べりを南へ向かって歩いていました。川の中ほどの小さな中洲にサギの姿はありません。空はどんよりと曇っている。太陽も隠れてしまった。植物園の脇を流れる賀茂川の土手に立ち並ぶ、「半木《なからぎ》の道の桜」と呼ばれるしだれ桜はすっかり葉を落としている。垂れ下がった枝はまるで髪の毛のよう。この桜は、京都にあるほとんどの桜よりやや遅い四月中旬頃に花をつけるのです。

ふと、全員が立ち止まりました。ここにも飛び石があるのです。こちら側から向こう岸まで渡るためのものです。四人の子どもたちが、一人ずつ石を伝って渡っていきます。ぼくとスーザンは、並んで子どもたちの様子を見ています。子どもたちは全員日本で生まれて、ここで育ちました。みんな自然な日本語を流暢に話します。一番年上の長男が、石から石へと飛び移っていきます。彼が最初に向こう岸に着きます。その後を三人の娘たちが年の順に渡っていき、すぐに向こう岸へ。こちらに背を向けたまま、両親が渡ってくるのを待っています。これが、彼らが子どもとして日本で過ごす最後の時間となります。ここは彼らの母国、生まれ育った国でした。

「先に行って」とぼくはスーザンに言います。

スーザンは短い土手を注意深く下りていくと、平たい石に足をのせ、賀茂川を渡り始めます。

けれども、どういうわけかで彼女は川の中ほどで立ち止まり、振り返りました。

彼女はぼくを見つめ、身じろぎもしません。彼女はそこに完全に留まっています。今もなお。

訳者あとがき

本書は、ユダヤ系の移民を祖先にもつニューヨーク生まれのアメリカ人で、自動車が一番の関心事のいかにもアメリカ的な若者だった著者が、アメリカ人をやめる決意をした経緯を中心に書かれた自伝です。

母国を出て東欧、西欧、日本、オーストラリアへと移動を続けた著者は、行く先々で出会った人々や遭遇した出来事を、ときにユーモアを交えて、ときに真摯に語ります。

その交友関係の広さには目をみはるものがあり、ポーランドの著名な映画監督であるアンジェイ・ワイダ氏、日本映画の大島渚監督、劇作家の井上ひさし氏、坂本龍一氏など、名だたる人々との交流のエピソードはとても興味深いものでした。

けれども、訳者が何よりも気になったのは、著者の次の言葉でした。

「人生のほとんどを生まれた国で暮らし……見ず知らずの他人ばかりの世界で運試しをしよう

ともしない人生とは、どんなものなのだろう？　ぼくにはとても想像がつかないけれど……大部分の人は……むしろぼくのような生き方のほうがちょっと理解できないと感じるのかもしれません」（本文一〇〇ページ）

見知らぬ国で暮らすことを楽しんできたかのような著者の口ぶりに驚き、なぜそんなことができたのか、その理由を知りたいと思いました。

最初は、アメリカ人をやめたとはいえ、生来の「アメリカ人らしい」社交的で開放的な気質のおかげで、新たな国にすんなり溶け込むことができたのだろう、と考えましたが、どうやらそれだけではなさそうでした。

「自分の豊かな民族性を活かし、自らの国民性が与えてくれた才能を発揮しながら、それでも、他の誰かに……なることは……可能だと今も信じています」（本文一九六ページ）

と自身が述べているように、著者には、国籍や文化を超えて、互いを理解し、共感し合うことができるはずだ、という強い信念があって、その信念があったからこそ、この広い世界の中にあるはずの、自分にとってよりよい居場所を前向きに探し続けることができたのです。

一九六七年にはじめて日本を訪れたときに、まるで自分の国にいるようだと感じて日本文化を精力的に学び、以来五〇年以上にわたって日本を間近で見てきた著者は、実は日本人以上に日本を理解する努力をしてきた人なのかもしれません。

第四章で、著者は「対岸の火事でいいのか？」と呼びかけています。折しも、世界は一つにつながっていて、何事も対岸の火事ではすまないことが、コロナ禍によって目に見える形で示されました。

しかしその一方で、世界ではさまざまな形の分断が進み、人々の心から、他者を理解しようとする柔軟性が失われつつあるように見えます。そんな今だからこそ、著者の考え方や生き方には学ぶべき点が大いにあるのではないか、と考えています。

最後になりましたが、本書を翻訳する貴重な機会を下さった、集英社インターナショナルの田中伊織さんと佐藤信夫さんにはたいへんお世話になりました。心から感謝申し上げます。

二〇二〇年一〇月

大沢章子

ロジャー・パルバース
Roger Pulvers

作家、翻訳家、演出家、映画監督。東京工業大学名誉教授。1944年、ニューヨーク生まれ。カリフォルニア大学ロサンゼルス校（UCLA）を卒業後、65年ハーバード大学大学院に入学。ロシア地域研究所で修士号を取得。ワルシャワ大学とパリ大学に留学後、67年に初来日。長編小説や戯曲、短編集、随筆集など多くの著作を出版、上演している。76年オーストラリア国籍取得。映画『戦場のメリークリスマス』（83年）で大島渚の助監督、『STAR SAND―星砂物語―』（2017年）では監督を務める。『もし、日本という国がなかったら』『10年間勉強しても英語が上達しない日本人のための新英語学習法』（共に集英社インターナショナル）、『驚くべき日本語』（集英社文庫）など、著書多数。

大沢章子
Akiko Osawa

翻訳家。兵庫県出身。大阪大学人間科学部卒業。訳書に、ロバート・M・サポルスキー『サルなりに思い出す事など　神経科学者がヒヒと暮らした奇天烈な日々』、ダン・サヴェージ『キッド　僕と彼氏はいかにして赤ちゃんを授かったか』（共にみすず書房）、ネイトー・トンプソン『文化戦争　やわらかいプロパガンダがあなたを支配する』（春秋社）、ジャロン・ラニアー『今すぐソーシャルメディアのアカウントを削除すべき10の理由』（亜紀書房）などがある。

ぼくがアメリカ人《じん》をやめたワケ

2020年11月30日第1刷発行

著者　ロジャー・パルバース
訳者　大沢《おおさわ》章《あき》子《こ》
発行者　田中知二
発行所　株式会社集英社インターナショナル
〒101-0064　東京都千代田区神田猿楽町1-5-18
電話　03-5211-2632
発売所　株式会社集英社
〒101-8050　東京都千代田区一ツ橋2-5-10
電話　03(3230)6080（読者係）
03(3230)6393（販売部）書店専用
印刷所　大日本印刷株式会社
製本所　加藤製本株式会社

ISBN978-4-7976-7393-7 C0095